그리되리라

손동인의
고사성어
에세이

그리 되리라

손동인의 고사성어 에세이

초판 1쇄 발행 2009년 8월 24일

지은이 손동인

펴낸곳 도서출판 이비컴
펴낸이 강기원
본문디자인 이수정
본문편집 박도영
마케팅 김동중
영업관리 이은미

주　　소　130-811 서울시 동대문구 신설동 97-1 302호
대표전화　(02) 2254-0658
팩　　스　(02) 2254-0634
전자우편　help@bookbee.co.kr

등록번호　제6-0596호
등록일자　2002. 4. 9
ISBN　978-89-6245-026-2
웹사이트　http://www.bookbee.co.kr

값 13,000원

이 도서의 국립중앙도서관 출판시도서목록(CIP)은 e-CIP홈페이지(http://www.nl.go.kr/ecip)에서
이용하실 수 있습니다. (CIP제어번호 : CIP2009002511)

아름다운 세상이란 우리들의 마음속에서 피어나는 한 떨기

온정의 꽃이 외롭지 않게 벗님의 눈물처럼 모인 곳이다.

- 사고무친(四顧無親) 본문 중에서-

67 예미도중(曳尾塗中)

曳 끌 예

尾 꼬리 미

塗 진흙 도

中 가운데 중

❶ **풀이** 거북이가 꼬리를 진흙 속에 끌고 다닌다는 뜻. 부귀영화를 누릴지라도 얽매이는 삶보다, 빈천(貧賤)하게 살지언정 마음 편히 자유롭게 사는 편이 낫다는 고사.

❷ **由來** 「장자 추수편(莊子 秋水篇)」

❸ 동우지곡(童牛之牿) : 송아지를 외양간에 동여맴과 같이 자유가 없는 것을 이름. (예미도중과 비교가 되는 고사성어)

❹ ―. 「역경 대축괘(易經 大畜卦)」

요즘 시대와는 많이 다른 삶이 예미도중(曳尾塗中)이라는 말이다. 사실 그 누구에게도 간섭받지 않고 마음을 편하게 누리면서 살아가는 사람들이 이 사회에 얼마나 있을까. 편한 삶이라면 어디 산 속에라도 들어가서 은둔자(隱遁者)처럼 살지 않는 이상에야 없지 싶다. 그러나 또 들어가서 산을 편하고 좋은 생활일까도 염려가 된다. 그래서 모든 것은 마음

---

❶ **풀이** 눈으로 보고도 고무래임을 알지 못한다는 뜻. 곧 일자무식(一字無識)을 말하며 우리 속담에 "낫 놓고 기역자도 모른다" 와 같은 의미다.

❷ **由來** 「송남잡식」

❸ ∴ 원래 정(丁)자는 못 정(釘)의 모양을 본 뜬 글자로 흔히 고무래 정(丁)이라고 하는데 이는 글자 모양이 고무래와 비슷하므로 붙여진 훈에 불과하므로 본래 의미가 있는 본자의 뜻과는 전혀 관계가 없음. 정(丁)은 넷째 천간 (정).

詩

❺ 黑雨

그대가 그리운 날 밤에는
까만 비가 내립니다.
내 마음의 환영(幻影)을 맴돌고
병(病)빛보다 진한 잿빛 얼굴로
그리운 이의 목소리가 멎을 듯
아련히 들려옵니다.
배꽃같은 그리움에 잔인(殘忍)해서
가슴앓이꽃 눈물을 뿌리고
용마산 공원 노란 벤치위에
오늘 밤도 아프도록
까만 비가 내립니다.

---

❶ 본문에서 사용한 고사성어의 뜻풀이

❷ 본문 고사성어에 관한 출처를 밝힘

❸ 1) 본문 또는 한자에 대하여 좀 더 부연 설명할 필요가 있을 때
  2) 본문과 유사한 뜻을 전하거나, 그 내용과 배치되는 반대 입장을 논할 때

❹ 번호 ❸의 출처(유래)임

❺ 고사성어의 뜻을 본문으로 해석한 시

창조적 발상의 결과물

김 창 동
소설가 · 월간 『문학저널』 발행인

 자신의 지식과 사상들이 투영된 글을 써서 책으로 출간한다는 것은 보통사람으로서는 하기 힘든 위대한 정신적 작업이며 창조적 행위의 결과이다.

 왜냐하면 책의 내용을 형성할 글들이 풍부하고 해박한 지식을 필요로 하고, 글을 쓰는 사람의 사상과 세상과 사물을 직관하는 능력이 보통의 사람들과 차별되어야 하며, 또 그 작업을 완성하기 까지는 많은 시간을 통해 열정을 쏟아 부어야 하기 때문이다.

 그런데 『그리 되리라』의 저자인 손동인 선생은 이미 『경영한문강독』이라는 역작을 출간한 바 있으며 두 번째로 본서를 출간해내는 저력을 보여 주었다. 참으로 대단한 열정이다. 이러한 열정을 가진 손동인 선생은 정말로 다재다능한 인사이다.

 손동인 선생은 기업을 경영하는 기업인이며, 또한 대학에 출강하여 후학을 가르치는 교수이며, 정식으로 문단에 등단한 시인으로 활동을 하고 있다.

특히 그는 전공이 경영학, 철학, 경제학이면서 한문에 능통하고 조예가 깊어 그 분야의 정상의 위치를 점유했다.

그래서 그의 두 번째 저서인 『그리 되리라』는 학문적 탐구능력과 문인으로서의 역량을 다시 한 번 보여 주는 의미 있는 저서라 할 수 있다.

책의 구성은 그가 이미 높은 경지에 오른 한문의 고사성어가 글의 핵심 주제이다. 즉 고사성어의 의미를 해석하면서 그 의미에 연유하여 깊이 성찰한 사유와 세상과 사물에 대한 자신의 견해를 농축하여 유기적 결합을 완성시켰다. 책의 내용을 이루는 그 많은 지식들이 활화산처럼 폭발하는 것은 그의 학문의 깊이가 그 만큼 깊다는 것을 증명해 주는 것이며 그가 가지고 있는 지식의 광맥이 무한하다는 것을 입증시켜 주었다.

무엇보다 중요한 것은 손동인 시인은 사물의 본성이나 진리를 적당히 상식적으로 알고 있는 것이 아니라 학문적으로 논증해낸다는 사실이다.

자신이 알고 있는 지식이 확실치 않거나 의심스러운 요소가 있으면 그 진의가 완벽하게 증명이 될 때까지 그는 연구하고 그 본질을 찾아내는데 깊이 몰입하는 학자적 자세를 가지고 있다.

그래서 손동인이 저서를 통해 피력해 낸 지식은 참(眞)이라 할 수 있는 것이다. 그럼 그가 얼마나 학구적이고 심도 있는 지식인인가를 그의 저서에 게재된 강구연월(康衢煙月)이란 고사성어를 통해 입증해 보자.

강구연월(康衢煙月)

풀이 태평한 시대의 평화스런 모습을 비유하는 말로, 집집마다 밥 짓는 연기가 피어올라 달을 은은히 가리운 오거리와 사거리에 안온한 풍경

由來 요(堯)임금시대

* 강구(康衢)

―.「열자 중니편(列子 仲尼篇)」

강은 오달(五達)의 도(道) : 다섯 갈래 길

구는 사달(四達)의 도(道) : 네거리의 길

* 강장(康莊)

강은 오달(五達)의 도(道) : 다섯 갈래 길

장(莊)은 여섯 갈래의 길 : 육거리

※ 모두 번화(繁華)한 길을 말함

아마도 부유함의 상징으로 그 당시 도시 풍경을 묘사한 듯. 편안할 강(康)을 그대로 해석하면 무리가 따름

내가 이 책을 저술하면서 강구연월(康衢煙月)을 쓸 때 이야기다.

글의 내용을 마지막으로 정리하면서 강구연월을 붙잡고 씨름을 하던 그 때가 문득 생각났다. 강구연월은 한 마디로 편안한 네거리의 안온한 풍경을 뜻한다. 나는 그 의미에 처음에는 의심을 하지 않고 그냥 정리 작업을 했다. 그런데 며칠이 지나도록 자꾸 무언가 석연치 않은 의문이 들기 시작했다. 어째서 사거리가 편안할까?

상식적으로 생각해 보아도 여기에는 필시 무슨 곡절이 있을 거라는 막연한 추측과 궁금증이 들기 시작했다. 그래서 열심히 사전을 들춰 입증작업에 착수(着手)했다.

그런데 일반 사전이나, 전문고사성어 사전에도 이 고사성어의 뜻풀이가 모두 그렇게 쓰여져 있어 나의 생각이 괜한 기우(杞憂)라고 결론을 내렸다.

하지만 이상하게도 집요하게 그 생각이 내 머리 속에서 떠나지를 않아 좀 더 깊이 연구해 보기로 하고 다시 이것저것 궁색한 탐구(探究)에 몰입하게 되었다. 참으로 식견(識見)이 좁음을 인정하면서 말이다.

그러던 어느 날 끝내 꼬박 밤을 하얗게 밝히면서 궁금증을 찾아냈을 때의 기쁨이란 말로 형용할 수 없는 희열(喜悅) 그 자체였다. 궁금증의 요지는 대강 이러한 내용이다.

강구(康衢)란 편안한 사거리를 의미하는데 원래 사거리라는 길은 사람들이 많이 왕래(往來)함으로 편안하다는 표현은 적절한 수식어(修飾語)가 아니다.

구태여 말하자면 편안함을 설명하려 했다기보다는 아마도 경제적 상징인 도시 풍경으로 태평성대한 시대를 묘사한듯한데 그것도 시끌벅적한 곳을 선택하여 편안한 사거리라는 뜻으로 쓰기에는 충분조건(充分條件)이 되지 않는 이유다. 그만큼 사거리라는 개념(槪念)은 예나 지금이나 떠들썩한 거리를 연상시키기 때문이다. 또한 연월(煙月)이라는 말에서 그 뉘앙스(nuance)가 가을 달만큼 고즈넉하고 한편으로는 복스러운 빛깔처럼 보인다.

부유함과 태평한 시대를 상징하려는 의도였는지는 모르지만 연월이 안락하고 평온하다는 느낌으로 다가와 이 말은 매우 훌륭한 표현이다. 고기나, 밥 짓는 연기가 달을 가리운다? 아, 정말로 감성적 운치가 흐르는 서정시(敍情詩)같은 밤이다. 그런데 강구연월에서 강(康)이라는 글자에 숨은 비밀이 있었다. 그 뜻이 바로 오거리라는 의미였다.

강구(康衢)란 오거리와 사거리를 의미하는 것으로 원래 자(字)가 가지고 있는 뜻과는 별개(別個)로 「편안할 강에 가려져 있었다는 뜻이다.」 강(康)은 오거리 강이라는 뜻이요, 구(衢)는 네거리 구다. 참 기막힌 일로 열자 중니편(列子 仲尼篇)에서 이 강(康)에 대한 진실을 밝혀 주었다.

나는 이 고사성어가 가지고 있는 원래의 뜻으로 복귀(復歸)시켰다는 것만으로도 내 소임을 다 한 듯한 느낌마저 드는 순간이었다. 제 아무리 세월이 유수(流水)와 같이 흘러도 동양적 사관(史觀)으로 볼 때 선대(先代)에서 남겨 놓은 정신세계를 지금 우리가 옳게 남겨 주어야 그 빛이 후대(後代)에 바르게 쓰여 질 것이라 사료(思料)된다. 그래서인지는 몰라도 이러한 현실에 나는 짧은 식견으로 또 한 번 가슴 아픈 우울증(憂鬱症)을 앓아야 했다.

일일이 그 예를 다 들 수는 없지만 『그리 되리라』에 수록된 손동인 시인의 모든 작품은 학문의 완벽한 검증을 거쳤다. 그리고 이렇게 수필형식으로 묘사된 일련의 작품들은 단아하면서도 달콤한 서정이 묻어나는 문체로 읽는 사람들의 마음을 안정시키고, 간간히 그림처럼 그려낸 자연의 모습들이 싱싱하고 풋풋한 생동감을 물씬 안겨 주는 상큼함이 있어서 좋다. 저자 손동인 선생은 이 저서에서 자신이 가지고 있던 많은 지식들을 메시지화하여 읽는 사람들에게 깨달음을 주고자 했다.

그런 측면에서 『그리 되리라』는 신선하면서 좋은 영향을 주는 양서라 할 수 있다.

이처럼 질 좋은 내용이 담긴 책들이 많은 독자를 확보했을 때 우리 사회의 가치관은 흔들림을 멈추게 될 것이다.

손동인 선생의 역저 『그리 되리라』의 출간을 진심으로 축하하며, 창조적 발상의 결과물인 이 책이 오래오래 많은 사람들에게 귀감이 되는 지침서로 남는 영광이 있기를 진심으로 기원한다.

그리고 늘 번득이는 창조적 그의 발상과 무쇠라도 녹일 듯 뜨거운 열정이 이 시대의 지성의 천칭이 되어 줄 것을 믿는다.

오랜 만에 좋은 책과 조우되는 기쁨을 누릴 수 있어서 참으로 행복하다.

이와 같은 행복이 이 세상 모두에게도 수혜 되었으면 참 좋겠다.

人生의 眞理, 그 길라잡이

진리란 이 세상 모든 이에게 참(진, 眞)을 밝히는 신성(神聖)한 등불이다. 얼마나 인간적이고 얼마나 진실한가에 따라 우리에게 다가오는 그 빛의 의미는 빠를 수도 느릴 수도 있다. 그래서 삶의 진솔한 이야기는 들꽃 같은 향기를 머금고 인생이라는 순수한 나들이 길을 가면서 끊임없이 진리를 묻는 것이다. 우리가 사는 이 세상 안에는 오늘도 정신의 세계가 일부는 소멸되고 또 일부는 새롭게 탄생하면서 학문적 굴레가 순환(循環)되고 있지만 여전히 세상의 거울은 큰 줄기로 먼 선조들로부터 검증받고 이어져 온 것이 우리가 배우는 학문이요, 문화요, 문명이다.

나는 한 때 가치관이 혼재된 현대정신의 순열에 회의를 느끼며 도덕과 윤리관에 목말라 했고, 인간의 정신적 유산에 대해 많은 시간을 고민했다. 그것은 인간의 삶에 있어서 중요한 가치관으로 그 공통점이란 반드시 우리 모두에게 사유(思惟)하는 세계가 같아야 하고, 삶의 모습이 참사람으로 솔직하게 인간다워야 하기 때문에서다. 그래서 정이 묻어나는 풍요로운 세상살이는 인문학적 기초학문에 충실한 것이며 인간적 가치의 세계관에 순응한 사람은 앞으로 미래를 이야기 할 진정한 지주(知主)인 것이다.

 유구한 세월이 흘렀음에도 여지껏 변함없이 답습하고 반복하는 인간의 정신세계는 과거로부터 되물림 된 영광스런 혼(魂)의 승계(承繼)다. 그리하여 인간의 삶은 지금 이 현재보다 기본적인 믿음의 유산으로 결정된 약속받은 과거와, 알 수 없는 미궁(迷宮)의 미래를 위해서 가차(假借) 없이 깊이 있게 통찰할 때 비로소 진리를 깨닫는 길이 열리는 것이다. 본래 이 현재라는 단어는 학문적 연구대상이 아니며 있지 않는 허구를 임의적으로 만들어 놓은 것이다. 오직 과거와 미래 사이에 연결사인 것이다. 다만 시간적 기간(期間)의 묶음으로 우리가 사는 이 사회는 현재라는 당위성에 기초해서 지시용어로 사용할 뿐 인간의 전범위적 사고와는 그 해석이 다른 것이다.
 삶은 끝없는 미래에 대해 투명한 갈망(渴望)을 보내지만 그 답은 아직 없다. 무엇이 생의 근원적 물음인지 조차도 모른 채 인류는 지금껏 이어오고 있고 진리는 아직 발견되지 않았다. 어쩌면 이미 알고 넘어간 세월에 묻혀 우리의 어리석은 간과로 말미암아 그 꿈의 세계를 몰랐을지도 모를 일이다. 아니 그 만큼 장구한 역사를 뒤로하고 간만큼 또 다시 와야 알 수 있다면 차라리 희망이라고 정의하는 편이 훨씬 더 나을 듯하다.

　이렇게 나와 같은 의식의 갈증을 느끼는 현대인을 위해, 세상을 향하여 빛과 소금을 원하는 지성인을 위해, 여기 이색적인 인생이야기를 담은 고사성어 에세이(essay)를 세상에 처음으로 탈고(脫稿)했다. 비록 견식 부족한 소인이지만 최선을 다해 인간의 삶과, 꿈과, 앎의 까닭을 고사성어(故事成語) 100선을 통하여 진중하게 엮어 노력한 흔적을 남겨 놓았다.

　사실 거대한 문사(文史, 문학과 역사)의 사상에서 학문의 객관적 사실을 인용하여 주관적 필체로 고찰(考察)된 이 글이 과연 어떤 희망을 나누려고 붓을 들어 썼는지는 나 역시 의문이다. 단지 희망이라는 아름다운 세상을 꿈꾸는 자를 위하여 진지하고 고귀한 마음을 그대에게 길라잡이로 안내할 수만 있다면 진심으로 나의 소임에 만족하며 행복할 따름이다.

　또한 이 책보다 앞서 출간한 저서에서 천 이백여 유사 고사성어와 반대 고사성어를 과감하게 삭제하고 본문의 문체에 걸 맞는 새로운 고사성어를 발췌(拔萃)하여 학문적 탐구를 시도한 점이 혹여 한자를 배우려 하는 독자들로 하여금 많은 혜택을 드리지 못하게 되어 못내 아쉽다.
　아울러 앞서 발간한 책에서 일부의 내용을 따와 짧게 더러 중복 기재한 것은 학문을 연마하는 학생들에게 혼동을 막기 위함이었으며, 이 책에 몇 편의 저자 시(著者 詩)를 여과 없이 등재(登載)한 것도 주로 이별에 관한 고사성어를 굳이 어두운 인생사의 편중된 단면을 피력하기에는 실(失)이 많은 것 같아 쓰지 아니하였던 바, 주(註)가 되는 그 고사성어에 부합된 시를 대신하여 쉬어가는 시간으로 할애한 것이었음을 밝혀 둔다.

끝으로, 이 책을 완성하기까지 나의 건강을 염려(念慮)하여 집필에 편안한 마음이라도 유지하도록 살뜰히 정성을 기울여 준 아내와, 또 편집에 도움을 아끼지 않은 딸에게 그 공을 함께 나누고자 한다.

2009년 初夏에
저자 삼가 씀.

차 례

첫 번째 마당
미인과 사랑이라는 인연

두 번째 마당
어리석음과 욕심에 대하여 전하는 말

세 번째 마당
친구와 형제

네 번째 마당
학문과 진실

다섯 번째 마당
부부 인생관

여섯 번째 마당
은혜·효, 거룩한 불립문자(不立文字)

일곱 번째 마당
꿈과 외로움

여덟 번째 마당
고귀한 삶 그리고 화두(話頭)

아홉 번째 마당

자연의 세계와 배워야 할 인간상

열 번째 마당

법칙과 굴레

열한 번째 마당

속인 자와 속은 자 그리고
패러독스(Paradox)

열두 번째 마당

마음의 저울과 대비

열세 번째 마당

목표와 완성이라는 이름

첫 번째 마당

미인과 사랑이라는 인연

그대가 미녀를 선망(羨望)하는 이유는 아름다움을 음미하고 즐기므로 향수(享受)요, 유혹에 반응하는 아침향기라서 싱그러운 환희(歡喜)다. 그러나 우리곁에 아름다움이란 열흘 피어있는 붉은꽃 없어 화무십일홍(花無十日紅)이라, 영원하지 않기에 아쉽게도 만복(萬福)을 누린다고 말하지 않는 것이다.

佳
아름다울 가

풀이 용모(容貌)가 너무 아름다우면 운명(運命)이 기박(奇薄)하다는 말
불행한 미인을 보고 탄식하는 이야기

由來 「소식(蘇軾(1036~1101)의 박명가인(薄命佳人)」
「홍희문(洪希文)의 미인도(美人圖)」

人
사람 인

薄
얇을 박

命
목숨 명

외 **면사보살(外面似菩薩).**

미인의 외모는 보살(菩薩)같이 아름답다고 불교 화엄경(華嚴經)은 전한다. 그러나 추녀(醜女)에게 있어서 미인은 한 마디로 **안중지정(眼中之釘)**이다.

이 말은 눈엣가시라는 뜻으로 비약하자면 그 만큼 추부(醜婦, 다른 호칭으로 **무염녀(無鹽女)**라고도 함)에게는 미인이 **철천지**[1] 원수라는 뜻이다.

---

[1] 철천지(徹天之)란 하늘에 사무치는 원한이라는 뜻인 **철천지원(徹天之寃)**에서 나온 말로 **철천지한(徹天之恨)**과 같은 의미다. 본래 철(徹)자는 통할(철)로 주로 쓰이나 여기에서는 사무칠(철) 자로 해석함.

다시 말하면 미녀는 추녀로 하여금 너무 아름답게 태어난 죄(?)로 공연히 시기(猜忌)에 대상이 되었다는 것을 어떻게 설명해야 옳을까. 나는 여자라는 동성(同性)으로 태어나지 못한 이유로 정확하게 상황정리는 할 수 없지만 굳이 접근할 필요가 있다면 다수와 소수의 차잇점으로 그 방법이 가능해진다. 예를 들어 모두가 노래를 잘 부르면 가수가 필요 없듯이, 모두가 미인이라면 그러한 잘생김은 평범한 용어에 불과하다.

희소성의 법칙(稀少性 法則)이란 다수일 때는 그 의미가 없다. 그래서 언제고 소수의 집단은 다수 집단의 논리에 밀려나게 되어 있다. 미녀라는 소수의 정의는 희소성으로 기준이 좀 모호함에서 출발한다. 물론 다른 여타 사람들과의 차이로 분명하게 선을 긋고는 있지만 여간 힘든 변별력(辨別力)이 아니다. 나라마다 문화가 다르고 환경적 영향에 지배를 받아서 인지는 몰라도 그 자태(姿態)나 모양이 각양각색(各樣各色)이다.

옛날 동양의 미인은 작고 아담(雅澹)한 체형으로 우리나라의 경우 세부적 조건이 나름대로 까다로웠다고 전한다. 폐론(廢論)하고 사실 미인의 조건은 단 한 가지 마음에 있어야 한다고 나는 생각한다. 왜냐하면 외면사보살(外面似菩薩)처럼 마음이라는 것도 우리가 볼 수 없는 정신세계로 분류하고 있지만 다행인 것은 그 사람 행실에서 마음의 아름다움을 찾을 수 있기에 가능하다. 그렇다면 미인이란 일단 외면에만 국한되어 있지 않다는 것으로 마치 내면의 아름다움이 보살과 같다는 의미와도 일치한다.

그러나 역사적 진실을 들추어 볼 때 통설(通說)로 전해오는 미인들의 이야기는 대부분이 마음까지 비단 같은 이는 나는 별로 들어본 바 없다. 마침 사기(史記)에 **미여관옥(美如冠玉)**이라는 고사성어가 남긴 말로 외모(外貌)는 머리에 쓰는 갓에 매달린 옥(玉)처럼 아름다우나 마음속은 비어 있다는 뜻이 그 말이다.

또 **월궁항아(月宮姮娥)**처럼 비록 우화(寓話)이지만 항아(姮娥)가 불사(不死)의 약을 훔쳐 달나라로 달아났다는 절도(竊盜)이야기라든가, 양귀비(楊貴妃, 미낭화(米囊花)는 양귀비의 별칭)처럼 말년의 삶이 비극적으로 끝나 버린 가슴 아픈 욕망이나, 요즈음 세간에 화제에 오른 미인들의 삶 또한 그리 평탄치 못한 삶으로 살아감을 볼 때 가장 아름다운 미녀란 역시 수정(水晶)처럼 맑은 마음의 소유자여야 제격일 것 같다.

근자에 이르러 미인의 기준이 과거와는 완전히 다르게 바뀐 것이 고무적(鼓舞的)이다. 참으로 환영할 만한 일이다. 이 말은 여성 모두가 미인의 기준에 속해있다고 해도 무방(無妨)한 세상이라는 뜻이다. 뭇 여성들에게 있어서 살맛나는 세상이 도래(到來)했다는 의미심장(意味深長)한 타이틀(title)이다.

개성시대(個性時代)가 바로 그것이다.

(부여응지(膚如凝脂) 본문내용(本文內容) 참조(參照))

膚
살갗 부

如
같을 여

凝
엉길 응

脂
기름 지

풀이 아름답고 깨끗한 살결이 마치 기름에 응결된 것과 같음으로 미인을 형용하는 말. 곧 미녀를 일컬음

由來 「시경 위풍 석인편(詩經 衛風 碩人篇)」
∴ 미녀(美女)
─. 「이아(爾雅)」
─. 「사기 외척세가(史記 外戚世家)」
∴ 미녀자추부지구(美女者醜婦之仇)
; 미녀는 추부(못생긴 여자)의 원수라는 말
─. 「설원 존현편(說苑 尊賢篇)」

호 (好).

본래 자(字)가 가지고 있는 뜻은 젊은 여자의 아름다움을 나타낸 문자다. 여성(女性)이 꽃이 만개(滿開)한 것처럼 싱그럽고 좋은 때를 상징하는 것으로 아름다울 (호) 자가 원래(原來, 元來) 자이나, 지금은 좋아할 (호) 자로 널리 쓰이고 있다.

26

이렇게 같은 자가 여러 가지 뜻으로 해석하는 것을 두고 육서(六書, 한자(漢字)가 만들어진 여섯 가지(상형(象形), 지사(指事), 회의(會意), 형성(形聲), 전주(轉注), 가차(假借))의 원리)의 하나로 전주(轉注, 이미 있는 글자를 다른 음 또는 다른 글자로 바꾸어 쓰는 글자를 말함. 호(好)처럼 같은 글자에, 같은 음에, 다른 뜻으로 쓰임도 글의 확장으로 함께 포함함)라고 한다.

호(好)자는 여자(女)와 남자(子)가 만나면 호감(好感)이 가고 좋음에서 단수(單數)인 젊은 여자의 아름다움을 뛰어 넘어 혼자만의 아름다움 보다는 남녀의 의미로 복수(複數)인 '서로 함께'라는 뜻이 더 강조된 글자가 되었다.

사람은 누구나 아름다움을 좋아한다. 아름다움은 여자만의 전유물(專有物)이 아니라 남자 역시 아름다움을 좋아한다.

다만 남자는 생리적 측면에서 아름다움을 덜 느끼는 구조적 입장을 취할 뿐 공유(共有)함은 마찬가지다. 대개 남자가 아름답게 태어나지 않은 신체적 특성이 이를 말해 주는 듯하다.

그래서 옛 부터 남자는 미인이라는 말이 합당하지 않음에 여자에게 주었으며 그러다 보니 꼭 맞는 말이 되어 여자 안에 생명력으로 지금껏 세상에 남아 있는 것이다.

이제야 얘기하지만 미인이라는 말은 참 신기한 면이 숨어 있는 것 같다. 여자가 가지고 싶어 하는 것 중에 아마 제일 먼저가 미인이란 말일 것이다. 그 만큼 신체적 아름다움이 가져다주는 매력에 빠져 목숨을 걸고라도 갈구(渴求)해야 세상을 다 얻은 듯한 찬사(讚辭)로 남는다는 말에 집착해서 일 것이다. 그런데 그것은 자신이 가지고 싶다고 해서 갖게 되는 게 아닌데도 모두들 기를 쓰니 나는 도시(都是) 모를 일이다.

그래서 신기한 일이라고 말한 것이다. 나는 이미 이 책 첫 번째 장에 수록된 가인박명(佳人薄命)에서 미인에 관한 글을 남겨 놓았다. 하지만 이 유별나고 특별한 사람에 대한 욕망이 끝이 없어 한 번 더 장을 마련했다. 이제부터 써 나가는 미인에 관한 이야기는 각 문맥의 단락(段落)마다 다른 의도로 쓰여졌음을 우선 이해하고 읽어 나가면 좋을 성 싶다.

미인을 지칭하는 말 중에 우미인초(虞美人草)라는 글이 유설(類說)에, 또 송(宋)나라 시인 증자고(曾子固)가 쓴 시(詩)에 그 출처가 있다. 풀이름으로 미인초(美人草)라고 불리어진 이 말은 우희(虞姬)라는 미인에 얽힌 이야기다.

항왕(項王)이 죽은 뒤 우희가 스스로 자문(自刎, 스스로 목을 찌르고 죽음)하여 그의 묘(墓) 위에 자라난 풀을 후세 사람들이 미인초라 하여 유래된 말이다. 이토록 처절하기까지 한 아름다운 사랑이야기가 남긴 사모(思慕)에서 색다른 미인의 절개(節槪)를 보는듯하여 마음이 아프다. 이미 글로 써 버렸지만 절의(節義)와 기개(氣槪)를 절개라 하므로 정절(貞節)이라는 표현이 더 나을 듯하다. 정절에 관한 이야기가 나왔으니 이 장에서 하나 쓰고 넘어 갈까 한다.

미인의 이야기는 아니지만 전하는 의중(意中)으로는 미인만큼 출중한 여인이었던 것 같다. 삼국위지(三國魏志)에 실린 내용으로 영녀지절(令女之節)이라는 글이 그것이다. 조령녀(曹令女, 중국의 조씨

28

성은 曹. 우리나라는 조(曺)로 표기함)라는 여인에 관한 이야기로 문숙(文叔)의 아내였다고 한다. 남편이 죽자 주변의 온갖 강압을 물리치며 재가(再嫁)하지 않고 정절(貞節)을 지켜 냈다 하여 전해진 말이다. 정절을 지킨다는 것이 예나 지금이나 꽤나 어려운 일이었던가 보다.

이렇듯 우미인초와 영녀지절은 우리에게 많은 여운(餘韻)을 남긴 이야기다. 특히 미인이었다는 우희의 마음이 애달파 보이는 것은 미인이라고 해서 반드시 행복한 삶만을 추구하지 않았다는 슬픈 가르침이다. 미인이기를 꿈꾸는 많은 여성들은 한 번쯤 되짚고 넘어 가야 할 부분이다.

여자는 곧잘 무슨 생각에 잠긴다는 말이 **여자선회(女子善懷)**다. 선(善)자는 착할 (선)이 아니라 잘할 (선)으로 해석해야 하며 자주 무슨 생각에 골똘하다는 것은 어떻든지 많은 생각으로 산다는 말이다. 그래서 여자는 실수(失手, mistake)도 덜 하게 되고 마음가짐 또한 가지런하다는 뜻이 들어가 있다.

이렇게 행실이란 차분한 마음에서 비추어 지는 것이 가장 솔직한 마음의 표시다. 또 일설(一說)에 미인은 '잠이 부족하다'라는 말이 있다. 바꾸어 말하면 '잠이 많다'라는 말과 같다.

더 심하게 말하자면 곧 잠이 많음은 극단적으로 '게으름이 있다'라고 해도 무방할 런지 모르겠다. 너무 비약한 말인 것 같지만 그렇다고 부지런하다는 말은 들어본 적이 없으니 어쩔 수 없는 노릇이다.

아무튼, **해당수미족(海棠睡未足)**이라는 말이 당서 양귀비전(唐書 楊貴妃傳)에서 전한다. 해당화가 아직 잠이 모자란다는 뜻으로 이 말이 바로 미인의 수면부족(睡眠不足)을 이르는 글이다. 해당(海棠)이란 맵시가 예뻐 미인을 비유하는 말로 당나라 현종이 양귀비의 아름다움을 일컬어 나왔다고 한다.

　잠결에 깬 모습인데도 양귀비가 그토록 아름다워 보였나 보다. 장미과에 딸린 낙엽 활엽관목(闊葉灌木)의 꽃으로 봄에 피는 해당화는 잠이 덜 깬 듯한 요염(妖艶)한 모습을 비유함으로 미인의 꽃으로 되어 있다 한다. 관목(灌木)이라고 쓰여 진 말은 크기가 작고 줄기가 분명하지 않은 진달래나 앵두나무 같은 나무를 말하고, 교목(喬木)은 소나무나 전나무 같이 줄기가 분명하고 큰 나무를 이르는 말이다. 거기에 바늘처럼 가느다란 잎을 지닌 나무를 침엽수(針葉樹)라 하고 잎이 넓은 나무를 활엽수(闊葉樹)라고 하는 것이다.

　미인이야기를 하다가 공연(空然)스레 나무이야기를 하게 되었다. 각설(却說)하고, 누가 나더러 굳이 미인을 한 번 그리라고 한다면 이렇게 쓰고 싶다.

　구름 위를 걷는 선녀(仙女)같은 뜬구름 이야기거나, 한 떨기 난(란, 蘭)꽃인 양 청초(淸楚)한 모습으로 비치는 미인보다는 소박한 여인의 상(像)이 나는 더 좋아 보인다. 흔히 연못에 피는 꽃을 연화(蓮花, 다른 말로 부용(芙蓉). 미인을 비유하기도 함)라고 부르는데 같은 모양으로 나무에서 피는 연(蓮)꽃을 목련(木蓮)이라고 한다. 주로 중국이 원산으로 정원에 재배(栽培)하는 목련과(木蓮科)에 딸린 아교목(亞喬木)이 대부분이다. 그러나 우리나라 제주도(濟州道)의 한라산(漢拏山) 수림에서 자생하는 백목련(白木蓮)을 나는 으뜸으로 친다. 왜냐하면 하얀 꽃으로 은은한 정취(情趣)를 풍기니 더 없는 소박미(素朴美)를 가져다주기 때문이다.

나는 이런 꽃의 여인이라면 주저 없이 미인이라고 부르겠다. 이는 우리나라 고유의 여성상이 아닐까 해서다.

전하여 오는 미인에 관한 글에는 대체로 과장된 표현이 많다. 언어의 마술(魔術)이라도 들어가 있는지 시인(詩人)의 눈에는 별 것이 다 이채(異彩)롭게 보인다. 그 중에 백거이(白居易)의 장한가(長恨歌)에 이런 구절이 있다.

이화일지춘대우(梨花一枝春帶雨).

미인이 눈물 흘리는 형상을 이화(梨花, 배꽃) 한 가지에 하얗게 핀 꽃에다 비유함은 눈물도 그토록 아름답게 보인다는 말인가.

여기에 한술 더 떠 더 대단한 글이 있다.

남해(南海)바다에서 산다는 상상인(想像人)인 인어이야기다. 상서로운 사람의 형태로 마치 '인어와 같다'라는 말은 물 찬 제비처럼 매끄러운 몸매의 미인을 두고 하는 말이다.

그 인어가 울면 구슬이 나온다고 한다. **읍이성주(泣而成珠)**가 그 말로 우는 모습도 구슬로 비유할 만큼 아름다우니 다른 표현이 또 있을 수 있을까. 그렇다면 미인이 울 때가 그 정도인데 웃을 때는 과연 어떻게 써야 할지 나는 그 화답(和答)을 모르겠다.

03 상중지희(桑中之喜)

뽕나무 상

풀이 남녀 간의 불의(不義), 불륜(不倫)을 이름

由來 「좌전 성공2년(左傳 成公二年)」

가운데 중

여성이 봄바람이 나면 확실히 봄이 온 것이다. 만물이 소생하는 시기에 생동감이 넘쳐 남은 모든 것을 약동(躍動)하게 하고 마음을 설레게 만든다.

그래서 봄은 여성의 계절이라고 하는가 보다.

의 지

시경(詩經)에 여자가 봄을 맞이하여 춘정(春情)을 품음을 일러 유녀회춘(有女懷春)이라는 글을 남겨 놓았다. 또 춘녀비(春女悲)라고 해서 여자가 봄에는 남자를 그리워 한다는 말로 봄과 여자는 떼려야 뗄 수 없는 관계가 되었다.

기쁠 희

겨울 한파(寒波)의 추위로 꽁꽁 얼어붙어 있었던 모든 만물이 새로운 세상을 맞이하여 해방(解放)된 기분이 봄이다. 가냘프게 연한 초록빛 이름 모를 풀들이 세상에 나올 때가 봄이요, 사람의 갇혀있던 마

32

음을 풀어헤침도, 자연에서 처음 시작하는 것과 같은 때도 봄이다.

봄은 여성 뿐 아니라 모든 사람들에게 새로운 마음을 안겨다 주며 상큼하게 다가오지만 유독 소녀를 포함한 여자, 여성, 여인들에게는 심한 열병을 앓을 만큼 봄의 축제(祝祭)에 심취(心醉)하는 것 같다.

그러나 봄은 오래갈 것 같지만 **구십춘광(九十春光,** 봄의 석 달(90일)을 의미함. 다른 뜻으로는 나이 든 노인의 마음이 젊음을 이름)이라 잠깐 뿐이다. 사람에 마음에서 오는 느낌의 정도보다 빠르게 가버리는 것이 봄이라는 계절이다. 그러함에도 대부분의 여성들이 봄날이라는 풍광(風光)이 주는 상황에 대해 쉽게 마음이 사로잡히는 것은 보호본능(保護本能)에서 오는 생리적 현상이라 유추하고 싶다. 그러한 현상들이 자극적인 느낌으로 민감하게 반응하는 것은 연약한 생명력에 대한 특단(特段)의 모성애(母性愛) 때문이다.

그러하기에 봄의 계절로 하여금 여성스러움과 일치하게 하려는 근거를 찾아볼 수 있게 만들은 것 같다. 정작 상중지희(桑中之喜)에 걸 맞는 내용보다는 봄을 맞이하는 여성의 이야기로 지면을 채워 아쉬움이 남는다. 하여 마침 본문 내용 뒤에 짧으나마 상중지희에 알맞은 뜻으로 간략하게 「남겨 놓은 글」이 있어 참고하여 주기를 바라고, 소식(蘇軾)의 보회당기(寶繪堂記)에 **운연과안(雲煙過眼)** 이 남기고 싶은 말로 상중지희를 대신할까 한다.

하늘에 구름(雲)과 연기(煙氣)는 순식간(瞬息間)에 우리들의 눈 앞을 스쳐가듯이 다른 말로 쾌락(快樂)은 마음에 오래 머무르지 않는다는 뜻으로 상중지희란 한 때의 유락(遊樂)은 야화(野花)라 인생에 부질없음이 아닐는지…….

남겨 놓은 글

도로 곁에 있어 사람들에게 시달림을 받으며 길가에 서있는 오얏나무(자두나무)라는 뜻으로 도방고리(道傍苦李)라는 고사성어가 세설 아량편(世說 雅量篇)에 나온다.

결국 이 말은 사람에게 버림을 받는다는 데서 비유로 쓰이며, 옛부터 인간은 살아가는 환경적 영향과 행실에 중요함을 일깨우는 명심적(銘心的) 격언(格言)으로 남아 있다.

또한 오얏나무 꽃과 복숭아 꽃을 다른 말로 불언지화(不言之花)라고 한다. 그 만큼 꽃도 화사함이 곱기로 유명하며 그 열매 또한 맛이 좋아 말이 필요없는 일품(一品)이다.

그래서 그런지 사기 이장전(史記 李將傳)에 도리불언 하자성혜(桃李不言 下自成蹊)라는 말이 전해 오고 있다. 이 두 꽃과 열매 맛에 매료(魅了)되어 말하지 않아도 앞다투어 사람들이 모여들기 때문에 저절로 길이 생긴다고 했으니 가히 천하에 아름다운 봄꽃이요, 미감(味感)을 이야기해야 무엇하리.

勞
힘쓸 로

燕
제비 연

分
나눌 분

飛
날 비

풀이 때까치와 제비가 따로 헤어져 날아간다는 뜻
우리네 이별을 비유함

由來 ∴ 때까치 격(鴃), 같은 동자(同字) 격(鵙)
백로(伯勞), 박로(博勞) – 개고마리 격(鵙)
개고마리과에 딸린 새로 까치보다 작고 등이 회색임

본시 노연분비라는 고사성어는 미인과 하등에 관계성이 없는 말이다.

그러나 사람의 만남과 헤어짐은 억겁(億劫)만의 인연 속에서 어쩔 수 없이 맞이해야 하는 삶의 애절한 이야기로 인생사에 반드시 찾아오는 한 테마(Thema, 주제)다. 이 자연에 흘러가는 자연적 관찰을 통해 텃새가 아닌 철새의 이동경로를 보면서 인간의 이별을 해학적으로 비유해 놓은 **연홍지탄(燕鴻之歎)**[2]과 같은 말이 바로 노연분비다.

반드시 청춘남녀의 사랑 때문에 빚어진 아픔은 아닐지라도 또 다른 사랑에서 오는 별리(別離)로 눈물은 당사자들에게 부인할 수 없는 아린 고통을 뿌린다. 우리네 정서로 보아 어떤 경우라도 서로 간에 헤어짐은 깊은 상처를 남기게 되어 있다. 그것이 사랑이라는 인연이다. 유교경(遺敎經)에 회자정리(會者定離)라는 글이 있다. 만남은 곧 이별을 의미하는 것으로 세개무상 회필유리(世皆無常 會必有離)를 줄인 말과 같은 의미다. 세상은 모두가 덧없어서 반드시 모였으면 떠남도 정해 있다는 뜻이다.

대개 서양 사람들은 이별을 전제로 해서 만나고 동양 사람들은 주로 만남의 중요함만을 앞세워 이별을 준비하지 않음으로 매우 애석해 한다. 그래서 이러한 주제로 엮어지는 일련의 내용들은 이제 이 책에 되도록 쓰지 않으려 한다. 다만 유사한 주제를 간혹 접할 때 마다 거기에 공통적 의미가 있는 나의 시를 선정하여 감상하는 시간으로 대신 할까 한다.

왜냐하면 젊음이라는 위상은 슬픔을 배우게 되면 득(得)보다는 실(失)이 많아서이다.

---

2) 연홍지탄(燕鴻之歎) : 길이 엇갈리어 다시 만나지 못함을 한탄하는 말.

∴ 제비 (燕) : 매년 삼짇날(음력 3월 3일)이면 강남에 갔던 제비가 돌아온다는 속설(俗說)의 주인공인 여름 철새.

　 천녀(天女) : 제비의 딴 이름. ―. 「채란잡지(採蘭雜志)」

　 큰 기러기 (鴻) : 주로 시베리아 등지에서 봄 여름을 나고 가을에 우리나라를 찾아와 겨울을 보내고 봄이면 다시 북으로 떠나는 겨울 철새.

愛
사랑 애

別
나눌 별

離
떠날 리

苦
괴로울 고

풀이 한 가족이 단란(團欒)하게 잘 지내다가 서로 사랑하는 가운데 어떠한 이유로 인하여 뿔뿔이 흩어져 이별의 아픔을 겪는 것을 말함. 인생의 고락(苦樂)은 헤아릴 수 없다는 의미로도 일컬음

由來 「오왕경(五王經)」

∴ 사고(四苦)와 팔고(八苦)

1) 사고(四苦) : 생(生)·노(老)·병(病)·사(死)의 괴로움

―. 「법화경 과주(科注)」

2) 팔고(八苦) : 인간이 세상에 태어나 면하기 어려운 여덟 가지의 고통(苦痛)을 말함

① 생고(生苦)

② 노고(老苦)

③ 병고(病苦)

④ 사고(死苦)

⑤ 애별리고(愛別離苦)

⑥ 원증회고(怨憎會苦) : 원한을 품고 미워하는 사람과 만나는 괴로움

⑦ 구불득고(求不得苦) : 구하고자 함을 얻지 못하는 괴로움.

⑧ 오음성고(五陰盛苦) : 색(色)·애(愛)·상(想)·행(行)·식(識)의 다섯가지가 성한 괴로움

―. 「열반경(涅槃經)」

인 간이 살아가면서 많은 변고(變故)중에 사랑 때문에 생겨난 일로 사랑에서 오는 병이 가장 많은 것 같다. 그 만큼 사랑은 혼자서 이루어진 일이 아니라 서로 어우러져 생긴 비화(悲話)라서다.

불교 법화경 과주(法華經 科注)에 인간이 받게 되는 가장 큰 괴로움이 **생로병사(生老病死,** 사고(四苦))의 고통이라고 적고 있다. 그같은 인생길에 또 네 가지의 괴로움이 추가(追加)되어 있는데 그 중에 제일 먼저가 애별리고(愛別離苦, 사고(四苦)에 또 다른 사고(四苦)를 더한 팔고(八苦)의 하나)다.

인간이 살아가면서 이렇게 그 첫 번째가 사랑 때문에 일어난 고통으로 인간은 가혹(苛酷)한 댓가를 치러야 하는 사랑의 굴레에서 벗어나지 못하고 있다는 이야기다.

어떤 인연이든 기쁜 만남이 기쁜 이별이 되는 것은 없다. 사랑을 만나면 반드시 슬픔도 함께 만나게 된다는 뜻이 함축(含蓄)되어 있다. 이렇게 사랑은 이 세상을 살아가는 모든 범인(凡人)들의 공통적 삶으로 과거에도 존재했고, 지금도 존재하는 진행형에 있다. 신파극(新派劇)에서나 볼 수 있는, 차마 눈물 없이는 볼 수 없는 영화의 한 장면이 아니라 지금 이 현실에도 배어 있는 아픔의 세레나데(serenade, 小夜曲)로, 사랑은 인간에게 영원한 숙제로 남아 있는 것이다.

헤아릴 수 없이 무한한 삶의 질곡(桎梏) 중에서 유독 사랑이 제일 먼저 등장하는 이유는 삶의 원초적(原初的) 모티브(motive, 동기(動機)라서 그런 것이다. 우리가 살아가는 세상 안에는 **무궁무진(無窮**

無盡)한 일들로 얽혀 있어 이것을 전부 다 늘어놓을 수도, 버릴 수도 없을 만큼 무한정(無限定)하지만 이러한 것들의 씨앗은 모두 사랑에서 나온 일들이다.

사랑이 있기에 세상이야기가 나왔고 결말(結末)은 어쩔 수 없이 슬픈 이별을 남겨 놓았다. 병(病)을 만든 것도 사랑이요, 약(藥)을 주는 것도 사랑이다. 사랑이 달아나면 흐르는 강물도 무심하지만 사랑이 다가오면 흐르는 강물이 춤을 춘다.

인생에서 누구라 할지라도 언젠가는 이별의 아픔이 찾아오지만 남는 것은 애정(愛情)이었든, 애증(愛憎)이었든 사랑의 노래로 추억(追憶)이라는 이름뿐이다. 조물주(造物主)가 만들어 놓은 마지막 영역으로 더 이상 갈 수 없는 인간의 한계라는 말이기도 하다.

어차피 세인(世人)들이 갈 수 없는 정신상의 한계라면 사랑의 아픔을 진정으로 사랑할 줄 아는 지혜(智慧)만이 인간의 참다운 삶은 아닐까.

두 번째 마당

어리석음과 욕심에 대하여 전하는 말

인간의 어리석음은 하고자 할 의욕이 없어서 이고, 욕심은 이룰 수 없는 목표
를 붙잡고 단지 놓아주지 않기 때문에서다.

以
써 이

毛
털 모

相
서로 상

馬
말 마

 말(馬)이 좋고 나쁨을 평가할 때 털빛으로 본다는 뜻. 곧 외형에만 의존한다는 것은 그릇된 판단이라는 의미

 「염철론(鹽鐵論)」
∴ 정중지와 본문 각주 참조할 것
소금 염(塩)은 염(鹽)의 속자(俗字)

어떤 사물에 대하여 느끼는 감정이나, 즉흥적인 육감(肉感)은 정확한 동일성(同一性)을 확보하지 못하므로 잘못될 확률이 높다. 이것은 외견(外見)만으로 파악할 수밖에 없는 개인적인 주관성에서 비롯되었기 때문이다. 두순학(杜荀鶴)의 시에 **해고견저(海枯見底)**라는 문구가 있다.

사람의 마음을 바다에 비유한 말로 바다가 마르지 않은 다음에야 그 바닥을 볼 수 없듯이 사람의 마음도 평소에는 알 수 없다는 이야기다.

　이 말은 사람의 생각을 임의적으로 미루어 안다는 것은 위험한 일이라는 경계의 말이다. 그래서 사람의 생각은 무엇이든 공통적이고 객관적인 사실을 기초로 해야 주관적 설명이 용이(容易)하다는 말이다. 다시 말해서 무엇이든 공통된 사안을 바탕에 두어야 하나의 결론을 반출(搬出)해 낼 수 있다는 논증(論證)이다. 그러하기에 어떠한 경우든지 함부로 결론을 내리게 되면 설득력이 떨어진다는 것이다. 우리가 눈으로 직접 보면서도 각자의 견해차이가 난다는 것은 나름대로의 감지능력(感知能力)이 다르기 때문이다.

　느끼는 것이 다르다고 하는 것은 다른 뜻으로 알고 있는 것과는 다소 차이가 있다는 말이다. 느낌은 개성적 취향(個性的 趣向)에 가깝고 앎은 지적수준(知的水準)이라 서로 대입(代入)은 문제가 있는 것이다. 하물며 직접 본 광경(光景)이 이러할진대 한 가지 공통된 현상에 관한 정신세계를 논한다면 어떻게 될까. 여기에 딱 알맞은 고사성어를 놓고 생각해 보는 시간을 가져 보자.

　일월삼주(一月三舟)라는 글이 있다. 배 세 척(隻)에 제각각 사람들이 나누어 타고 달을 보면서 생각해낸 사고(思考)다. 한 배는 달과 함께 머물러 정지해 있고, 두 배는 서로 방향이 다른 쪽으로 노를 저어 갔을 때 모두가 느끼는 하나의 공통점은 달이 배와 함께 같은 방향으로 가거나 아니면 정지해 있는 것처럼 보이는 것이 착각으로, 이 말이 의도하고자 하는 속심은 인간이 추구하는 도(道)는 같으나 사람의 견해가 다르다는 뜻이다.

이렇게 정신상에 견해 차이가 나는 것과 다르게 또 다른 관점에서의 일반적 모순된 주장이 있다. 억지에서 오는 얼버무림으로 희한한 사람이 있다. 진서(晉書)에 **수석침류(漱石枕流)**가 그 말이다. 이 말을 그대로 해석하면 돌로 양치질을 하고 흐르는 물로 베개를 삼는다는 뜻이다. 본래 **침석(枕石, 돌로 베개를 삼는다는 뜻) 수류(漱流, 흐르는 물로 양치질을 함)**가 원 뜻으로 은둔을 비유하려는 의도였는데 실수로 한 말을 뒤집어 수석(漱石)은 이를 닦기 위함이요, 침류(枕流)는 귀를 씻는다고 얼버무려 억지를 부린 고사다.

또 사람이 가장 어리석을 때가 느낌에서 오는 자기주장의 합리화(合理化)로 자칫 아집(我執)으로 연결된다면 그것은 큰 문제다. 모든 생각의 범위는 반드시 공통된 집합(集合)안에서 자기주장을 내세워야 합당한 말이 된다. 그래서 주관성이라는 개인의 관철(貫徹)이 만약 그 무리의 집합 안에 없다면 자기만의 주장으로 끝날 확률이 높다는 이야기다. 이렇게 견해가 차이가 나는 현상은 착각에서 오는 것으로 그 만큼 느낌이 주는 막연한 부정확성 때문이다. 개인적 느낌을 마치 전체를 아우르는 지식으로 알고 있다는 게 착각이다. 이 말은 개인의 사고는 전체의 사고에 부합(符合)되어야 비로소 동질성(同質性)을 가진다는 뜻이다.

대부분 사람의 사고는 객관적 사실이라는 공통점을 무시한 채 개인적이고 사적인 매우 주관적인 느낌에만 의존(依存)함으로써 진실을 흐리게 하고 있다. 자기 목소리가 크면 이긴다는 논리는 비약하자면 엉터리 잡담(雜談)이다. 진실이 무엇인지를 모르는 사람으로 많은 **구설수(口舌數)**에 오를 사람이다.

결론적으로 꾸준한 열의(熱意)를 가지고 객관성을 공부한 사람은 주관성은 저절로 터득된다는 것을 알기에 자기주장에 열을 올리지 않는 것이다. 자기주장의 합리화란 그 객관적인 공통점에 얼마든지 존재하고 있기 때문이다.

 참고 1 이모상마(以毛相馬)와 유사한 외견(外見)만을 보는 고사성어 모음

● 이모취인(以貌取人)
　一. 「사기 제자전(史記 弟子傳)」
　; 사람의 덕(德)은 고려하지 않고 외모만 보고 사람을 가린다는 뜻

● 정설불식(井渫不食)
　一. 「역경(易經)」
　; 우물물이 깨끗한데도 아무도 마시지 않는다는 뜻
　　이 말은 출중한 재능을 가지고 있음에도 아무도 알아주지 않거나 쓰이지 않음을 이르는 말

● 피상지사(皮相之士)
　一. 「한시외전(韓詩外傳)」
　; 외부(外部)만 보고 내부(內部)를 헤아리지 못하는 통찰력이 없는 사람을 일컬음
　∴ 피상(皮相) : 사물의 표면 즉 외견(外見)에만 마음을 쓰는 것으로 일종에 얄팍한 견해를 말함

● 이언취인(以言取人)
　一. 「사기 제자전(史記 弟子傳)」
　; 사람의 언변만을 가지고 그 사람이 어질다고 판단하는 것

● 피부지견(皮膚之見)
　一. 「완일(阮逸)의 문중자서(文中子序)」
　; 보는 것이 천박(淺薄)하여 표면만 보고 내부(內部)를 살피지 못하는 것을 이름

07 귀곡천계(貴鵠賤鷄)

貴
귀할 귀

鵠
고니 곡

賤
천할 천

鷄
닭 계

> [풀이] 고니를 귀히 여기고 닭을 천하게 여긴다는 뜻으로
> 먼 데 것을 귀히 여기고 가까운 데 것은 천하게 여
> 김을 비유함

사람의 심리(心理)란 묘(妙)한 구석이 있다. 우스꽝스러운 이야기일지는 모르지만 실례(實例)를 하나 들어 본다. 남의 떡이 커 보이는 건 왜일까. 내가 먹고 있는 떡보다 남의 떡이 더 크다? 참 알다가도 모를 일이라고 단정하기에 앞서 웃음이 절로 나오는 물음이다. 이런 경우에 있어서 그 심리분석(心理分析)을 해석하는 과정에서 꼭 맞부딪치게 되는 말이 비교우위(比較優位)의 허상(虛想)이다.

누구라 할지라도 자기 자신(自己自身)의 약점(弱點)을 들추어낼 때 가장 듣기 싫어하는 말이 타인과의 비교대상(比較對象)이면서 정작 자신도 다른 사람과의

비교급을 들이대니 이것이 아이러니(irony)요, 쓸데없는 생각이다. 그래서 부질없는 생각을 허상이라고 하는 것이다.

아마도 남의 떡이 더 커 보이는 것은 그 크기에 실체보다는 자신이 느낀 맛보다 색다른 맛이 아닐까 하는 의문점(疑問點)으로 짐작되어 진다. 일상생활에서 이러한 현상은 비일비재(非一非再)한 일로 그다지 염려(念慮)할 것은 아니지만 결정적으로 중요한 일을 두고 이러한 사고(思考)를 가지고 타인의 심기를 건드린다면 실수 아닌 실수로 부적절한 냉기(冷氣)가 될 것이다.

이번에는 다른 이야기지만 한창 자라나는 청소년기(靑少年期)의 친구관계(親舊關係)에 관한 문제를 적어 볼까 한다.

어떤 부모가 내 자식은 친구를 잘못 사귀어 혹독한 성장통(成長痛)을 앓게 되었다고 한다면 그게 맞는 말일까? 비어(比語)로 거울을 **수광객(壽光客)**이라고 한다.

겉모습이란 이른 바 거울 속에 비친 그대로의 형상이다. 단지 겉모습만으로 서로를 인정하고 함께 어울렸다면 그 친구들은 같은 수준이 아니었을까. 부모입장에서 잘잘못에 대한 생각의 차이로 어느 정도 가늠정도야 있겠지만 남의 탓으로만 몰아붙이기에는 책임회피(責任回避)가 너무 지나친 것은 아닐까. 우선 서로가 다소간(多少間)의 의견을 논하기 전에 먼저 자신부터 돌아 봐야 한다. 그러면 문제의 답(答)이 분명히 거기에 있을 거라 생각한다.

양심(良心)이라는 마음은 우리 모두가 가지고 있지만 그것을 꺼내보는 사람은 드물다. 왜냐하면 자신의 양심보다 남의 양심을 먼저 탓해서이다. 자기 자신 안에 안위(安慰)함을 위해서 떠넘기기식 책임소재(責任所在)를 뭉뚱그리어 희석(稀釋)시키고 만다면 과연 누구의 잘못인가. '다 내 탓이다'라고 해야 옳은 일이다.

또한 등잔 밑이 어둡다는 말이 있다. **등하불명(燈下不明)**이 그 소리다. 사람은 생각하고 있는 바를 익히 알고 있으면서도 잊을 때가 간혹 있다. 잊는 거야 자기 마음대로 이지만 무엇이 중요한지는 꼭 알고 넘어가야 한다.

때때로 등잔 밑이 어두운 법을 잊고 사는 것처럼 빛에 가려진 후미진 곳을 잘 못보고 그냥 스쳐 지나가는 것은 사람의 마음이 생각 없이 경망(輕妄)스러워서이다. 그러나 모든 사람이 다 그러는 건 아니다. 지각(知覺)있는 사람은 살뜰히 주변을 잘 살필 줄 안다. 그리하여 내게 주어진 중요한 삶은 바로 내 주변에 있지 먼 데 있지 않다는 뼈있는 교훈을 받아들인다. 그것은 의당(宜當) 삶에 슬기로움이다.

그러나 아직도 내 이웃보다 먼 곳에 있는 이웃을 더 동경(憧憬)하고 사는 자가 있다면 하루빨리 이삿짐을 싸야 목마른 그리움을 해소(解消)하지는 않을까. **매독환주(買櫝還珠)**[3])와 같은 말로 어리석은 자의 버거운 세상살이다.

---

3) 매독환주(買櫝還珠) : 한비자 외저설좌상편(韓非子 外儲說左上篇)에 있는 고사로 귀(貴)한 것을 천(賤)하게 여기고 천한 것을 귀히 여긴다는 뜻. 유래를 보면 초(楚)나라 어떤 장사꾼이 정(鄭)나라 사람에게 진주(眞珠)를 팔았는데 진주를 담은 장식 상자가 너무 보기에 좋았는지 정작 중요한 진주는 돌려주고 빈상자만 가지고 갔다는 고사에서 나옴.

螳 사마귀 당

> **풀이** 자신의 처지와는 너무나 멀게 영웅호걸(英雄豪傑)
> 로 행세하거나 도저히 당해 낼 수 없는 어떤 사태나
> 세력에 대항하려는 무모한 행동을 비유

> **由來** 「회남자(淮南子)」

臂 팔 비

當 당할 당

車 수레 거

무모(無謀)한 도전은 도전이 아니라 객기(客氣)다. 객기를 부리면 꼭 망신살(亡身煞)이 따라 온다.

지금은 잘 쓰이지 않는 말이지만 **불감폭호(不敢暴虎)**라는 말이 시경(詩經)에 나온다.

사람은 맨주먹으로 맹수인 호랑이를 치지 않는다는 말이다. 한 마디로 무모한 짓을 말하려는 뜻에서 나온 비유다. 이러한 모험(冒險)은 대단히 위험한 일로 잘못하면 곧바로 죽음으로 연결된다. 상대할 때가 따로 있지 도저히 불가능한 것을 두고 그대로 따라하는 자가 있다면 예비로 목숨을 하나 더 가지고 있지

않은 다음에야 말이 되는 소린가. 대개의 경우 도저히 감당할 수 없는 어떤 상황에 이르게 되면 계략(計略)을 짤 수밖에 없는 게 인간이다. 그런데 계략이라는 말에 잠시 주목할 필요가 있다.

계략이라는 용어는 인간이 동물을 잡을 때 쓰는 말이 아니라 주로 인간이 인간에게 나쁜 의도가 내재되어 깔려 있다는 뜻으로 사용된다는 점이다.

계략은 계책(計策)과 모략(謀略)의 줄인 말로 사람을 치는 **중상모략(中傷謀略)**의 선입견이 들어가 있기 때문이다. 이토록 인간이 인간과의 계략은 엄청난 일로 그런 사람을 일러 한 치도 베풀 게 없는 **배은망덕(背恩忘德)**한 자라 부른다.

본래 약자(弱者)는 이런데 가담하지도 않는다. 아니 끼워 주지도 않는다. 주로 말 깨나 하고 적당한 권위를 내세우는 자들끼리 모여서 꾸미는 작당(作黨)이 계략이다. 권위라는 의미도 원래는 아주 작은 것으로 과대포장(誇大包裝)된 것이 대부분이다. 이러한 것과 비슷한 말이 고사성어로 **차호위호(借虎威狐)**다.

전국초책(戰國楚策)에서 꺼내 오자면 여우만한 권위를 가지고 호랑이 권세를 빌려 행세(行勢)한다는 뜻이다.

다시 말하면 지위가 높은 윗사람의 힘을 빌려 공갈 협박(恐喝 脅迫)하는 자를 말함이다. **호가호위(狐假虎威)**도 같은 뜻이다. 그래서 세상 사람들은 타고난 운수인 '자기 분수도 모르고 산다'라는 비꼬는 말이 생겨났다.

09 군의부전(群蟻附羶)

群
무리 군

蟻
개미 의

附
붙을 부

羶
노린내날 전

풀이 많은 개미가 양고기에 달라붙는다는 의미다. 많은
사람들이 이익을 찾아 몰리는 것을 비유함

由來 「장자(莊子 B.C 365 ~ 290)」

이 익(利益)이라는 절대성(絶對性).

인간의 유혹 중에 거의 빼놓을 수 없는 당위성(當
爲性)으로 묶여있는 용어 「이익」.

인류가 생긴 이래 끊임없이 이어온 울고 웃었던 투
쟁적(鬪爭的) 용어 「이익」.

이것 때문에 인간적 정체성(正體性)마저 흔들어
버려 **나락**(那落, 奈落, 범어(梵語) 나락가(那落迦, naraka)
의 음역으로 지옥(地獄)이라는 암흑세계)의 구렁텅이로 빠진
자가 어디 한 둘이랴.

사람으로서 의당 지니고 있어야 할 믿음의 의리는
간데없고 오직 이해관계(利害關係)만을 앞세웠으니

당연하리라.

유리시시(惟利是視)라는 말에 고증(考證)이다. 지금 이 사회에도 여전히 이익집단으로 인해 상대적(相對的)으로 노동가치를 소외(疏外) 당하며 안간힘 쓰는 용어 「이익」.

자유주의체제가 낳은 약속된 사회적 거래인 이익이지만 더욱더 개인과 개인을 빈부(貧富)의 차이로 단절(斷絶)시키고 있는 용어 「이익」.

그래서 복지노선(福祉路線)을 선택할 수밖에 없는 계기(契機)가 지금 우리 삶이지만 이익과의 다툼은 끝이 없다. 그러나 우리는 어쩔 수 없이 필연적(必然的)으로 이익의 발생 때문에 살아간다. 이러한 불가분의 관계를 이름하여 나는 가칭 이익을 삶의 맹목적 생활증표(生活證票)라고 정의하고 싶다.

한자(漢字)로 이익(利益)이란 이로울 (리)와 더할 (익)이다. 이가 된다는 뜻으로 손해(損害)의 반댓말이다. 이롭다는 의미의 리(利)자는 벼 화(禾)에다 칼 도(刀→刂)를 넣은 자이다. 농경시대(農耕時代)의 상징적 이로움으로 삶을 연명(延命)하기 위해 벼(벼의 껍질을 벗겨냈을 때 알맹이는 쌀)의 열매만 칼로 잘라 취(取)했다는 뜻으로 만들어진 자(字)이다.

또한 더할 익(益)자를 보면 그릇(명, 皿, vessel)에 물(水 → 氺)이 흘러넘친다는 말로 넉넉함을 뜻한다. 그래서일까 사람은 무엇이든 넘쳐남을 좋아하는 것 같다. 그래서 욕심(慾心)이 이익에 붙어사는 건 아닌가 한다.

그러나 사람이 추구하고자 하는 생활의 도리(道理)란 어디까지가 참 정의인지 확실하게 선을 그을 수는 없어도 욕심을 절제하기 위해서라면 스스로가 손해 본 듯하게 살아야 하지 않나 싶다. 자기 자신부터 조금씩 마음을 비우게 되면 만사(萬事)가 순탄하다. 내 그릇에 욕심이 과(夥)하면 반드시 화(禍)가 따른다. 그런데도 욕심에서 벗어나지 못하는 건 왜 그럴까.

하고자 할, 바랄 욕(欲)자에 마음 심(心)을 넣으니 욕심 욕(慾)자가 만들어 진다. 과욕(過慾), 탐욕(貪慾), 욕심(慾心)이 그 말이니 결국 마음(心) 때문이다.

신론 탐애편(新論 貪愛篇)에 **탐소리실대리(貪小利失大利)**라는 말이 나온다. 작은 이익을 탐내려다 오히려 큰 이익을 잃게 된다는 말이다. 무엇이든 쓸데없는 데까지 욕심이 지나치니 되는 일이 없다는 소리나 마찬가지다.

그렇다면 이제부터라도 내 그릇에 맞는 마음으로 돌아오자.

장자 인간세편(莊子 人間世篇)에 아주 의미 있는 고사성어가 있다. **허실생백(虛室生白)**이라고 빛이 문 틈새로 들어와 집안을 훤히 비춘다는 말로 이는 곧 마음을 비우니 복(福)이 따른다는 뜻이다. 이렇듯 마음을 조금씩 비워 지금 이 사회에 적합한 도인(道人)으로 거듭나자는 말이다.

도시의 도인들이여,

그대 가벼운 마음에 진정한 여유로움을 선물하고 싶다.

井
우물 정

中
가운데 중

之
의 지

蛙
개구리 와

| 풀이 | 우물 안의 개구리라는 뜻
곧 견문이나 생각이 좁은 사람을 비유하는 말 |
| 由來 | 「장자 추수편(莊子 秋水篇)」 |

　장자 추수편(莊子 秋水篇)에 이르기를 **용관규천(用管窺天)**이라, 보는 바가 적어 견문(見聞)이 좁음을 두고 하는 말이다. 대롱 속을 통하여 물건을 본다는 뜻이 **규관(窺管)**이다.

　견문이 좁다함은 보는 바가 적어서 일수도 있지만 견식(見識)인 학문적 소양을 갈고 닦지 않음이 가장 큰 이유라고 여겨진다. 이렇게 용관규천은 우물 안의 개구리라는 정중지와와 같은 뜻의 고사성어다. 우리가 자신의 모습은 보지 못하면서 남의 것만 보인다는 것은 그 만큼 견문이 좁음을 이르는 말이다.

　항상 나 자신부터 반성하고 주위를 돌아보아야 만

이 남을 보아도 부끄러움이 없는 것이다. **좌사우경(左史右經)**이라, 사서(史書)는 좌측에 놓아야 하고 경서(經書)는 우측이라는 말로 모든 일에는 순서가 있듯이 자신의 교양(敎養)도 앎의 차례가 있는 것이다. 내 교양에 문제가 있다면 남의 허물을 지적한다는 것이 얼마나 어리석고 편협(偏狹)된 사고인가.

다시 반복하는 말이지만 등하불명(燈下不明)과 같은 말로 **등대불자조(燈臺不自照)**라는 글이 강진지(康進之)의 이달부형곡(李達負荊曲)에 나온다. 이 말은 등잔 밑이 어둡다는 등하불명과 같은 뜻으로 등대는 먼 곳까지 불빛을 비춰 주지만 정작 등대 밑은 어둡다는 말로 다른 사람은 잘 보이지만 자신의 일은 도리어 어둡다는 말이다. 또 회남자(淮南子)[4]에 **지원부지근(知遠不知近)**이라는 말이 있다. 먼 데 있는 것은 잘 알고 가까운 곳은 모른다는 의미로 남의 일은 잘 보이어 알지만 정작 자기 일은 모른다는 비유의 글이다.(귀곡천계(貴鵠賤鷄)참조)

경험의 중요성을 지적하는 소견이 좁은 이야기가 또 있다. 염철론(鹽鐵論)[5]에 **선지부지설(蟬之不知雪)**이 그 말이다.

---

4) 회남자(淮南子) : 한(漢)나라 고조(高祖)의 손자로 전한의 회남왕(淮南王) 유안(劉安, B.C 179~ B.C 122)이 찬한 일종의 백과전서.
도가사상(道家思想)을 기초로 하여 천문, 지리, 정치, 신화, 전설 등등 온갖 것이 총 망라된 책으로 한나라 시대상에 중요한 민속자료의 집대성이며 책의 원명은 회남홍열(淮南鴻烈)임.

5) 염철론(鹽鐵論) : 전한의 선제(宣帝, 재위 B.C 74~ B.C 49) 때에 환관(桓寬)이 편찬한 것으로 주 골자의 요지는 조정에서 열렸던 회의의 토론 내용을 재현하는 형태로 서술된 독특한 방식으로 엮어진 책.

매미는 여름 곤충으로 겨울의 눈(설, 雪)을 본 바가 없으므로 무지하여 눈의 세계를 모른다. 당연히 모르니 믿으려 하지 않을 뿐더러 견문이 좁을 수밖에 없다는 뜻이다. 그래서 사람은 경험을 통해 식견을 쌓아 먼저 가까운 타인의 마음을 헤아릴 줄 알아야 좋은 벗이 된다는 이야기다.

누구나 견문이 좁다함은 그리 되어 어쩔 수 없는 일로 되어 버린 것이 아니다. 새로운 시각으로 안목을 키우는 자세만 있다면 능히 헤쳐 나갈 어울림의 인성이다. 삶의 가치관에 하나인 보람이란 홀로 이루는 특별한 완성보다 함께 이루려는 집단적 의식이 우리들에게는 더 보람찬 일이다.

큰 물고기는 작은 못(지(池), 소택(沼澤))엔 없다. 송옥(宋玉)의 대초왕문(對楚王問)에 **척택지예(尺澤之鯢)**라는 글이 바로 작은 못의 송사리라는 말이다. 소견(所見)머리 없는 사람을 두고 이르는 비유다.

견문이 넓은 사람은 하는 일도 많아 세상이 좁다고 생각한다.

그런 사람이 되자.

刻
새길 각

舟
배 주

求
구할 구

劍
칼 검

풀이 배에서 강물에다 떨어뜨린 칼을 찾는다는 말로 융통성(融通性)이 없는 즉, 판단력(判斷力)이 둔하고 어리석은 행위

由來 「여씨춘추 찰금편(呂氏春秋 察今篇)」

 간이 어떤 정황에 있어서 사리를 판단하지 못하는 것은 간혹(間或) 「모름」 때문인 경우도 있지만 대개는 「고정(固定)」에서 비롯된 굳어진 비유가 더 적절한 사리판단(事理判斷)의 결점(缺點)일 것이다.

인간사에 있어서 때로는 고정된 생각으로 우직하게 「이룸」을 달성(達成)하기도 하지만 대부분은 변화(變化)에 밀려 실패하는 꼴이 되고 만다.

이렇듯 고정된 사고는 현대사회의 다양성에 있어서 바람직한 방향은 아니다. 그러나 「고정」이라는

말에서 굳이 좋은 점을 꼭 찾아보겠다면 한두 가지 열거(列擧)하기란 그리 어렵지 않다.

일편단심(一片丹心) 나라를 위하는 **우국충정(憂國衷情)**이나, 개인적 입장에서 어떤 사람과의 굳은 신뢰성(信賴性)이 자기 자신과의 고정된 패러다임(paradim)으로 피차간에 유익한 관계로 이어지는 것이 그런 예다.

하지만 고정에서 벗어나 모름 또는 우둔(愚鈍)함을 현명한 분별력(分別力)으로 판단한다는 것은 사뭇 다른 이야기다. 자신에 사고의 틀이 어리석은 행위로 한정되어 있다면 이는 위험한 일로 자기발전은 기대할 수 없다는 말이다.

왜냐하면 똑똑함이나 명석(明晳)함의 문제가 아니라 스스로가 자아도취(自我陶醉)로 인하여 자기 함정이나 자기 늪에 빠진 꼴로 어리석은 행위로 일관하기 때문이다. 그러므로 자칫하면 인생의 낙오자(落伍者)로 전락할 수 있음으로 반드시 나름대로 훈련이 필요하다.

좋은 사고(思考)는 좋은 만남을 가져다주듯이, 좋은 정신(精神)은 좋은 사람으로 거듭나게 한다는 점, 참 좋은 발상(發想)이자 우리에게 의욕이 넘치는 가장 좋은 희망의 슬로우건(slogan)이다.

12 목불식정(目不識丁)

目
눈 목

不
아니 불

識
알 식

丁
고무래 정
(넷째 천간 정)

풀이 눈으로 보고도 고무래임을 알지 못한다는 뜻
곧 일자무식(一字無識)을 말하며 우리 속담에 "낫
놓고 기역자도 모른다" 와 같은 의미다.

由來 「송남잡식」
∴ 원래 정(丁)자는 못 정(釘)의 모양을 본 뜬 글자로 흔
히 고무래 정(丁)이라고 하는데 이는 글자 모양이 고
무래와 비슷하므로 붙여진 훈에 불과하므로 본래 의
미가 있는 본자의 뜻과는 전혀 관계가 없음. 정(丁)은
넷째 천간 (정)

우리 속담에 아무리 모른다고 하기로 '낫 놓고
기역자도 모른다'라는 말은 지나친 말이다. 실제 한
글 닿소리 글자인 'ㄱ'자도 모른다고 한 것은 다른 의
도로 빗대어 한 말이라지만 모르는 것은 모른다고 하
는 것이 당연하다.

고사(故事)에 목불식정(目不識丁)이 전하는 말도

무식(無識)하다는 말을 표현하는 것으로 고무래를 눈으로 보고도 고무래(곡식 또는 아궁이에 재를 긁어내는 데 쓰는 연장)임을 모른다는 말이다. 배우지 못한 게 죄는 아니지만 이제부터라도 무식하다는 소릴 듣지 않으려면 배워서 알면 된다.

서경 열명상편(書經 說命上篇, 열(說) 자의 훈은 여도지죄, 유비무환, 유래를 참조할 것)에 이르기를 굽은 나무도 먹줄을 놓아 깎아내면 곧게 된다는 말이 **목종승즉정(木從繩則正)**이다. 이 말은 누구라도 열심히 학문을 닦거나 충고에 잘 따르면 훌륭한 사람으로 거듭난다는 비유다.

자기 본인의 입장에서 상대방이 너무 어리석고 무식하다 하여 남을 폄훼(貶毁)하는 듯한 과장된 표현은 삼가야 한다. 설령 박식(博識, 박학(博學)하고 만사에 통달한 사람을 통유(通儒)라고도 함)하다 해도 'ㄱ'자보다 더 쉬운 것도 모를 수 있는 게 사람이기 때문이다. 그래서 말이 실제보다 지나치다는 뜻이 **언과기실(言過其實)**이다. 또 **침소봉대(針小棒大**, 작은 바늘 같은 것을 큰 막대로 비유해서 말함)도 같은 과장된 말이다. 그런데 이 보다 좀 더 지나친 표현으로 무식(無識)함을 두고 빗대어 생겨난 말이 있다. 학식(學識)이 없다하여 사람을 조롱하는 말로 말이나, 소에다 옷을 입혔다는 뜻인 **마우금거(馬牛襟裾)**가 그 말이다.

이런 말을 남에게 하는 사람을 위해서 충언이 하나 있다. 마우금거를 알 정도로 학식을 갖춘 사람이라면 귀담아 들어야 한다. 진정으로 지식(知識)이 있는 자는 마음속에 간직하고 있지 함부로 말하지 않는다는 **지자불언(知者不言)**을 꼭 새겨 두어야 한다는 말이다.

또 사기(史記)에 **양고심장(良賈深藏)**[6]이라는 말도 같은 뜻이다. 사람의 생각을 글로 남기면 **문장(文章)**이 되고, 시(詩)로 남기면 **언지(言志)**다. 또한 말을 말로 남기면 **유언(遺言)**이 된다.

그러나 오늘 날의 유언은 죽음에 이르러 어떤 당부나 부탁의 의미로 남기는 말이거나, 자신이 죽은 뒤에 일어나는 제반적인 법률상의 문제를 제거하기 위하여 나름대로의 요건에 적합한 의사표시를 하는 것으로, 육성(肉聲)보다는 법률대변자를 통해서 서식에 따라 완결 지어진 것이 더 효력을 갖게 된 세상이 되었다. 그것이 유언장(遺言狀)이다.

이토록 말의 의미가 글이라는 문자(文字)로 변질되어 상당히 거리가 있는 언어의 괴리감(乖離感)으로 희석(稀釋)시켜 버렸다는 뜻이다. 이렇듯 말이 남기고자 하는 의도를 이제는 반드시 글로 남겨 주어야 하기에, 세상의 모든 말은 내뱉고 나면 정확하게 기억해 내지 못하고 다시 주어 담을 수 없다는 맹점이 가져 온 어쩔 수 없는 논리다.

그래서 유언이라는 원래의 의미가 마지막 말이지만 말 대신 글로 남겨야 하는 세상이 된 것 같다. 무엇인가를 말로 남긴다는 게 유언이라면 그 당시에 그것을 들을 수 없음에 효력을 상실하게 되는 것이 또한 말이라는 속성이다.

---

6) 양고심장(良賈深藏) : 사기 노장신한전(史記 老莊申韓傳)에 이르기를 큰 장사꾼은 좋은 물건을 노점에다 아무렇게나 진열하지 않는다는 말로 어진 현자(賢者)는 학식과 덕행을 감추고 외부에 과시하지 않는다는 비유의 말.

참 공허한 메아리처럼 들린다. 살아서는 그렇게나 생명력이 있었던 말이 세상을 떠나고 나면 아무것도 남기지 않기에 서글픈 의사소통(意思疏通, communication)이라는 말이다.

범(호, 虎)은 죽어서 가죽을 남기고 사람은 죽어서 이름을 남긴다고 했다. 이름 석 자라, 여기에도 말은 빠져 있다. 이 말은 일상적인 대화는 말이었지만 세상에 남긴다는 것은 오직 정신이라는 것으로 글이 대신하여 준다는 뜻이다.

그 사람이 살아있을 때 행적이 이름 석 자요, 그 사람의 정신이 이름 석 자에 남겨진다면 무엇을 말하려 하는지 자명(自明)해 진다.

「앎은 어느 날 우연히 찾아오는 상식을 말하는 것이 아니다.

내가 반드시 알아서 깨달아야 한다는 지혜가 있을 때 앎이라는 보물을 만나게 되는 것이다.

그래야 소중한 인생의 가치를 논할 자격이 있는 것이다.」

친구와 형제

친구란 형처럼 넓게 포용(包容)하는 마음으로 아우같이 마음 아파하는 것이다. 그러기에 형제는 이 세상 끝까지 내 분신으로 남아 있음이다.

落
떨어질 락

月
달 월

屋
집 옥

梁
들보 량

풀이 벗의 꿈을 꾸고 깨어보니 지는 달이 지붕을 비추고 있더라는 두보(杜甫)의 시(詩). 벗을 생각하는 심정이 간절함을 비유

由來 「두보(杜甫)의 몽이백(夢李白)」

　　내 어릴 적 고향의 봄은 아름다운 산하(山河)로 휘감아 놓은 병풍(屏風)같은 산촌(山村)이었다. 아차산 기슭에 복사꽃이 만발할 때면 마치 산이 불타오르는 것처럼 붉게 물든 **별천지(別天地)**가 되어 어느 저녁노을보다도 아름다웠다.

　　복숭아꽃(도화, 桃花), 이화꽃(梨花, 배꽃), 자두꽃(자도화, 紫桃花)이 흐드러지게 핀 과수원의 정경(情景)은 일대(一大) 장관(壯觀)을 이루며 고향의 봄을 울긋불긋 꽃 이불로 덮어 놓았다.

　　봄날의 어느 하루는 마을 어귀마다 모내기에 일손

이 바빴고 정다운 이웃들의 품앗이가 들에 넘쳐 개울 물소리가 되어 졸졸졸 잔잔하게 들려왔다.

초록빛 색깔로 비단옷을 갈아입은 보리밭은 녹색의 계절을 예고한 듯 제 모습을 뽐내다가 일찍부터 나른함에 잠이 들었다. 온통 축복의 대지(大地)위에 생기를 불어넣어 줄 반가운 비손님이 찾아올 때면, 서녘하늘에 고운 물방울이 햇빛에 반사되어 무지개가 펼쳐져 영롱한 갖가지 구슬들이 잔치를 벌이는 듯 했고, 아지랑이 핀 작은 언덕엔 할미꽃과 보라색 제비꽃이 소담스레 피어났다.

이른 봄에 피고 진 노란 개나리꽃 숲 울타리로 넓게 담장을 친 우리 옛날 집은 야트막한 언덕 위에 자리한 제법 큰 식물원과 흡사(恰似)했다. 얼마나 나이가 드셨는지 신령(神靈)스럽기까지 한 장독대 위에 거목의 살구나무는 엷은 핑크빛 꽃으로 온 지붕을 뒤덮었고 뒤뜰에는 수 그루의 오래된 밤나무와, 벚나무, 대추나무, 그 사이에 자주 꽃이 핀 구기자나무와, 자두나무, 매화나무, 앵두(앵도, 櫻桃)나무는 약속이나 한 듯 아카시아(acacia) 오월 꽃향기에 취해 춘곤증(春困症)을 한껏 먹고 몸살을 앓곤 했다.

뒤뜰 옆 자락에 있는 또 다른 뒤곁에는 비비추 군락사이로 취나물과 돌나물이 촘촘하게 넓게 퍼져 자랐고 여기에 질세라 한 아름지기 부추는 난(蘭)잎인 양 제 멋에 겨워 마음껏 멋을 부렸다.

수년(數年)이 자라 보임직한 백도라지 밭은 알 수 없는 향내를 머금고 기지개를 펴고 채송화, 봉숭아, 달리아(dahlia, 양국(洋菊)), 분꽃, 수선화(水仙花), 바람에 일렁이는 가녀린 여인의 머릿결 같은 붓꽃 등 이루 다 헤아릴 수 없을 만큼 많은 관상(觀賞)의 물결들이 봄의 향연(饗宴)으로 산재(散在)되어 진귀함을 보내 주었다.

이때쯤에 꽃비가 살포시 오면 동네사람들은 한바탕 갖가지 꽃들에 모종을 가져가기 위해 우리 집 대문턱이 불이 났었다. 이 모두가 생전에 할아버님 작품으로 그 무엇과도 바꿀 수 없는 삶의 정서(情緒)를 마음이 아프도록 오랫동안 무언(無言)으로 남겨 주셨다.

석중림(釋仲林)이란 책에 봄철을 일컬어 **양화천(養花天)**이라 전한다. 온천지가 꽃을 기른다는 뜻이건만 그 누가 말을 했나, 어느새 왕성했던 봄기운이 기울어 봄날은 가고, 꽃이 짐에 그 봄날의 초라함을. 주옥(珠玉)같은 문집(文集)인 일세방화(一歲芳華)에 **비록수홍(肥綠瘦紅)**이 남겨 놓은 이 말이 지금까지도 내 마음에 시려오니 아마도 여러 해 동안 그 시절의 봄날을 아쉬워하며 나는 유년시절(幼年時節)을 보낸 것 같다.

물이 좋아 먹골 배가 꿀맛 같았고, 물안개가 저수지 수면위에 피어올라 떡갈나무 숲 산자락과 초야(草野)를 가리어, 신비(神秘)한 그림 속에서나 본 듯한 **연화세계(蓮花世界)**[7]를 만들었던 내 고향.

해마다 산치성제(山致誠祭)를 드릴 때면 동리(洞里)의 안녕(安寧)과 무탈(無頉)을 기원(祈願)하며 누구랄 것도 없이 마을마다 돌아가며 정성껏 행사 준비에 여념이 없었다. 숭고(崇高)한 의식에 차례를 기다리던 그 순수했던 이웃들의 모습이 떠올라 갑자기 숙연(肅然)해진다.

---

7) 연화세계(蓮花世界) : 최융하(崔融賀)의 천엽서연표(千葉瑞蓮表)에 적혀 있는 글로 극락세계(極樂世界)를 이름.

언제나 어린 날에 내 고향의 봄은 눈물처럼 그렇게 흘러갔으며, 그 안에는 잊지 못할 순진한 친구가 소롯이 자리 잡고 있었다. **하산욕우(夏山欲雨)**[8]임에도 천렵(川獵)을 즐기며 놀았던 고사리 같은 그 아이 손이 불현 듯 그리운 밤.

오늘따라 봄을 재촉하려는지 비는 오고 그 여름날에도 우리는 삼태기로 모래무지(사어, 鯊魚)와, 송사리를 잡으며 보슬비에 흠뻑 젖었었지.

아기 우산만큼이나 큰 오동잎이 떨어지니 어김없이 가을이 찾아와 벼가 알알이 영그는 황금빛 들녘에서 메뚜기를 잡아 강아지풀 꽃대에다 꿰면서 하루해가 넘어갔지.

엄동설한(嚴冬雪寒)이 떠날 채비를 하던 어느 끄트머리 겨울날 새하얀 눈밭에서 색동옷보다 고운 연(鳶)을 날리며 불쑥 내게 던진 말, 꿈이 무어냐고 물었었지.

그 친구는 지금 어디서 무엇을 하며 살고 있는가.

그 때는 몰랐지만 형편이 어려워 일찍 책가방을 놓아야 했던 윗마을 산 아래 친구. 내가 본 아이 중에 가장 총명한 어린 소년이었다. 나는 어쩌다 잊고 있었던 어린 날에 그 친구를 생각할 때면 안타깝게도 얼굴이 또렷이 떠오르질 않는다.

세월이 흐른 탓인가……

---

8) 하산욕우(夏山欲雨) : 철경록(輟耕錄)에서 전하는 말로 여름날 산자락에 비구름이 모여 듦을 이름.

그래도 꼭 한번은 보고 싶은 친구.

눈빛으로라도 마음을 전하고픈 아련한 옛 친구.

그래서 이 글로나마 남겨주고 싶은 그리운 벗이다.

이미 그때 그 시절은 추억이 되어 내 인생에 다시 올 수는 없지만, 봄이 오면 복사꽃이 만발했던 과수원 언덕에 올라 미풍(微風)에 연분홍 꽃잎이 흩날릴 때, 그 아이와 함께한 **천진무구(天眞無垢)**한 웃음이 아직도 내 가슴에 머물러 있다.

肝
간 간

膽
쓸개 담

相
서로 상

照
비출 조

풀이 마음이 잘 맞는 절친한 친구사이로 서로의 마음을 터놓고 숨김없이 사귐을 이르는 말

由來 「후정록(侯鯖錄)」,
「한유(韓愈)의 유자후묘지명 (柳子厚墓誌銘)」
∴ 당송팔대가(唐宋八大家)중 한 사람인 한유(韓愈)가 그의 친구인 유종원(柳宗元)의 우정을 칭송해서 쓴 유자후묘지명(柳子厚墓誌銘)에서 비롯됨

여기 이 지면에는 지나간 추억을 회상하면서 받아볼 수 없는 친구이거나, 꼭 부쳐야 할 잊지 못할 벗님을 위하여 빈 공란을 남깁니다. (친구에 관한 이야기는 낙월옥량(落月屋梁)에서 참고 바람)

難
어려울 난

兄
맏 형

難
어려울 난

弟
아우 제

풀이 형제가 모두 성덕(盛德)이 있어 우열(優劣)을 가리기가 어렵다는 뜻

由來 「세설 덕행편(世說 德行篇)」

∴ 맏이를 백씨(伯氏), 둘째를 중씨(仲氏), 끝을 계씨(季氏)라고 부름

이 책에는 쓰지 않았지만 가문의 영광으로 송사 송상전(宋史 宋庠傳, 상(庠)은 학교(school)를 뜻하며 향교(鄕校)를 중국 주대(周代)에는 상(庠)이라 불렀고 은대(殷代)때는 서(序)라고 쓰인데서 유래되어 학교를 다른 말로 **상서(庠序)**라고 함)에 나오는 이야기가 있다.

송씨 가문(宋氏 家門)에 두 형제가 있었는데 그 당시 예부(禮部)의 시험에 나란히 합격하여 세인(世人)들에게 **회자(膾炙)**거리로 부러움을 샀다고 전한다.

거기서 유래되어 생겨난 말로 난형난제처럼 우열을 가릴 수 없다는 뜻이 **대송소송(大宋小宋)**이다.

형과 아우를 구분해서 대소(大小)를 붙인 것이다. 전해오는 말이지만 얼마나 훌륭하게 자식을 키워냈으면 그렇게나 겹경사를 이루었을까. 형만 한 아우는 없다지만 우열(優劣)을 가릴 수 없는 형제의 든든함이라 아니할 수 없다.

세상에는 이처럼 아름다운 경쟁이 있어 살만한 가치가 있는 것이다. 하여 경쟁은 세상을 발전시켰으며 자신의 안일(安逸)함을 반성하고 **심기일전(心機一轉)** 노력하게 만들어 끈기인 인내(忍耐)와 사귀게 되는 것이다. 젊음은 모든 경쟁에 있어서 하늘이 준 처음이자 마지막 밑천이요 인생에 꽃이다. 혈기왕성한 나이를 **춘추정성(春秋鼎盛)**이라 하며 젊음은 무엇이든 가능한 나이라는 말이다.

그래서 젊어서의 경쟁은 자기 자신에게 아름다운 발전이 된다. 본시 우열을 통한 가름은 스포츠에나 있지 인생에는 없다. 자기 자신의 발전은 아름다운 경쟁자를 통해서 서로 발전하는 것이며, 우열은 그 의미가 없음으로 인생에 일등이 없는 것이다. 열자(列子)에 **형왕영곡(形枉影曲)**이라는 고사성어가 있다.

어떤 물체(物體)가 휘어지면 그림자도 같이 구부러진다는 뜻으로 원인과 결과는 서로 일치(一致)한다는 말이다. 따라서 아름다운 경쟁은 같은 힘이라야 그 우열을 가릴 수 없듯이 상대방의 경쟁자가 힘이 들 때는 자신이 일으켜 세워 주어야 서로의 발전을 함께 기대한다는 비유와 같다. 맹자제사(孟子題辭)에 **명세지재(命世之才)**라는 좋은 말이 있다. 세상을 구원할 만한 대단한 인재를 가리키는 말이다. 그러나 그 뛰어난 사람 뒤에는 반드시 그에 버금가는 아름다운 인재(人才)가 있었기에 명세지재가 먼저 세상에 나온 것이다.

鶺
할미새 령

原
벌판 원

之
의 지

情
정 정

풀이 형제(兄弟)간에 어려움이 닥치면 서로 도와야 한다
는 고사

由來 「시경(詩經)」
∴ 영원(鶺原) : 할미새(鶺鴒)는 물새로 물가에 있어야
하는데 물이 없는 들판에 있음을 말함. 할미새 척(鶺)

콩

바람 잘 날 없는 날이 그리운
오두막집 두메 밭이랑에
우리 콩은 간데없고 콩깍지만 남았네

대관절大關節 삶이 무엇이길래
모두들 빠알간 색동옷 갈아입고
서둘러 제 갈 길로 가버렸는가

여름 날 노란 꽃 쥐눈이 콩은
다시 꼬투리를 짓고 알알이 여물어 가지만
우리가 살던 소시少時적 콩짚은 아니었네

세월은 부질없어 청춘을 잃고
가을 소슬蕭瑟한 바람에 멍에만 남아
한갓되이 쪽구름은 연鳶을 날리고 있네

정녕, 동심童心의 추억은 눈물을 감추고
이제 영원히 오지 않는 꿈으로만 머물렀는가
형아야 아우야 누나야

참고 2 영원지정(鶺鴒之情)과 유사한 형제애(兄弟愛)의 고사성어 모음

● 여족여수(如足如手)
  一.「이화의 조고전장문(李華의 弔古戰場文)」
  ; 손과 발이 같다는 것은 형제간을 의미하며 우애가 있음을 두고 하는 말

● 체악지정(棣鄂之情)
  一.「시경 소아 상체편(詩經 小雅 常棣篇)」
  ; 형제간의 아름다운 우애(友愛)의 뜻으로 산 앵두나무에 비유한 말
    ∴ 산 앵두나무 체(棣), 나라 이름, 고을 이름 악(鄂)

● 천생우익(天生羽翼)
  一.「당서 예종제자전(唐書 睿宗諸子傳)」
  ; 형제간에 서로 친함을 이르는 말

● 척령재원(鶺鴒在原)
  一.「시경 소아 상체편(詩經 小雅 常棣篇)」
  ; 할미새는 머리와 꼬리(首尾)가 서로 응(應)하므로 급한 일을 당하게 되면
    형제가 서로 돕는다는 뜻으로 씀

네 번째 마당

학문과 진실

그 사람의 지금을 보면 과거를 헤아려 볼 수 있고 과거를 알면 지금의 모습 그대로다. 진실은 누구도 속일 수 없으며 삶은 노력한 것만큼만 돌아온다. 이것은 어떠한 논리로도 부정할 수 없다. 반드시 정한 이치에 따름은 뜬구름처럼 요행(僥倖)을 바라지 않기에 경우의 수(數)가 필요하지 않다. 한 번의 실패는 한 번의 성공에 밑거름이 될 것이다.

　좌절(挫折)과 고뇌(苦惱)와 외로움의 긴 단련(鍛鍊)은 쓴 약(藥)이 되어 끝내는 현자(賢者)를 만들어낸다. 그래서 인간은 선천적(先天的) 정신에 의존(依存)하기보다는 후천적(後天的)으로 갈고 닦음에 더 많은 무게를 두어야 한다. 그래야 후대(後代)는 배움의 위대함을 알게 되기 때문이다.

孔
공자 공

子
경칭 자

穿
뚫 천

珠
구슬 주

풀이 공자(孔子)가 아홉 고비로 구부러진 구슬 구멍에 실을 꿰려다가 이루지 못하고 하찮은 촌부(村婦)에게 개미허리에다 실을 매어 꿰는 비결을 배웠다는 전설(傳說)

由來 「조정사원(祖庭事苑)」

누구라도 배움을 즐겨하는 자는 행복한 마음을 가진 자다. 자기 자신을 낮추며 배움의 철학을 이해하려는 것은 위대한 인물로 가는 희망의 길인 동시에 선인처럼 깨끗한 사람이다.

배움이란 우리가 눈으로 볼 수 없는 공적(功績)이며 멀고 긴 인내에서 모아진다.

「앎」의 즐거움은 「모름」에서는 그 세계를 알 수 없다. 모름에서 출발한 앎이 성숙되어 지혜(知慧)로 돌아올 때는 그 무엇으로도 바꿀 수 없는 무형(無形)

의 재물(財物)이 된다. 사업에 크게 성공한 우리나라 어느 구직 신문사 사업가가 어떤 방법으로라도 모아 둔 재산은 사회에 환원(還元)할 것이며 자식에게는 주머니의 재산보다 머리에 지식을 넣어줌으로써 큰 재산과 대신하는 것으로 만족하겠다는 말을 했다. 가히 자기 마인드가 확실한 경영철학을 보여주는 귀중한 사례다.

이런 철학적(哲學的) 마인드(mind)가 있었기에 그 사람을 성공하게 만들었다는 원동력(原動力)이라고 말하고 싶다. 왜 이런 이야기를 앞서 기재(記載)했는가 하면 물질보다는 정신 즉 배움에 비중이 얼마나 중요한지를 일깨워 주는 한 단면에서다. 모른다는 것은 앎을 위해 존재하는 것이다.

그러면서도 모름을 앎을 위해 실천하지 않는다면 가히 불행한 일이다. 다양한 사고가 영재(英材)를 낳고 기발한 아이디어가 이 세상 모든 사람들에게 무언(無言)에 도움을 준다.

일수백확(一樹百穫)9)이 그 말이다. 몰라서 묻는 것은 궁금증의 시작이요, 앎에 첫 단추다. 옷에 단추를 잘못 끼우면 아니 낀 것만 못하다. 그러나 언젠가는 그러한 **시행착오(試行錯誤)**를 통해서 또 다른 방식으로 앎의 그릇이 넘칠 만큼 채워질 것이다.

그것은 반드시 배움이라는 노력(努力)의 결과가 있다는 것을 우리로 하여금 믿게 하기 때문이다.

---

9) 일수백확(一樹百穫) : 관자(管子)에 나오는 말이며, 훌륭한 인재 한 사람을 길러냄에 있어 전체 사회에 큰 이익을 가져다준다는 뜻.

康
편안할 강

衢
네거리 구

煙
연기 연

月
달 월

풀이 태평한 시대의 평화스런 모습을 비유하는 말로, 집 집마다 밥 짓는 연기가 피어올라 달을 은은히 가리 운 오거리와 사거리에 안온한 풍경

由來 요(堯)임금시대
1) 강구(康衢)
　ᅳ.「열자 중니편(列子 仲尼篇)」
　　강은 오달(五達)의 도(道) : 다섯 갈래 길
　　구는 사달(四達)의 도(道) : 네거리의 길
2) 강장(康莊)
　　강은 오달(五達)의 도(道) : 다섯 갈래 길
　　장(莊)은 여섯 갈래의 길 : 육거리
　　; 모두 번화(繁華)한 길을 말함
　　아마도 부유함의 상징으로 그 당시 도시 풍경을 묘사
　　한 듯. 편안할 강(康)을 그대로 해석하면 무리가 따름

　내 가 이 책을 저술하면서 강구연월(康衢煙月) 을 쓸 때 이야기다.

글의 내용을 마지막으로 정리하면서 강구연월을 붙잡고 씨름을 하던 그 때가 문득 생각났다.

강구연월은 한 마디로 편안한 네거리의 안온한 풍경을 뜻한다. 나는 그 의미에 처음에는 의심을 하지 않고 그냥 정리 작업을 했다. 그런데 며칠이 지나도록 자꾸 무언가 석연치 않은 의문이 들기 시작했다. 어째서 사거리가 편안할까?

상식적으로 생각해 보아도 여기에는 필시 무슨 곡절이 있을 거라는 막연한 추측과 궁금증이 들기 시작했다.

그래서 열심히 사전을 들춰 입증작업에 착수(着手)했다.

그런데 일반 사전이나, 전문고사성어 사전에도 이 고사성어의 뜻풀이가 모두 그렇게 쓰여져 있어 나의 생각이 괜한 기우(杞憂)라고 결론을 내렸다.

하지만 이상하게도 집요하게 그 생각이 내 머리 속에서 떠나지를 않아 좀 더 깊이 연구해 보기로 하고 다시 이것저것 궁색한 탐구(探究)에 몰입하게 되었다. 참으로 식견(識見)이 좁음을 인정하면서 말이다.

그러던 어느 날 끝내 꼬박 밤을 하얗게 밝히면서 궁금증을 찾아냈을 때의 기쁨이란 말로 형용할 수 없는 희열(喜悅) 그 자체였다. 궁금증의 요지는 대강 이러한 내용이다.

강구(康衢)란 편안한 사거리를 의미하는데 원래 사거리라는 길은 사람들이 많이 왕래(往來)함으로 편안하다는 표현은 적절한 수식어(修飾語)가 아니다.

구태여 말하자면 편안함을 설명하려 했다기보다는 아마도 경제적 상징인 도시풍경으로 태평성대한 시대를 묘사한듯한데 그것도 시끌벅적한 곳을 선택하여 편안한 사거리라는 뜻으로 쓰기에는 충분조건(充分條件)이 되지 않는 이유다. 그 만큼 사거리라는 개념(槪念)은 예나 지금이나 떠들썩한 거리를 연상시키기 때문이다.

또한 연월(煙月)이라는 말에서 그 뉘앙스(nuance)가 가을 달만큼 고즈넉하고 한편으로는 복스러운 빛깔처럼 보인다.

부유함과 태평한 시대를 상징하려는 의도였는지는 모르지만 연월이 안락하고 평온하다는 느낌으로 다가와 이 말은 매우 훌륭한 표현이다. 고기나, 밥 짓는 연기가 달을 가리운다? 아, 정말로 감성적 운치가 흐르는 서정시(敍情詩)같은 밤이다. 그런데 강구연월에서 강(康)이라는 글자에 숨은 비밀이 있었다. 그 뜻이 바로 오거리라는 의미였다.

강구(康衢)란 오거리와 사거리를 의미하는 것으로 원래 자(字)가 가지고 있는 뜻과는 별개(別個)로 「편안할 강에 가려져 있었다는 뜻이다.」 강(康)은 오거리 강이라는 뜻이요, 구(衢)는 네거리 구다. 참 기막힌 일로 열자 중니편(列子 仲尼篇)에서 이 강(康)에 대한 진실을 밝혀 주었다.

나는 이 고사성어가 가지고 있는 원래의 뜻으로 복귀(復歸)시켰다는 것만으로도 내 소임을 다 한 듯한 느낌마저 드는 순간이었다. 제 아무리 세월이 유수(流水)와 같이 흘러도 동양적 사관(史觀)으로 볼 때 선대(先代)에서 남겨 놓은 정신세계를 지금 우리가 옳게 남겨

주어야 그 빛이 후대(後代)에 바르게 쓰여 질 것이라 사료(思料)된
다. 그래서인지는 몰라도 이러한 현실에 나는 짧은 식견으로 또 한
번 가슴 아픈 우울증(憂鬱症)을 앓아야 했다.

많을 다

갈림길 기

잃을 망

양 양

풀이 달아나는 양을 쫓다가 여러 갈래로 길이 나와 양을 잃고 탄식(歎息)했다는 고사에서 유래. 학문의 길이 너무나 다방면으로 진리를 찾기가 어려움을 비유한 말

由來 「열자 설부편(列子 說符篇)」

I

삼국지에 나오는 **식자우환(識字憂患)**이라는 고사성어로 다기망양을 대신하여 간략하게 쓰고자 한다.

원래의 뜻은 서투른 학식 때문에 근심을 키운다는 의미가 식자우환이다. 그러나 다른 말로 해석해 본다면 학문을 너무 많이 알아도 우환이 있지는 않을까?

처음 글을 알아 그 뜻풀이를 통해서 근심을 배웠다면 이 또한 인생에 작은 고통이요, 하물며 학문의 길이 너무나 여러 갈래라서 그 진리를 찾기가 어렵다고 한 것은, 아마도 오랜 기간 많은 배움을 통해서 배가(倍加)가 되는 큰 고통을 말함이요, 이에 수반(隨伴)되는 근심 또한 처음 글을 배울 때 보다 더 말할 나위가 없음 때문이다.

좀 더 부연설명(敷衍說明)으로 들어가 보면 소동파(蘇東坡)인 소식(蘇軾)은 「앎」의 근원인 글자에 관하여 시(詩)한 수를 읊었는데, 석창서취묵당시(石蒼舒醉墨當詩)라는 싯귀 한 구절에 삶은 글자를 알 때부터 우환이 시작된다고 노래한 것. 그리고 차라리 아무것도 모르는 편이 더 편함을 시사 한 점. '그저 이름 석 자 쓸 줄 알면 되지 않겠는가'라고 「앎」을 우환에 비유함이 그것이다.

곱씹을 만한 현실에 반(反)한 아이러니(irony, 풍자(諷刺))다.

II

인간으로 태어나 「앎」의 진실을 섭렵하여 더 이상 오를 수 없을 만큼 대단한 경지에 도달한다는 것이야말로 그 어떤 특별함을 부여받은 것보다도 더 값진 삶은 이 세상에 없다. 아주 높은 신분적 출생보다, 또 누구와도 비교대상이 없을 만큼 호의호식하는 부러운 영화보다, 앎을 최고의 보람으로 귀히 여기는 것은 인간의 진실의 세계관을 영원히 남기기 때문에서다. 영원불멸한 삶은 그 어떤 대단한 지위도, 부귀영화도 아니며 오직 지식에 꽂인 정신의 제왕으로 불사(不死)라는 정신세계 안에 학문뿐이다. 우리가 수 천 년을 통해서 이것을 배워 오는 것이 그 증거다.

敎
가르칠 교

學
배울 학

相
서로 상

長
나을 장

[풀이] 여러 사람들에게 학문을 가르쳐 주거나, 스승으로부터 배우거나, 결국에는 모두가 나의 학문을 발전시킨다는 뜻

[由來] 「예기 학기편(禮記 學記篇)」

처음부터 선생(先生)으로 태어나는 사람은 없어도 마땅히 배워서 선생으로 되는 것이 세상이치다. 어떤 분야를 막론하고 타인(他人)을 가르친다는 것은 타고난 재주만 가지고는 어려운 일이다. 따라서 반드시 기예(技藝)를 겸비해야 만이 가능한 것이다. 재주라는 말과 기예라는 뜻은 분명히 전달하는 의미가 다르다.

재주는 재간(才幹) 즉 꾀를 말하는 것으로 나름대로 솜씨를 발휘하는 어느 정도 타고난 능력을 포함시켜 이야기 한다면, 기예란 한 마디로 기술에 비중을 두어 특별함에 의지한 재주를 뜻한다. 기술(技術) 역시 반복된 훈련이나 갈고 닦음의 정성과 노력이 뒷받침 되어야 만이 비로소 터득할 수 있는 경지를 말한다.

그래서 앞서서 노력해서 배운 학식 있는 사람을 선생이라고 한다. 우리는 이러한 분을 가리켜 예의(禮意)를 다해 선생님이라는 존칭을 쓰는 것이다. 스승님이 그 말이요, 스승 사(師), 스승 부(傅) 라는 사부님이 그 뜻이다. 사실이지 어찌 보면 선생님도 배우는 자로부터 새롭게 배우는 게 참 많을 거라 여겨진다. 나의 경우를 보면 확실하게 그렇다고 느낀다. 사람마다 가지고 있는 행동(行動), 습관(習慣), 사고(思考)가 각기 다름이 뚜렷해서 저마다 다른 길을 보게 되니 하는 말이다.

그래서 학문에 있어서 모든 것을 수용(受容)하고 가르침을 일률적(一律的)으로 전하기란 어려운 것이다. 하고자 하는 성취욕구(成就欲求) 하나만 보더라도 능동적(能動的)으로 따르는 자, 피동적(被動的)으로 끌려오는 자 등등 **천차만별(千差萬別)**이다. 식견(識見)의 깨달음이 늦은 자를 **하견지만(何見之晚)**이라고 한다.

반대로 문견후록(聞見後錄)에 나오는 말로 특출하게 **점철성금(點鐵成金)**인 자도 있다. 본래 뜻은 쇠로 금을 만든다는 말이다. 이 말은 10)연금술(鍊金術)을 이야기하는 것이 아니라 앞선 사람의 언행을 잘 활용하여 대단한 명작(名作)을 만든다는 의미로 아주 명석(明

---

10) 연금술(鍊金術) : 구리나 납, 주석 같은 쇠붙이로 금을 만들려고 시도했던 일종에 화학 기술

哲)하고 출중한 인물을 대변하는 비유다.

이렇게 볼 때 배움에도 각기 다른 수양관(修養觀)이 있으며 이해의 정도에 따라 그 길이 가지가지로 그 방향 또한 다양(多樣)하게 분포하고 있는 것이다. 선생님이 학생들에게 가르치는 교수법(敎授法)도 마찬가지다. 예를 들어 열 가지를 알고 있음에도 불구하고 한두 가지 밖에 전달하지 못하는 능력을 가졌다면 비록 다섯 가지를 알고 있는 선생님이 이 모두를 이해시키는 탁월함을 지닌 쪽이 훨씬 더 훌륭한 스승으로 남게 된다는 점을 상기(想起)해야 할 것이다. 그래서 사람이 사람을 가르친다는 것은 어려운 일이다.

「선생님은 제자가 있어 세상을 가르치는 본문의 땅이었다면 제자는 선생님의 가르침에 본을 받아 그 땅위에 아름다운 정원(庭園)을 만들어 가는 것이다.」

21 구약현하(口若懸河)

口
입 구

若
같을 약

懸
매달 현

河
물 하

> **풀이** 말솜씨가 청산유수와 같다. 말재간이 뛰어남을 비유해서 이르는 말

> **由來** 「진서(晉書)」

여자와 남자의 신체적 조건이 다른 것 중에 하나가 말하는 신경선이라고 한다. 여자는 각각 좌뇌에 하나, 우뇌에 하나로 말하는 신경선이 두 개를 지녔다고 한다. 반대로 남자는 하나만 있다고 한다. 그래서 그런지 대부분의 여자들은 말을 잘하고 남자는 조리 있게 말을 잘 못하는지는 알 수 없지만 대개가 말로는 여자를 당할 수 없다는 게 정한 이치 같다. 여학교에 쉬는 시간은 말소리로 시끄럽고 남학교에 쉬는 시간은 소란스럽다.

시끄러움과 소란스러움은 유사한 뜻이지만 그 속에는 구분 지어야 할 해석이 있어 흥미롭다. 단지 시

끄러움은 떠들썩한 소음으로 어우러진 용어라면 소란스러움은 시끄러울 소(騷)에다 어지러울 란(亂)으로 시끄럽고 어수선한 분위기를 말한다. 이것은 곧 **혈기왕성(血氣旺盛)**한 소년들의 부산함이 그대로 행동으로 섞여 있다는 뜻이다.

여학생이 차분한 것은 부산한 행동이 별로 없음에 남학생과 다른 점이다. 다만 여학생의 경우 부산함과 바꾼 것이 있다면 말재간이 아닌가 싶다. 그래서 시끄러운 건지는 모르겠다. 내 개인적인 생각으로 보았을 때 대개가 신체적 조건 때문에 남자는 논리적(論理的)으로 발달하여 매우 핵심적(核心的)이고 단편적(斷片的)인 것을 좋아하는 것 같다. 그래서 결론을 중요시 여기는 사고(思考)가 남자의 속성이다. 물론 감성지수(感性指數, emotion quotient)가 뛰어난 예외적인 경우도 있기는 하다. 그와 상반되게 여자는 원인(原因)에 집착하는 특성을 보인다. 그래서 원인과 결과를 서로 잘 상의해서 풀이하라고 남녀의 관계를 조화롭게 맺어 놓은 것은 아닌가 싶다.

이제 짧게 본론으로 들어가 옛날 사람들이 전하는 달변가(達辯家)란 과연 어떤 사람이었을까. 아마도 학식이 높고 오늘 날 이야기하는 감성지수가 뛰어난 사람이 아니었을까 한다. 왜냐하면 대단한 말솜씨는 곧 학문과 직결되어 있었기 때문에서다. 오늘 날도 남녀 모두가 마찬 가지로 말을 잘 한다는 것은 그 만큼 들은 것과, 배운 것, 본 것이 많다는 의미가 내포되어 있다.

그러나 진정으로 말을 잘하는 사람은 유용(有用)한 생활 이야기나, 소위(所謂) 은어(隱語)처럼 함축된 재빠름으로 그 상황에 맞게 빗대어 말하는 언어의 조련사(調練師)나, 재치 있게 익살을 구사하는 해학(諧謔)꾼을 지칭하는 것이 아니라, 진실의 가치관을 밝혀 주는 그래서 삶의 활력소를 이끌어내는 **박학다식(博學多識)**한 자를 말함은 아니었을까. 내가 그런 사람이 되려면 아직도 멀었으니 세월에 묻혀 버린 나이가 한탄(恨歎)스러울 뿐이다.

實
사실 실

事
일 사

求
구할 구

是
옳을 시

> **풀이** 사실을 근거로 하여 진리(眞理)를 탐구함. 일종의 과학적 학문 태도를 일컬음. 실학(實學)의 요지로 형이상학(形而上學)의 반발

> **由來** 「한서(漢書) 하간헌왕덕전(河間獻王德傳)」

백문(百聞)이 불여일견(不如一見)이라는 말이 있다. 이 말이 처음 나온 것은 한서(漢書) 조충국전(趙充國傳) 문헌에서다.

여러 번 듣는 것 보다 한번 보는 것이 정확히 알고 확실하다는 뜻이다. 실사구시(實事求是)를 설명할 때는 **백문불여일견(百聞不如一見)**이 가장 적절한 표현 문구이다. 기실(其實) 학문이란 다양한 이론으로 조합되어 있다.

특히 이론과 경험의 연관성은 그 접목의 방향에 따라 내용이 판이하게 달라진다. 오늘 날 과학의 진보가

발전 할 수 있었던 것은 자연관을 관찰하는 과정에서 단서가 되어 눈부신 현대사회로 진입할 수 있었다.

과학은 실험을 통해서, 혹은 다양한 계산 방법을 동원하여 사실을 입증했고 전 인류의 생활 방식이 더디게 진화(進化)되어 가는 과정을 적어도 수천 년은 앞질러 버렸다. 이것은 실용주의(實用主義)에 초점을 맞추어 편리성이 등장한 것에서 실사구시(實事求是)를 잘 대변해 주는 말이다.

그러나 과학이 가져다 준 인류의 공헌(貢獻)은 실로 경이(驚異)롭지만 그 반대로 형이상학(形而上學)적 정신의 문제는 여전히 미궁(迷宮)속에 진행되고 있다.

보편타당(普遍妥當)한 진리(眞理)는 아직 실현되어 있지 않은 이치를 말하는 것으로 인류가 가지고 있는 정신세계는 과학의 생리와는 다른 관점에서 보아야 한다.

예를 들어 도덕이나 윤리만을 보더라도 그 가치관이 실험을 통하거나 눈으로 반드시 보아야 하는 학문적 사고(思考)가 아니라는 것이다. 우리가 이야기하는 철학(哲學)에서 그 해답을 고민해 보아야 한다.

溫
익힐 온

故
오래될 고
(연고 고)

知
알 지

新
새로울 신

풀이 옛 것을 잘 익혀서 새로움을 알게 된다는 뜻
과거에 배운 지식을 기반으로 새로운 도리(道理)를
알아낸다는 의미

由來 「논어 위정편(論語 爲政篇)」

인 문학(人文學)의 소양(素養)이 곧 온고지신
(溫故知新)이다.

인간다움을 실천하는 도덕관을 비롯하여 역사, 윤
리, 사회 등등 광범위한 범위에 걸쳐 있다. 커다란
의미로 학문의 한 축(軸)을 이루고 있다는 뜻이다.

미루어 짐작할 수 있는 사유(思惟)하는 개념에서
출발하여 미래의 깨달음까지를 포함하는 사상적 영
역이 온고지신 안에 들어있다.

유교(儒敎)에 있어서 대표적 필독서로서 사서(四
書)에 하나인 논어(論語). 동양 인문학에 집대성이

라고 할 수 있는 유교로 잠시 들어가 보자.

유교의 바탕은 인위(人爲)를 통해 학문적 교양을 넓혀가고 있다. 곧 인위라 함은 처음부터 새로움이 아니라 앞서 간 선인(先人)들의 정신과 행적에서 발자취를 찾아 가장 기본적인 인간적 가치를 기준에 두어 점진적으로 교육함을 말한다.

인위는 자연(自然), 즉 있는 그대로를 이야기하는 **무위(無爲)**[11]와는 반대 논리이다. 학습을 통해서 사람이 거듭난다는 것은 인위를 통해 실천행위로 이어진다는 논리로서 이 고사성어에 함축(含蓄)되어 있다. 배웠으면 옳게 써먹으라는 메시지가 교육이고 인위를 대변하고 있으며 고래로부터 지금까지 학문적 태도다.

기반(基盤)이 되는 옛 것에서 관습(慣習)이 존재한다면 지금 우리가 부정(否定)하지 않으므로 전수(傳受)됨과 마찬가지다.

---

11) 무위(無爲): 무위는 자연 그대로 두어 인위(人爲)를 가하지 않음을 말하며 무위는 곧 도(道, 천하의 근원)의 작용으로 도지자연(道之自然)으로 귀결된다. 결국 무위(無爲)는 자연(自然)을 뜻한다.
이는 인위(人爲)를 부정하는 사상, 즉 공자사상(孔子思想)에 반(反)하는 학문으로 특히 노,장자(老, 莊子)의 핵심을 이루는 기본적 개념임. 도가사상(道家思想). 이러한 예로 노자(老子)에 **무위이화(無爲而化)**라는 글이 있다.
특별히 공을 들이지 않더라도 스스로 변하여 자연스럽게 이루어짐을 이르는 말로 노자사상(老子思想)을 근간에 두어 백성들이 스스로 따라와서 잘 감화(感化)됨을 주장(主張)한 이론적 고사.

24 원목경침(圓木警枕)

圓
둥글 원

木
나무 목

警
경계할 경

枕
베개 침

풀이 방울달린 베개가 구르면 소리가 나게 하여 경각심을 삼고자 노력하는 자세로 학문 정진에 힘을 씀. 어렵게 공부하는 고학(苦學)의 비유로도 말함

由來 「범태사집(范太史集)」

삼 동문사(三冬文史).

자신의 처지를 잘 알고 한정된 시간을 아껴서 학업 (學業)에 활용한 사람으로 배워야 할 점이 많은 글이다.

한서 동방삭전(漢書 東方朔傳)에 이르기를 가난한 사람은 평소에 농사를 짓느라 틈(여가, 餘暇)을 못 내어 삼동(三冬, 겨울기간의 석 달)에 가서야 학문을 닦는다는 뜻이 삼동문사라는 글이다.

이 말은 사실은 자기 자신의 학문을 겸손(謙遜)하게 낮추어 하는 말이다.

나는 개인적으로 이러한 글이 참 마음에 와 닿는다. 솔직한 마음은 정직한 사고로 어떤 학문에도 가차(假借)가 없기 때문이다. 이른바 학문의 세계란 기한(期限)이 없어 아무리 열심히 공부를 해도 끝이 없다. 그래서 겸손한 것이다.

우리가 학문을 다루는 데 있어서 인문학적 소양으로 볼 때 대략 두 가지 정도로 개괄적(概括的)인 약술(略述)이 가능한데 그 하나가 고전(古典)에서부터 현대사(現代史)에 이르기까지 전체를 개념차원(概念次元)으로 공부하는 방법이 있고, 또 어느 한 일정부문(一定部門)에만 전문성(專門性)을 띠고 탐구(探究)하는 방법이 있다고 이야기할 수 있다.

그런데 학문이라는 것이 어느 단락마다 끊어서 공부할 수 있게 되어 있는 것은 아니다. 결국에는 전체적 맥락(脈絡)으로 연관 지어져야 부분적 학문이 맞아 떨어지게 되어 있다.

이것이 바로 함부로 학문을 얕잡아 볼 수 없는 맹점(盲點)인 것이다. 그래서 학문의 세계는 너무 광범위(廣範圍)하고, 깊고, 어렵고, 지루하고, 궁금증의 연속이고, 배웠더라도 쉬이 망각(忘却)할 때가 있어 끝이 없다 함이다. 하여 정말 학식을 갖춘 사람이라면 소위(所謂) 학문이라는 거대한 정신상(精神像)이 그를 누르고 있기에 거만(倨慢)하거나 오만(傲慢)한 사람이 없는 것이다. 하물며 가난을 밑천으로 공부한 사람이야 더 말해 무엇 하랴.

하나부터 열까지 모든 것이 부족하거나 아예 없음에서 학문을 닦으려니 오죽했을까. 그러한 고통 속에서 너무너무 가난이라는 박절(迫切)함에 지쳐 가면서도 뜻을 이룬 사람들이 이 세상에는 의외로

많아 따로 귀감(龜鑑)이라는 범주(範疇)12)를 만들어 놓기에 이른 것이다.

삶이 그래도 살만한 가치(價値)가 있다는 것은 바로 이런 인물들이 앞서 살았기에 후대는 용기(勇氣)를 얻게 되는 것이다. 이러한 점을 거울삼아 분발(奮發)해야 삼동문사와 같은 위인(偉人)이 또 나오는 것이라고 나는 생각한다.

또한 **박섭(博涉**, 책을 많이 읽어 두루 섭렵(涉獵)한 사람)한 사람이 아무리 많은 시간을 학문에 매진(邁進)해도 무형(無形)의 정신세계는 늘 배고픈 사람처럼 마음이 고프다.

이 말은 논어 태백편(論語 泰伯篇)에 **학여불급(學如不及)**과 같은 의미로 학문을 닦음에는 항상 부족하여 자기 마음에 못 미친다는 것으로 쉬지 않고 노력해야 한다는 뜻과 일치하는 것이다. 이러한 궁극적인 목표가 결국 자기완성(自己完成)이라는 행복일진대 그렇다고 꼭 학문의 세계에서 만이 행복을 찾을 수 있는 것은 아니다.

그러나 학문의 성취(成就)는 곧바로 앎의 진실을 깨우쳐 주기에 단지 행복한 것이다.

---

12) 범주(範疇) : 사물의 개념을 분류하여 볼 때 더 이상 일반화(一般化)할 수 없는 경우로 더 분석(分析)할 수 없는 가장 기본적(基本的)이고 보편적(普遍的)인 유개념(類概念)을 말함.

25 유교무류(有教無類)

有
있을 유

教
가르칠 교

無
없을 무

類
무리 류

풀이 학문의 가르침에 있어서 어떠한 신분을 막론하고 차별성을 두지 않는다는 의미

由來 「논어 위령공편(論語 衛靈公篇)」

공 자(孔子)는 기원전 551년 9월 28일(대만(Taiwan)은 공자 탄생기념일인 9월28일을 스승의 날(교사절, 教師節)로 정함)에 태어났으니까 지금으로부터 대략 2550여 년 전 인물이다.

본론으로 들어가 공자는 **빈부귀천(貧富貴賤)**을 가리지 않고 학문에 가르침을 펼친 성인(聖人)으로도 유명하다. 그 시대만 해도 학문은 귀족층의 특권이었다. 이를 타파한 예를 하나만 들더라도 비범한 인품이 묻어나온다. 무수히 많은 일화와 굉장한 분량의 학문적 고찰(考察)을 통해 소위 선각자(先覺者)들로부터 **일파만파(一波萬波)** 전해오는 원론적 내용도 중요하지만 우리에게 눈길을 끄는 것은 단연 유교무류(有敎無類)다.

그 당시 시대적 정신으로 생각해 보아도 가히 놀라우리만치 학문의 민주적 가르침은 모든 수식어를 능가(凌駕)해 버렸다. 이는 시대를 초월한 엄청난 학문의 혁명으로 밖에 달리 설명할 길이 없다 하겠다.

공자는 자학(自學)으로 스스로 공부를 시작했다고 전하고 있다. 고루한 깊이를 알기 위해서 사람 셋이 지나가도 그 중에는 내가 모르는 것을 알고 있는 스승이 있다고 할 만큼 실천주의 사상도 경험으로 터득함을 엿볼 수 있다. 무엇이든 물음을 통해서 교양을 길렀다는 것은 오늘 날 학문의 글자가 배울 학(學)과 물을 문(問)이라는 사실을 그대로 증명한 셈이다.

지구상 학문이 전하여 오는 과정에서 세계 4대성인의 한사람인 공자가 성인(聖人)[13]으로 추앙받고 있는 공통점을 분석(分析)해 보면 첫째, 성인이란 전 인류애(人類愛)로 지극히 인간을 사랑함이요, 자기 자신의 안락(安樂)과 무사(無事)함을 버린 것이 둘째이며, 셋째는 시대정신을 초월한 보편적 가치를 가르침을 통해 아낌없이 전파하는 해안(海眼)이 있었음이요,

끝으로 제자들로 하여금 영원한 학문의 방향을 제시하도록 길이 전함에 있었다.

---

13) 성인(聖人)을 일컬어 사덕(四德)을 겸비한 사람이라 **총명예지(聰明睿智)**라는 고사성어가 역경 계사상전(易經 繫辭上傳)에 기록되어 있어 그 뜻을 풀이해 보면 총(聰)은 듣지 않은 것이 없으며, 명(明)은 보지 못하는 것이 없고, 예(睿)는 너무나 슬기로워 통하지 않는 것이 없으며, 지(智)는 한 마디로 모르는 것이 없다는 뜻이다.

精
깨끗할 정

金
금 금

良
어질 량

玉
옥 옥

풀이 인격이나 글이 참 아름답고 인품 또한 순수하여 온
화함을 두고 하는 말

由來 「명신언행록 외집(名臣言行錄 外集)」

한서 양웅전(漢書 揚雄傳)에 **내옥내금(迺玉
迺金)**이라는 고사가 전해 온다. 마치 글월이 옥(玉)
이나 금(金)처럼 아름답다는 뜻으로 찬사를 아끼지
않는 글을 비유함이다.

문장(文章)이 뛰어나다 함은 천부적 소질(天賦的
素質)을 타고난 사람도 간혹 있긴 하지만 대부분은
학식을 통해 연마(研磨, 鍊磨)된 글월로 마음의 언
어라고 한다.

많은 글을 읽고 자기 것으로 소화한 사람이 결국
문장력을 갖추어 글로 나타난다는 말이다.

글이란 어떻게 보면 너무 추상적(抽象的)인 물음

이기도 하다. 회남자(淮南子)에 이르기를 **만인이심(萬人異心)**이라, 모든 사람은 각기 사람마다 마음이 다른 것처럼 그 마음의 성향(性向)에 따라 글의 기법(技法)도 다르다. 심리를 자극하는 요소(要素)들의 결합으로 이루어진 문장이 있는가 하면 군살 없이 진솔한 이야기를 담은 솔직한 글도 있다.

이러한 글은 꾸밈이 없어 간결하면서도 감칠맛이 난다. 글이라고 하면 마음에서 우러나온 깨끗한 생각을 정리한 것이 제일 좋다. 즉 흥적으로 아무렇게나 쓴 글은 깊이가 없어 진실성이 떨어지고 너무 깊게 몰두한 글은 전달성이 끊어져 이해하기가 어렵다. 글의 종류는 너무 다양해서 딱히 규정된 정론(正論)은 없다. 다만 표현상의 정직성이 얼마나 근접하게 마음으로 나타내었는가 하는 점에 달려 있는 것이다.

우리가 흔히 연애편지를 보면 글의 흐름을 잘 알 수 있다. 많은 시간을 공들여 심혈을 기울이고 무슨 뜻인가 쓰기는 했는데 설명이 부족하고 분명히 현실적 이야기를 썼는데 이상의 세계로 넘어가는 애매모호(曖昧模糊)한 수식어가 그 한 예로 시간이 가면 유치함만 남는 게 연애편지의 속성이다.

그러나 연애편지는 서로가 미완성의 관계성인지라, 마음의 날개를 표현한 것일 뿐 논문이 아니기에 누구나 그렇게 쓰여 진다는 공통점을 가지고 있다. 그래서 연애편지는 글이라고 표현하기엔 좀 어색한 사랑의 밀어(密語)로 마음을 전달하는 둘 만의 은어 모음집이라고 해야 제격일 것 같다.

글을 잘 쓰는 사람도 이런 편지에는 익숙하지 않아 마음만이 앞서므로 글에 대한 맥이 없음을 지적하는 것을 보면 남녀 간의 풀리지 않는 수수께끼(quiz)같은 오묘한 심리를 대변하는 것 같다.

문장이란 자기 자신을 말하고자 하는 마음의 나열이다. 그래서 글은 마음의 표시이며 느낌을 전달하는 언어다. 행복한 마음일 때는 글도 아름답지만 슬플 때는 글도 슬프다. 감정을 동반하는 게 사람의 마음이기에 글도 함께 가는 충실한 기록물(記錄物)인 것이다. 차분한 자세로 자기 마음과 대화를 나누면 주옥(珠玉)같은 글들의 꽃잔치가 무한히 피어 있다.

그 무형(無形)의 꽃을 특이하게 감상(鑑賞)하고 문체로 남기는 사람을 두고 우리는 명필가(名筆家)라 칭하는 것이다.

결국 말이 일반적 세상이야기라면 말씀은 세상을 향해 빛을 남기는 것과 같은 사람을 이르는 말이다.

泰
클 태
(산이름 태)

山
뫼 산

北
북녘 북

斗
별이름 두

풀이 태산(泰山)과 북두칠성(北斗七星)을 비유할 만큼 대단한 사람을 가리키며 또한 어떤 분야에서 가장 뛰어난 인물을 두고 하는 말

由來 「당서(唐書) 한유전의 찬(韓愈傳의 贊)」
∴ 태산(泰山) : 중국 산동성(山東省) 태안(泰安)의 북쪽에 있는 산

I

대단한 인물이라는 기준은 무엇일까. 한 번 생각해 보자.

지금 이 시대는 세분화된 전문인을 요구하는 시대이다. 만약 여러 방면의 다재다능한 재주를 가진 자가 있다면 그것은 개인적으로 커다란 축복이다.

대부분을 차지하는 보통사람의 세상은 분명히 자기만의 색깔과 그릇이 있고 자기 능력의 몫이 주어져 있

다. 이렇듯 색깔이 각기 다른 그릇에다 획일화된 기준을 정해 놓는
다는 것은 한 마디로 모순이다. 그러나 모순인걸 알면서도 기준점을
찾게 되는 게 인간이다. 이는 대단한 인물을 위해 기준을 두었다기
보다는 인간의 척도를 측정하려는 숫자쯤으로 보아야 할 것이다.

이것은 이 사회의 모든 영역에 포함되어 있고 그대로 실행되고 있
다. 여기에서 철학적 물음으로 한 번 만나 보자.

아마도 대단한 인물은 그 방면에 통달한 사람을 두고 하는 말일
것이다. 이 말은 특별함의 가치는 평범 속에 없다는 뜻이다. 그렇다
면 특별함은 무슨 말인가. 인물본위를 잠시 접어두고 「특별함」의
시간을 가져 보자.

우리가 흔히 일반사람을 지칭할 때 일반적인 것에 반대말은 특수
성이라고 한다. 그렇다면 보편성의 반대는 무엇인가.

바로 상대성이다. 이야기가 조금은 어긋나는 현상이 연출 되었다.
일반성과 보편성의 중심은 같은 의미였는데 결과가 다르다. 이것은
원인부터가 타당성에 문제가 생겼기 때문이다. 일반적 사물의 영역
을 정신세계와 합하려는 의도에서 어그러짐이 생겨 이토록 완전히
다른 내용으로 결과를 만든다는 요지다.

그러한 결과로 인해, 특수성과 상대성은 말부터가 다르다. 물론
의미하는 설명 또한 다르다. 다시 인물본위로 돌아와 보자. 전자에
기술한 대단한 인물의 비범함은 평범에는 없다고 결론지었다. 곧 비
교대상이 없다는 특별함과 일치한다. 선천적 재능을 발휘하는 예술
성에서 특별히 위대함은 혹 있을지 몰라도 대부분은 부단한 노력의

결과가 대단한 인물로 바꾼다는 사실을 찾을 수 있겠다.

이제 대단한 인물에 관해 정리해 보자.

우리가 비교대상이 없는 곳까지 가려면 어떻게 해야 할까. 바로 특별한 경지에 올라가야 만이 대단한 인물의 기준이 있지는 않을까? 그게 답이다.

II

완성된 경지에 이른 아름다운 사람은 마음의 포장(包裝)을 하지 않아도 이미 비단(緋緞)처럼 아름답다. 금(金)이라는 것도 귀한 보물(寶物)에 한가지라서 사람들에게 사랑을 받기보다는 그 어느 것과도 대용(代用)할 수 없음에 가치가 있는 것이다. 이러한 점을 고려(考慮)해 볼 때 인간의 비범(非凡)함은 평범(平凡)하지 않다는 것으로 비(非)와 평(平)의 차이 하나뿐이다. 그러나 평(平)에서 비(非)로 가기 위해서는 특별함을 요(要)하는 개인적 노력이 반드시 필요하다. 그래야 진금부도(眞金不鍍)[14]에 이른다.

---

14) 진금부도(眞金不鍍) : 이신(李紳)의 답장효표시(答章孝標詩)에 기록된 말로 진짜 황금은 도금(鍍金)을 하지 않는다는 뜻으로 재주가 뛰어난 사람은 별도로 꾸밀 필요가 없음을 이르는 말.

다섯 번째 마당

부부
인생관

부부(夫婦)란
서로가 만들어 가는 인생이라는 고귀한 작품에 하나로 마음이 통하는 장구(長
久)한 물레질이다.
그러므로 인간은 우연히 만나 가볍게 부부가 되는 것이 아니다.

琴
거문고 금
(작은거문고)

瑟
비파 슬
(큰거문고)

相
서로 상

和
화할 화

풀이 부부(夫婦)의 정(情)이 잘 어우러짐. 즉 부부의 정이 좋은 것을 금슬(琴瑟)이라고 한다. 금실(琴瑟)이라고도 쓰이며 거문고 가락에 맞추어 치듯 아내와 남편이 뜻이 잘 맞는다는 의미다.

由來 「시경 소아 상체편(詩經 小雅 常棣篇)」,
「시경 국풍 관저편(詩經 國風 關雎篇)」
∴ 저구(雎鳩)새, (물수리 새, osprey)저(雎)와, 우러러볼 수(睢)는 유사자임. 주의할 것. 우러러볼 수(睢) 자의 본자(本字)는 瀢. 물이름 (수)로도 씀
; 窈窕淑女 琴瑟友之 요조숙녀를 금슬로써 벗한다.

여 자는 여자다워야 여자이며, 사내는 사내다워야 사내다. 이 말은 남녀의 근원적(根源的) 이치(理致)가 서로 다름을 설명하기 위함이다. 이렇게 성인 남녀는 서로 다른 성질적(性質的) 관계성으로 만나 결혼을 하여 부부의 연을 맺는다. 그리하여 금슬이 좋

다는 것은 특별한 개체(個體)끼리 조화가 잘 이루어진 경우이리라.

나는 본래 음악적 소양에는 문외한(門外漢)이다. 하지만 나 같은 사람이 지레짐작해도 둘이서 노래하는 목소리의 화음(和音)을 들어 보면 조화로운 음률(音律)은 남녀가 서로 다른 음을 가지고 조율(調律)해야 듣기에도 좋은 것 같다. 이렇듯 조화란 서로 다른 성질에서 만나야 제 맛이 난다. 인생에서 가장 성공한 것 중에 그 제일이 행복하게 사는 결혼생활이다. 누구나 성인(成人)이 되면 남녀가 혼사(婚事)를 통하여 인생의 의미를 알게 된다. 거기에다 서로 금슬이 좋다는 것은 삶에 있어서 두 사람 만의 최고 완성을 가리키는 말이다.

서로 뜻이 맞아 마음이 교통(交通)한다? 이것은 서로가 천하에 제일을 얻었음이라. 이러한 인연을 두고 금슬에다 새로운 고사성어를 인용하자면, 한서 유향전(漢書 劉向傳)에 음(陰)과 양(陽)이 서로 화합하여 엉기어 그 기운(氣運)이 상서(祥瑞)로움으로 이어진다는 뜻인 **화기치상(和氣致祥)**이 금슬상화와 버금가는 대표적 정리(定理)라 하겠다. 더욱이 다시 태어나도 만나야 할 사이라면 무슨 말이 더 필요할까. 그런데 이렇게 특별한 부부를 보면 순후(醇厚)한 공통점이 있다. 고운 비단(緋緞)만큼 상대방을 끔찍하게 아끼는 마음과, **측은지심(惻隱之心)**에서 오는 아픈 마음이 어우러진 「나눔」이라는 배려심이다.

조화(調和, harmony)가 만들어 놓은 걸작품(傑作品)은 강약(强弱)을 떠나 장단(長短)의 맞춤이다. 이러한 조화를 위하여 특이한 가락을 배제(排除)하는 「겨줌」도 한 몫을 한다. 그래서 사랑은 나눔이요, 져줌이다. 결국 사랑은 무조건적인 헌신(獻身)에서 오는 아픈 사랑이어야, 마치 **삼희성(三喜聲)**[15] 처럼 서로가 보듬어 주는 부부의 정이 아니겠는가. 세월이 가고 간만큼 나이가 들어 진정 세상을 알 때쯤이면 금슬이 좋았던 이러한 노부부(老夫婦)는 또 한 번 생각지도 않은 큰 선물을 받게 된다. 바로 효녀와 효자다.

가정에서 행복이 무엇인지를 배웠던 내림의 나눔 때문에 얻어진 결과다. **의기실가(宜其室家)**[16]라, 단란(團欒)하고 화목(和睦)함은 이토록 자식에게까지 사랑과 평화를 가져다준다.

그러나 완전히 반대로 고부(姑婦)간에는 서로 하품도 안한다는 속설(俗說)이 여기 일반 세상이야기라면 분명히 존재하는 전자(前者)의 이야기야말로 우리가 어떻게 살아야 하는지를 일깨워 주는 귀중한 선례(先例)가 아닐 수 없다. 어떠한 이유로든 **부고발혜(婦姑勃谿**, 며느리와 시어머니가 서로 싸움을 이름)는 인륜을 저버린 일이다.

사기 은기(史記 殷紀)에 **식부주파(媳婦做婆)**라는 글이 있다. 식부란 며느리를 지칭하는 말로 새색시인 며느리도 언젠가는 시어머니가 될 때가 있다는 뜻이다. 화목한 부부의 금슬로 효녀 효자를 낳고, 이러한 며느리가 훗날에 시어머니가 되어서는, 또 다시 새 식구가 된 며느리에 대한 그윽한 사랑이 얼마나 정겹고 애틋할까.

---

15) 삼희성(三喜聲) : 듣기에 좋은 세 가지 소리로 다듬이 소리, 글 읽는 소리, 갓난아이 우는 소리를 말함.

16) 의기실가(宜其室家) : 시경 초(詩經 抄)에 있으며 온가족이 화목함을 이름.

洞
깊숙할 동

房
방 방

華
빛날 화

燭
촛불 촉

풀이 혼례를 치르고 첫날 밤을 보내는 일. 동방(洞房)은 안방 또는 부인(婦人)의 방을 말하며 규방(閨房)이라고 함. 곧 화촉(華燭)은 인생에 있어서 가장 중요한 꽃의 잔치라는 의미로 꽃 화를 써서 화촉(花燭)이라고도 일컬으며 등불은 결혼을 알리는 밝힘의 상징이다.

由來 「유신시(庾信詩)」

∴ 노적가리 유(庾) : 한곳에 쌓아둔 곡식더미를 의미하는 말로 훗날 곳집, 창고 (유)로 해석하게 됨. 엄호(广) 부수를 빼면 잠깐 유(臾)

결 혼을 앞둔 남성 약혼자(約婚者, (프)피앙세, fince) 가 예비 신부와 정식으로 혼례식(婚禮式)을 거행(擧行)하고 나면 밤이 찾아와 부인이 될 아름다운 새색시 방에 촛불이 켜짐을 화촉(華燭, 청색, 홍색으로 색깔을 물들인 초)이라 한다.

동방(洞房)의 동(洞)이란 깊숙할 (동)자로 깊숙한 계곡을 이르는 말이기도 하지만 여기서는 은밀(隱密)한 의미를 지닌 뜻이 더 강하다. 그래서 동방이라는 뜻이 깊숙한 방이라는 말로 은밀한 신혼(新婚)의 방을 지칭하는 것이며 오늘 날 침실이라는 용어와 같다.

또 다른 의미로 동리(洞里)의 동자는 마을 (동)으로 행정구역 단위를 가리키는 말로도 해석하고 있는데 이는 독특하게 우리나라에서만 사용하는 훈(訓)의 의미로 다른 나라에서는 같은 자에 이러한 뜻을 담고 있지 않다.

동방화촉을 논하는 과정에서 약간 이상한 문구가 보인다. 신부 방에 촛불이 켜진다는 문구 때문이다.

신부 방?

지금은 신부 집인 친정(親庭)에서 혼례식을 하지 않는다. 그러나 옛날에는 모든 혼례식은 신부 집에서 치러졌다. 그것뿐만 아니라 신랑은 혼례식 이후 아예 신부 집에서 살았다는 점이다. 그 만큼 모계권(母系權)이 강한 풍습(風習)을 지니고 전통적으로 이어져 내려왔던 나라다. 대략 근대 이전인 조선 중기까지 일반적으로 성행했다고 한다면 독자는 믿을 수 있을까.

그런데 사실이다. 대표적으로 한 예를 보면 우리나라의 어머니라고 불릴 만큼 덕망 있고 업적을 크게 남긴 신사임당도 강릉 친정집에서 살았다는 것은 세상이 다 아는 이야기다. 이렇듯이 외가(外家) 즉 외척(外戚)의 힘이 강했던 나라로 오늘 날 우리나라에 여성의 힘, 다른 말로 아줌마의 힘이 세계 어떤 여성들보다 드세게 압도한 말이 된 것은 괜한 은유(隱喩)가 아니다.

시대는 세월의 흐름에 따라 시류(時流)와 더불어 변하는 것이며 풍속도 함께 변모한다. 까맣게 잊고 있었거나 몰랐던 사건들이 하나씩 세상에 나올 때면 우리 모두를 갸우뚱거리게 한다. 우리말에 있는 언어를 놓고 신랑 신부의 결혼 풍속관(風俗觀)을 들여다보면 한층 더 재미있고 이해가 빠르리라.

신랑이 장가를 「갔다」 또는 장가 「들었다」 라는 어휘(語彙)와 신부가 시집을 「갔다」 또는 시집을 「왔다」 라는 말에서 풍기는 의도는 도대체 무엇인가.

우선 신랑의 경우 「갔다」 라는 어원은 혼례를 통하여 외가로 '가다'라는 뜻이고 「들었다」 라는 말은 어디에 '들어오다'라는 의미로 결혼을 통하여 신부 집에 들어옴으로 이해하면 된다.

또 신부가 「갔다」 라는 뜻인 '가다'와 「왔다」 라는 '오다'의 의미는 분명하게 「가다, 오다」 로 신부의 친정집 입장에서 볼 때 여식(女息)이 시집을 간 적이 없었다가 그 시대상의 조류(潮流)에 따라 간 것임으로 '갔다'라는 말이 나왔으며, 시댁(媤宅)에서는 그 동안 전통적으로 신부가 시집을 온 적이 애당초 풍속상(風俗上)에 없었다가 시대가 바뀌어 여의살이(시집살이)로 온 것임으로 '왔다'라는 표현을 쓴 것이라 여겨진다.

이렇게 언어의 세계는 전래(傳來)되어 오는 혼례문화의 변천사(變遷史)에 따라 굳어진 용어가 숨어 있다는 뜻으로 대부분이 예사(例事)로운 말은 없는가 보다.

이 말은 다만 역사적 사실에 근거한 말의 이해성으로 해석해 보았을 뿐 그 어느 국문학적 사료에 기초한 바는 없다. 이제 이 장에 와서 특히 결혼 적령기(適齡期)에 든 요즈음 젊은이들에게 꼭 하고 싶은 말이 있다.

서양 속담에 '결혼이란 무덤이다'라는 말이 있다. 이것은 그 동안 서로가 각자 자유분방한 생활에서 기인(起因)되어 오다가, 갑자기 병목현상에서 빚어지는 결혼이라는 제약(制約) 때문에 생겨난 것으로, 책임의식(責任意識)이 포함된 무거운 사고(思考)라는 풀이로 판단되어진다. 혼기에 찬 젊은이들이 서로 좋아하고 사랑하는 것은 지극히 아름다운 자연적 현상이다.

그래서 음식과 색은 인간 고유(固有)의 성(性)이라는 뜻이 **식색성 야(食色性也)**다. 그런데 앞서 말한 것 중에 책임의식의 결여(缺如)가 문제점으로 떠오른 것이 안타깝지만 지금 사회인 것 같다.

남녀 모두가 그런 것은 아니지만 너무 쉽게 만나고 너무 쉽게 헤어지는 것에서 부터 사람이 평이(平易)한 일로 받아들이는 경향이 큰 문제라는 것이다. 이렇게 되면 사람이 꼭 지켜야 하는, 즉 터부(taboo, 금기, 禁忌, 꺼려서 하지 않는 일)해야 하는 인간의 존엄성(尊嚴性)에 금이 간다는 사실이다.

이러한 생각이 자칫 일반화로 흐르게 되면 만남과 이별이 대수롭지 않은 일상의 일로 영향을 끼쳐 책임의식의 문제보다 더 심각한 책임 불감증(不感症)에 빠지게 된다. 그래서 만남이 마치 쉽게 이루어진 것처럼 느끼는 사고 때문에 헤어짐도 쉽게 생각하는 것은 반드시 재고(再考)해 보아야 한다.

만남이란 어떤 공통점으로 이루어진 것인가에 따라 서로의 생각이 다르므로 실상(實狀) 가벼운 인간관계는 없는 것이기 때문이다. 다음으로 결혼이란 서로 환경적 정서가 다른 가운데서 합쳐진 집안끼리의 결합(結合)이다. 결혼을 하게 되면 두 사람 사이에 있어 온 그 동안의 수많은 추억(追憶)거리를 뒤로 하고 이제는 연애의 감정보다 현실이 더 중(重)하다는 인식을 가져야 만이 원만한 결혼생활을 시작할 수 있다는 말이다.

언제나 서로 사랑만 하면서 살아가기에는 너무 많은 세상사(世上事)가 두 사람 앞에 연관되어 있어 사랑만큼이나 중한 양가 집안을 포함한 새로운 가정이라는 책임의식도 서로 지켜야 함이 무리가 없는 결혼생활이라 할 수 있다. 이 말을 꼭 명심하여 좋은 만남으로 밝은 사회에 기여하고 모두에게 모범(模範)이 되는 부부(夫婦)가 되기를 진심으로 기원(祈願)한다.

30 거안제미(擧案齊眉)

擧 들 거

案 책상 안

齊 가지런할 제

眉 눈썹 미

풀이 밥상을 눈 위로 높이 들어 남편 앞에 가지고 간다는 뜻. 남편을 지극히 공경(恭敬)함을 이름

由來 「후한서 일민전(後漢書 逸民傳)」

∴ 일민(逸民); 학문과 덕행이 있으면서도 세상에 나가지 않고 민간에 파묻혀 지내는 사람. 야인(野人)

아름다운 사람은 아름다운 사람을 만나야 아름다워지는 것이 아니다. 바로 희생(犧牲)이 따라야 아름다워지는 것이다.

불경(佛經) 어느 한 구절에선가 자식의 결혼관에 관한 글을 본 것 같다.

분가(分家), 즉 자녀를 출가시킴에 있어서 누워 잠 잘 곳을 마련해 주어야 비로소 부모의 소임을 다 했다고 말한다. 이 뜻은 새 신랑과 새 신부의 첫 살림에 관한 이야기로 부모로서 해야 할 의무를 부여하는

대목이다.

부모란 자식을 잘 길러 자기들만의 보금자리를 시작할 수 있도록 도와주는 것까지가 그 몫이라는 이야기다.

농경시대로 거슬러 올라가 보면 옛날에는 혼례문화(婚禮文化)가 금전과 직접적으로 연관성이 적어 부족함도 순종(順從)하며 있는 그대로 받아들였겠지만 시대가 변한 요즘과는 많이 다른 느낌이 든다. 부모로서 자식에게 효(孝)를 바라는 것도 남부럽지는 못해도 해야 할 도리를 다 한 연유라야 효를 받을 자격이 있다고 한다. 만약에 그러하지 못한 인연(因緣)이라면 부모는 효를 바람도 욕심(慾心)이라고 불경은 전한다.

부부(夫婦)에 대한 애정관보다 부모에 대한 동기에 더 비중을 실어 이 지면에 적는 것은 인생은 너무도 빨리 흘러감에 어른이 될 부모의 입장을 먼저 헤아려 알아야 하기 때문에서다. 이 시대는 1차 혁명기라고 하는 농경시대, 즉 물물교환시대가 아니므로 무엇이든 돈과 연결되어 있다.

요즈음 대부분의 우리나라 기성인(旣成人)들은 대단한 학구열(學究熱)로 자식을 공부시킨다는 것에다 어느 정도 위안을 삼고 있겠지만, 우리네 삶이 과거보다 복잡한 사회 구성체(構成體)인 점을 감안(勘案)한다 하더라도 과거의 혼례방식을 되살려 이 시대 조류(潮流)에 따라야 함도 잊지 말아야 할 부모의 책임 의식이다.

그것이 곧 부모라는 이름에 빚을 진 미덕(美德)이다.

偕
함께 해

老
늙을 로

同
같을 동

穴
구멍 혈

[풀이] 생(生)과 사(死)를 함께하는 부부(夫婦)의 굳은 마음을 이름

[由來] 「시경(詩經)」

부부가 함께 백년해로(百年偕老)를 한다는 것은 **천수다복(天授多福)** 중에 으뜸이다. 부부가 금슬(琴瑟)이 좋고 오래도록 장수한다는 것은 사실 인위적으로는 어려운 일이다.

그래서 이런 것을 두고 인간사는 희망사항이라는 항목을 만들어 놓았다. 비록 풍족한 삶은 아닐지라도 **선남선녀(善男善女)**가 만나 함께 살아가면서 세상의 미풍양속(美風良俗)에 따르고 행복을 느낄 때가 제일 좋은 시절이요, 인간다움이다.

한시외전(韓詩外傳)에 **친불인매(親不因媒)**라는 고사성어가 있다. 부부(夫婦)에 의가 좋은 것은 반드시

중매로 인한 것이 아니라는 뜻이다. 다시 말하면 정은 서로에게만 주어져 있어 누가 대신해 줄 수 없다는 것과 같은 말이다.

여기에서 대신(代身)에 주목할 필요가 있다. 대신할 수 있다는 것은 이 세상에 얼마든지 존재하지만 자신의 삶은 그 누구도 대신할 수가 없다. 진리 중에 참 진리이다. 그리하여 함께 사는 부부는 자신들의 삶이기에 더욱 대신할 수가 없다는 뜻이다. 삼국유사(三國遺事)에 값을 헤아릴 수 없을 만큼 귀중(貴重)한 보물(寶物)이란 말로 **무가대보(無價大寶)**라는 글이 있다. 우리는 흔히 「값진 삶」이라는 용어를 자주 쓴다. 삶을 값으로 셈한다는 것은 아니지만 가치, 즉 고귀한 의미로 해석하듯이 삶은 일회성이기에 더욱 값진 것이다.

나는 모든 사람들이 무가대보(無價大寶)의 부부인생관(夫婦人生觀)이었으면 좋겠다.

하나 더 이야기를 하고 끝맺음을 하고 싶다. 손작(孫綽)의 정인벽옥가(情人碧玉歌)에 **파과지년(破瓜之年)**이라는 좋은 글귀가 있다. 해자(解字, 142쪽 상수 설명 부분 참고)로 풀어보면 오이 과(瓜)자를 둘로 쪼개니 여덟 팔(八)이 두 개가 나와 이를 더하니까 16세가 된 여자를 뜻하는 말이 되고, 남자는 여덟 팔(八)을 서로 곱하여 64세를 말한다. 이렇듯 꽃다운 방년(芳年)이 된 여자에게 적절한 고사성어가 반대로 남자에게는 백옹(白翁)을 뜻한다니 가히 남녀의 조화로움은 어디까지를 말하고자 함인가.

그렇다면 아내가 방년에 만났던 고사성어를 남편이 늙어 다시 만나게 해주었으니 진정 해로동혈(偕老同穴)은 아닐까.

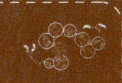
百
일백 백

年
해 년

之
의 지

客
손 객

아 무리 인척(姻戚)간이 되었어도 한 평생을 예의를 지켜 늘 어려운 손님으로 맞아주어야 한다는 뜻이 백년손님이다.

백년지객은 우리나라 사위를 대표하는 대명사로서 자리 잡은 지 오래다. 원래 백년(百年)이라는 용어는 인간이 한 평생을 살 수 있는 일생을 의미한다. 이미 이러한 문구가 두보(杜甫)의 시(詩)에 나왔던 점으로 미루어 보더라도 인생에 있어서 백년은 깊은 뜻을 내포하고 있는 것만은 분명하다.

어떻게 한 평생을 한결같이 꼭 같음으로 대할 수 있을까. 사실 누구라도 무리가 따른다고 논하는 것에는 이의(異意)가 없다. 그 동안 살아온 사회적 정서를 감안한다 하더라도 삶에 있어서 반드시 격식을 따져야 한다는 논리가 숨어 있다면 이는 필시 중요한 집안끼리의 관계 때문은 아닐까.

나는 이 부분에서 간단한 명제(命題)를 하나 찾을 수가 있겠다. 친척(親戚)과 인척(姻戚)과의 관계가 그것이다.

　소위 친척이라 함은 직계존속으로 이어지는 혈육, 곧 피붙이를 말하는 것이며 인척은 혼인을 통하여 맺어진 새로운 가족관계의 구성체를 두고 부르는 말이다. 여기에서 인척이라는 관계는 전혀 새로운 사람끼리의 결합이라는 의미로 해석 되어야 함으로 우리는 어려움과 마주할 수밖에 없겠다.

　이것을 총칭 「집안네」라는 큰 울타리로 형식 속에 자리 잡고 있는 점을 예로 들더라도 진정 어려움을 희석 시킨다고 보아야 할 것이다. 고금(古今)을 통하여 어느 집안의 문중(門中)이라 할지라도 공통된 친척과 인척은 반드시 존재하고 있으며 앞으로도 그렇게 미래로 이어질 것이다. 다만 친척과 인척 사이에 서로 다른 환경적 연결고리, 즉 대칭적 관계성이 그렇게 쉽게 만난점이 아니라고 정의해 볼 때 양가의 집안은 「고정된 어려움」을 안고 있는 것만은 확실하다. 이러한 맥락에서 곧 어려움을 이야기하는 것이며 결국 「백년손님」으로 칭하게 된 것이 가장 적절한 표현이 아닌가 싶다.

33 조강지처(糟糠之妻)

糟
지게미 조

糠
겨 강

之
의 지

妻
아내 처

[풀이] 가난을 참고 갖은 고생을 마다하지 않으며 남편을 섬긴 아내로 곤궁(困窮)한 시절을 보낸 긴 세월이 묻어 있는 처(妻)의 경우를 말함

由來 「후한서 송홍전(後漢書 宋弘傳)」

요즈음은 과거와 시대가 달라져서인지 조강지처(糟糠之妻)라는 문구(文句)가 단지 본처(本妻)의 의미로만 쓰는 것 같다.

아내, 집사람, 안사람, 등등 여러 지칭어가 있어도 참 무색한 표현인 것 같아 내심 자신을 탓한다.

아무리 많은 지식을 쌓아도 그 나이가 되어야만 알 수 있는 게 있다. 세월이 가야 알 수 있다는 것은 그만큼 연륜(年輪)과 함께 동반되는 실생활의 경험을 두고 하는 말이다.

아내라는 위치가 한 가정의 역사라고 볼 때 그 역

할이란 가히 지극정성(至極精誠)이다.

유암화명(柳暗花明)[17]처럼 좋은 시절에 만나 백년해로(百年偕老)를 하기까지 그 인연의 보상으로 슬하(膝下)에 자식을 얻는다. 대부분의 몫이 아내에게로 돌아가 가정을 책임진다. 시경(詩經)에 읍피주자(挹彼注茲)라는 말이 있다.

고생을 마다하지 않고 물을 길어다 필요한 곳에 준다는 배려 깊은 고사다. 자식을 비롯해서 신경 써야할 일들이 아내라는 전업주부(專業主婦)에 주어진 삶인 것 같아 어쩔 수 없이 자연의 섭리로 돌리고 만다.

여자는 자기가 좋아하는 사람을 위해 더 아름다워지려고 노력한다. 생활에 속고 아픔의 멍에가 있어도 남편이 본분을 다하는 모습에서 사랑을 발견하게 된다는 것이다. 이래서 조의조식(粗衣粗食)[18]이더라도 마음 편한 고생을 달게 받아들이는 게 아닌가 싶다. 바로 이러한 점에서 지게미와 겨로 밥을 지어 함께 동거동락(同居同樂)했다는 고사가 빛이 나는 것이며 남편에 대한 훌륭한 내조(內助)로 조강지처(糟糠之妻)라는 훈장(勳章)을 받은 것이다.

---

17) 유암화명(柳暗花明) : 화사한 봄의 경치를 이르는 말로 버들이 짙게 그늘지어 있고 꽃의 색이 좋음을 뜻하며 육유(陸游)의 싯귀에 일부분이고 또 왕유(王維)의 시(詩)에도 기록됨.

18) 조의조식(粗衣粗食) : 거치른 옷과 변변치 못한 식사를 이름. 그 만큼 가난하다는 의미가 담겨 있다는 말. 다른 표현으로 여곽(茹藿)이라는 말이 있는데 콩잎을 먹는다는 뜻으로 거친 음식을 먹음을 비유함.

여섯 번째 마당

은혜 · 효

거룩한 불립문자(不立文字)

낳기고 싶은 글 2편

은혜란 잊지 말아야 할 인간의 계명(誡命)이며, 거기에 잊지 않으려 받들임이
효다. 그 보다 더 한 철칙은 전인류애를 향한 가련(可憐)한 눈물이다.

結
맺을 결

草
풀 초

報
갚을 보

恩
은혜 은

[풀이] 글자 그대로 풀을 맺어 은혜를 갚는다는 말. 죽어서 혼령이 되어도 은혜를 잊지 않고 갚는다는 뜻이다. 이 이야기의 주인공인 위과(魏顆)는 '효자(孝子)는 종치명(從治命)이요, 부종난명(不從亂命)'이라고 했다(이 부분 때문에 훗날 결초보은이 생겨남).

[由來] 「좌전 선공15년(左傳 宣公十五年)」, 「이밀의 진정표(李密)의 (陳情表)」

「세상에 태어나 은혜를 입는다는 것은 반대로 은혜를 베풀음보다는 못한 것이다」

그러나 사람은 처음부터 은혜를 받으면서 태어나니 어쩌란 말인가! 바로 부모님으로부터의 은혜가 그것이다. 이미 은덕(恩德)을 받으면서 삶이 시작되었다는 것은 은혜(恩惠)란 인간에게 불가항력적(不可抗力的)인 불가분(不可分)의 관계라는 뜻이 포함되어 있다. 그래서 은혜를 받느니 베풂이 더 낫다는 말은 애초부터 존재하지 않는 말이 된다. 전자에 밝혔던 논리가 무색함이다. 참으로 이 말에서 첫 구절이 비논리적이라는 것에 허탈감(虛脫感)을 느끼는 대목이다.

이렇듯이 은혜란 우리 인간에게 너무나도 진중(珍重)한 물음이다. 가히 보은(報恩)을 통해 되갚아야함을 받아들여야 하는 인간의 절대적 사명(使命)이 거기에 스며들어 있다. 누구도 부정할 수 없는 보은의 정(情). 서로 베풀고 반드시 갚고 살아야 한다. 이것을 설명하기에 운명(運命)이라는 말은 너무 약한 낱말이다. 거역(拒逆)할 수 없는 숙명(宿命)이라고 해야 딱 알맞은 표현이다.

누구라도 앞으로의 미래를 모두 알고 산다면 얼마나 무의미하고 재미없는 삶일까. 앞일을 모르고 산다는 것은 너도 나도 마찬가지다. 다만 자기 길을 찾아서 준비하는 자는 비록 작은 은혜로부터 출발해서 그 길을 가겠지만 미로(迷路)찾기에도 가보지 못할 만큼 삶이 어리석어 미아(迷兒)로 남아 살아간다면 심각한 고질병(痼疾病)에 걸리게 되어 있다. 즉 사람다운 삶은 아예 기대하지 못한다는 뜻이다. 그래서 보은과 은혜란 자기 앞가림도 못하는 자에게는 묘연(杳然)한 꿈으로만 남게 된다는 소리다.

현실에는 분명히 존재하는 말이지만 행하지 못하는, 마치 배우지 못해 알 수 없는 외국어와 같은 말이 될 것이다. 적어도 그런 삶은 살지 말자. 지식을 일깨워 준 아련한 추억 속의 선생님들과, 지혜(智慧)를 선물해 준 부모님과, 신세를 진 이 세상 지인(知人)들에게 감사하며 살아야 한다. 그것이 참된 은혜를 보답하는 시작이다.

35 교외별전(敎外別傳)

敎
가르칠 교

外
바깥 외

別
다를 별

傳
전할 전

풀이 마음으로써 마음을 전함

由來 「정종기(正宗記)」

청 어무성시어무형(廳於無聲視於無形).

예기 곡례상편(禮記 曲禮上篇)에 나오는 효성(孝誠)에 관한 내용의 글이다.

효자란 부모님이 먼저 무슨 말을 하기도 전에 이미 알아서 말하지 않아도 들을 수 있으며 아무런 형상이 없는 것도 본다는 뜻이다. 그 만큼 부모님에 대한 주위를 세심하게 살펴 미리 알아서 보살펴 드린다는 의미를 담고 있다. 적어도 이 정도는 되어야 효자라는 말이다.

효자는 부모님에 대한 한없는 수고로움도 하등(何等)에 노고(勞苦)로 받아들이지를 않고 자식으로서 당연한 행동이라고 여긴다. 그래서 진정한 효자는 스스로 효자임을 드러냄조차도 부끄러워 한다는 것과 같은 말이다.

연로(年老)하신 부모님을 위해 봉양(奉養)함은 마땅히 자신의 기본적 도리(道理)로 알고 있으며 아무리 잘해 드려도 안타까워하는 마음뿐이다. 이 같은 효심을 일러 **온정정성(溫淸定省)**[19]이라고 또 한 번 예기 곡례상편(禮記 曲禮上篇)은 전한다.

참효자(眞孝子)라는 이름에 거룩함이다. 하물며 보통 세속인의 삶이 이러할진대 더 나아가 세상진리를 보고자 하는 사람들에 세계야 어떠하랴. 개인의 영달(榮達)보다는 세상을 구원(救援)하고 자신의 괴로움 보다는 세속인의 고통을 슬퍼함이 더 앞선다. 이것이 곧 불교에 근본을 이루는 자비(慈悲)다. 기독교적 사관도 역시 같은 의미가 있겠지만 불교에서 무한한 사랑과 불쌍히 여기는 마음을 자비심(慈悲心)이라고 한다. 서로가 말을 하지 않아도 의사소통(意思疏通)이 된다는 세상 밖의 세계관(世界觀). 도통한 사람들만의 전유물(專有物)이라고 이야기하기에는 우리와 너무 멀리 동떨어져 있다. 부모님의 끝없는 은혜로 말미암아 지극한 효성을 베풀음도 자비심 앞에서 무색하게 보이는 것은 세속인의 눈으로만 보기 때문은 아니었을까. 표현할 수 없는 세계를 표현한다는 것은 인간의 역량 그 외에 또 다른 존재함인지도 모른다. 아니 존재함이라 정의하련다.

---

19) 온정정성(溫淸定省) : 자식이 부모님을 위해 정성껏 뫼는 예(禮)로 겨울에는 따뜻하게 하여 드리고 여름에는 시원하게 하여 드린다는 뜻. 계절에 따라 마음 쓰씀이가 조석(朝夕)으로 문안드리는 것과 같은 의미.

百
일백 백

里
이수 리

負
짐질 부

米
쌀 미

풀이 어버이를 위해서 백리를 쌀을 지고 갔다는 고사에서 유래. 공자의 제자인 자로(子路)가 어렵게 살고 있는 부모님을 위해 효도함을 이르는 말

由來 「공자가어 치사편(孔子家語 致思篇)」

자로(子路)라는 사람에 관하여 간략하게 설명하기 위해 한번 들어가 보자.

자로는 자기 자신도 빈한(貧寒)하면서 부모에게 효도(孝道)함은 후세에도 길이 칭송(稱頌)해야 마땅하다. 자로는 계로(季路) 또는 중유(仲由)라고도 기록 되어 있으며 젊어서 한 때는 깡패였다.

좋은 말로 협객(俠客) 쯤으로 이해하면 좋겠고 성격이 거칠고 급해서 남에게 지기 싫어하는 성격이었다고 한다. 그러한 성품 때문에 공자에게 꾸중을 많이 받았다고 한다.

나이 서른한 살에 공자의 제자가 되었고 고사성어(故事成語)를 빗대어 말한다면 건달(乾達)이 개과천선(改過遷善)한 셈이다. 지극 정성으로 공자를 스승으로 모셨다고 전하며 칠십이제자(七十二弟子)에 한 사람으로 훗날 위나라 대부의 신하로 들어가 전쟁 중에 전사했다고 한다.

　여기서 잠깐 칠십이제자(七十二弟子)는 공자의 제자 중에 그 당시 육예(六藝)[20]라는 여섯 가지 학문적 소양을 통달해야 함을 말하는 것으로 본래는 칠십칠인(七十七人)을 뽑았다고 한다. 이를 칠십이(七十二)라고 하는 것은 성수(成數)[21]에 따른 것으로 사료(思料) 된다. 칠십이, **칠십이현인**(七十二, 七十而賢人)같은 의미가 그것이다.

---

20) 육예(六藝) : 예(禮), 악(樂), 사(射), 어(御), 서(書), 수(數)의 여섯가지로 선비들이 배워야 할 기예(技藝)를 말함.

21) 성수(成數) : 일정한 수효를 이루고 있다는 말로 어휘(語彙)에 따라 전체를 미루어 헤아린다는 의미. 곧 정확한 숫자보다는 기본적 어휘의 의미를 파악하고 있다는 뜻.

37 삼부지양(三釜之養)

三
석 삼

釜
솥 부

之
의 지

養
봉양할 양

풀이 여의치 못한 박(薄)한 봉록(俸祿)으로 효심(孝心)
을 다하여 어버이를 모시는 것을 말함
「장자 우언편(莊子 寓言篇)

由來 ∴ 무후위대(無後爲大) : 불효 중에 가장 큰
것으로 자손이 없는 것을 이름
—. 「맹자 이루하편(孟子 離婁下篇)」

어버이에 대한 지극한 효심은 교외별전(敎外別傳)을 통해서 잠깐 언급(言及)했다. 효심이 극진하다 함은 인륜적 도리를 다함이며 마땅히 칭찬을 기려 후손들에게 본을 보임으로서 아름다운 미풍(美風)을 세상에 널리 알려 자랑함이라 하겠다.

그런데 이상스럽게도 효심이 갸륵한 집안을 보면 대체적으로 어려운 생활상을 띠고 있다. 배가 고파본 사람만이 배곯은 사람의 마음을 가장 잘 이해할 수 있는 것처럼 주로 외곬으로 정신적 계승(繼承)만을 이어받다 보니 깨끗한 심성을 가진 사람은 베풂도 깨끗하기에 아마도 풍요롭지는 못했을지 싶다. 다시 말해서 물질과 관련된 생활상이 아니므로 풍족함에는 그 연관성이 못 미치게 된 것이 아니었을까 하는 막연한 추론(推論)도 해 본다.

자, 이 장에 주제로 삼부지양(三釜之養)이란 솥단지가 세 개 뿐이라는 말로 그 만큼 가난을 상징하는 의미지만 그래도 정성(精誠)을 다해 부모님을 봉양(奉養)한다는 속 깊은 뜻이다.

그래서 효(孝)는 정성으로 보살펴 드리는 마음이 제일이요, 부(富)로 보살핌은 아무래도 정신보다 물질을 드러냄이 앞서므로 정성만은 못한 것이 될 수도 있다. 그래서 **득친순친(得親順親)**이라, 효자의 행실을 이야기함에 있어서 반드시 부모의 뜻에 들게끔 하고 부모의 뜻에 순종(順從)하라는 말이다. 때로는 사람의 마음이 단순해서 이기적일 때가 있다. 자기 자신이 편하면 만사가 편케 보이는 것처럼 남도 정말 편하게 지내는지를 잊고 살게 만든 것이 흠(欠)이다.

이것이 사실은 일반적인 사람의 사고일 수도 있다. 거기에 마음을 비우고 한 발만 건너 뛰어 보면 완전히 다른 새로운 삶의 모습이 보인다. 그게 효심과 같은 마음으로 사람다운 순수한 세계가 있다는 말이다. 이는 사람은 적당히 부족한 것에서 서로가 조건 없는 나눔이 존재해야 진정한 삶이라는 뜻도 된다. 반면에 모두가 풍족함은 **풍의포식(豊衣飽食**, 의식(衣食)이 풍족함을 이름)이라, 모두에게 좋은 일이지만 나눔이 필요하지 않기에 정신적 문제가 동요(動搖)하지 않음으로 없음 자체를 모르고 잊고 사는 것과는 전혀 다른 말이다.

이래서 효자 효녀는 가난한 집에서 아름다운 미담(美談)이 꽃피우지 않았나 한다. 또 하나 서글픈 효심의 이야기가 있다.

설원 건본편(說苑 建本篇)에 있는 **백유읍장(伯俞泣杖)**으로 한백유(韓伯俞)라는 사람의 효심에 관한 글이다.

유(俞)는 그럴 (유), 더욱 (유) 자로 중국의 간체자(簡體字)로는 유(俞)로 쓴다. 어머님이 노쇠(老衰)하여 일부러 자신이 종아리를 맞아도 아프지 않다하여 통탄(痛歎)했다는 고사다.

얼마 남지 않은 어머님의 여생을 안타깝게 바라보아야 하는 자식의 심정은 어떠했을까. 거꾸로 부모가 자식(子息)에 대한 지극한 사랑이야기가 있어 더 효심을 자극하는 글이 있다.

효자전(孝子傳)에 새 어머니(계모, 繼母)가 전처(前妻)의 자식인 맏아들에게 추운 겨울을 나기 위해서 갈대꽃(노화, 蘆花)을 훑어 그 솜으로 옷에 넣어 만들어 입혔다는 고사가 **의노화지서(衣蘆花之絮)**다. 원래 솜은 면화(棉花)로 같은 말이 목화(木花)다.

이 솜을 구할 수 없을 만큼 가난한 나머지 갈대꽃으로 옷을 만들어 추위를 나게 했다는 계모의 마음을 우리는 어떻게 바라보아야 하나. 후모(後母)로 시집 와서 자식을 둘을 낳았지만 맏아들이 춥다면 그 동생들도 함께 추위에 떨어야 한다는 애절함에 가슴이 메어 온다. 이렇게 지성(至誠)은 지상(至上, 최상(最上))의 진심(盡心)이라는 뜻으로 중용(中庸)에 나오는 말 중에 정성이 지극한 사람은 그 예지(叡智)가 뛰어나 신(神)과 같다는 말이 **지성여신(至誠如神)**이다.

효자란 이러한 정신을 절절(切切)하게 이어 받았기에 후세 사람들이 그들의 칭송(稱頌)을 아끼지 않는 것이다.

참고 3 삼부지양(三釜之養)과 유사한 지극한 효심(孝心)의 고사성어 모음

● 숙수지환(菽水之歡) ―.「예기(禮記)」
 ; 비록 콩을 먹고 물을 마시는 가난한 생활일지라도 부모님을 위해 정성껏 효
  도를 다하며 그 마음을 기쁘게 하는 것을 말함

● 노이불원(勞而不怨) ―.「논어 이인편(論語 里仁篇)」
 ; 효자(孝子)의 행위(行爲)를 말함. 원망하지 않는 수고로움

● 노래지희(老萊之戱) ―.「황보밀(皇甫謐)의 고사전(高士傳)」
 ; 주(周)나라 때 노래자(老萊子)가 자기 나이 약 칠십에 무늬 있는 옷을 입고 동
  자(童子)처럼 부모에게 재롱을 부려 자기 자신의 늙음을 잊게 했다는 고사.
  ∴ 반의지희(斑衣之戱)라고도 함. 반(斑)은 얼룩질(반), 반의(斑衣)는 곧 색
  동옷 같은 것을 말함. 명아주 래(萊). 고요할, 편안할 밀(謐). 내처(萊妻)
  라는 뜻은 노래자의 부인을 말하는 것으로 다른 의미로는 현명한 부인을
  일컬음

● 백운고비(白雲孤飛) ―.「당서(唐書)」
 ; 흰 구름이 외롭게 떠다님
  곧 멀리 떠나온 자식이 어버이를 그리워하는 마음을 형용

● 북산지감(北山之感)
 ―.「증공(曾鞏)의 복주상집정서(福州上執政書)」
 ; 공(公)적인 일. 즉 공사(公事)로 노고(勞苦)함은 반대로 부모님에게 공양하
  지 못함이라 이를 한탄함을 이름

● 선침온석(扇枕溫席) ―.「동관한기(東觀漢記)」
 ; 여름에는 베갯머리에서 부채질로 더위를 식혀 드리고 겨울에는 자신의 온기
  로 부모님의 잠자리를 따뜻하게 하여 드림을 이르는 말

불혹지년(不惑之年)

不
아니 불

惑
미혹할 혹

之
의 지

年
해 년

풀이 어디에도 미혹되지 않는다는 뜻.
(불혹의 나이를 말함)

由來 「논어 위정편(論語 爲政篇)」

15세	지학(志學) : 학문에 뜻을 둠. 지학지년(志學之年)
20세	약관(弱冠) : 일종의 성인식. 약년(弱年), 약령(弱齡)
	∴ 약관(弱冠) : 「예기 곡례상편(禮記 曲禮上篇)」
	계년(笄年) : 비녀 꽂을 (계) 여자가 처음 비녀를 꽂는 나이(15세를 일컬음).
	계관(笄冠) : 비녀와 갓이라는 말로 남녀가 성인례(成人禮)를 올림을 의미함
30세	이립(而立) : 立은 시서예악(詩書禮樂)을 탐구(探究) 기초(基礎)가 확립됨
40세	불혹(不惑) : 자신(自信)을 얻어서 남의 말에 혹(惑)하지 않음
50세	지천명(知天命) : 하늘의 뜻을 앎
60세	이순(耳順) : 귀가 순하여 짐 : 어떤 의견이라도 이해가 되어 사려(思慮)와 판단이 성숙되고 순수하게 받아들이는 나이라는 뜻
70세	종심소욕불유구(從心所欲不踰矩) : 하고 싶은 바를 하되 법도(法度)에 어긋나지 않음

세속(世俗)에 따르는
인생기념일(人生記念日)

만 1세(滿 1歲)   첫 돌

과년(瓜年)   16세에 이르는 여자. 과거(過去)에는 혼기(婚期)
에 이른 나이
∴ 또 다른 의미로 64세에 이르는 노인(남자)을
칭하기도 하고 벼슬자리(관직, 官職) 임기가
끝나는 시기를 말하기도 함

방년(芳年)   20세 전후(前後)의 꽃다운 나이(여자)
방령(芳齡), 묘령(妙齡), 묘년(妙年)이 이에 해당
∴ 묘 (妙)와 동자(同字)로 젊을, 예쁠 묘(玅)

상수(桑壽)   48세를 이름. 뽕나무 상(桑)을 파자(破字)로 풀어
열 십(十)이 4개 여덟 팔(八)이 하나. 곧 '48'을 의
미한다고 봄
∴ 파자(破字) : 한자의 자획(字畵)을 나누거나 이
를 합(合)하여 다른 글자 또는 다른 뜻으로 나
타내는 것을 말함. 해자(解字)와 같은 뜻임 (잘

못 해석하면 엉뚱한 의미가 나와 일반적으로
잘 사용하지 않음. 자의(字意)와는 전혀 관계
가 없음을 유념(留念)할 것)

육순(六旬)　　　　십 년(순)으로 여섯 번의 순을 맞이했다는 뜻
　　　　　　　　환갑(還甲) 직전 해의 생신(生辰)을 의미. (우리나
　　　　　　　　라 나이로 60세를 이름)
　　　　　　　　∴ 순(旬)의 원뜻은 열흘 (순)

환갑(還甲)　　　　만 60세(滿 60歲). 인생에 단 한번 간지(干支)의
　　　　　　　　해가 정확하게 돌아오는 생신을 뜻함. 매우 중요
　　　　　　　　한 의미를 부여(附與)함. 회갑(回甲), 수연(壽宴,
　　　　　　　　壽筵), 화갑(華甲)이라고도 함

진갑(進甲)　　　　환갑(還甲) 다음 해 생신을 이름

미수(美壽)　　　　66세의 생신을 이름

희수(稀壽)　　　　70세. 만(滿) 70세가 아니라 순수한 우리나라 나이임.
　　　　　　　　고희(古稀), 칠순(七旬)
　　　　　　　　∴ 인생칠십고래희(人生七十古來稀)라고 두보(杜
　　　　　　　　　甫)의 곡강시(曲江詩)에 나온 말로 옛날 석인
　　　　　　　　　(昔人)들은 사람이 칠십까지 산다는 게 드물어
　　　　　　　　　인생은 참으로 짧다라는 의미를 지니고 있다.

희수(喜壽)	나이 77세 생신을 뜻함. 희(喜)의 유래는 초서체 (草書體 : 흘리어 쓰는 글씨) 칠십칠(七十七)과 비슷한 글자인데서 온 말
산수(傘壽)	우산 산(傘)을 속자(俗字)로 산(仐)에서 해자로 풀이하면 팔십(八十)을 의미
미수(米壽)	88세를 이름. 쌀 미(米)를 팔십팔(八十八)로 해석한 파자
졸수(卒壽)	90세를 이름. 졸(卒)자를 초서체로 쓰면 아홉 구(九)자와 유사해 이에 열십(十)을 합하여 나온 말
백수(白壽)	일백 백(百)에 하나를 뺀 나이. 즉 99세를 일컬음. ∴ (百 → 白) 백(白)은 (White) 백의 의미가 아님
천수(天壽)	드디어 100세를 뜻함. 흔히 상수(上壽)라고도 함 하늘이 정해준 최상의 나이라는 뜻 ∴ 그 이상 120세를 상수(上壽)로 보는 견해도 있음. 좌전(左傳).

군자(君子)와 세상이야기

요즈음의 군자는 배우는 자 모두가 군자다. 소위 남녀의 구분이 없어졌다는 말로 시대를 반영한 현대적 군자라는 말이다. 그런데 군자라는 용어가 지금은 잘 쓰이지 않는 말로 되어 버렸다. 그러나 이 말처럼 좋은 말이 없다. 현재 이 시대는 학업의 성취도에 따라 배우는 자 모두를 학생(學生)이라고 부른다.

그렇다면 학문을 놓게 되면 무어라 불러야 하나. 사실은 배우는 자, 배운 자 모두가 군자요, 학생이다. 그래서 학문은 배움이 끝나고 아니고가 문제가 아니라는 말이다. 내가 좋아하는 군자라는 뜻을 독자는 이제 이해했으면 한다.

본래 학생(學生)이라는 의미는 근엄하고 엄숙한 과거 선비를 지칭하는 말이었다. 늘 책을 곁에 두어 배우는 사람이고 양반(兩班)이라서 그렇게 불렀다. 지금이야 신분적 구별이 없어졌지만 과거의 학생은 여러 가지가 복합된 귀족 신분상의 계급(階級)이었다.

더 상세히 설명하자면 군자에 의미는 오늘 날 보통 학생과 달리 그 이상의 학식 있는 자를 수식하는 말로 언행(言行)이 바른 자를 뜻함은 물론이다. 과거 「학생」이라는 신분에 대하여 논하자면 한 마디로 학예(學藝)를 배우는 자다. 특히 최고 상급학교격인 문하생(門下生)들이 모인 곳에서 공부하는 자를 두고 부르는 말이다.

그러나 현대교육에 와서는 초(初), 중(中), 고(高), 대(大) 그 이상

전체를 묶어서 학생이라고 지칭하는 말이 되었지만. 어째 학생이라는 직위(職位)가 좀 격하(格下)된 느낌마저 든다. 아무튼 학생이라는 의미는 지체가 낮은 사람들이 생원(生員)님 하고 불렀던 옛날 호칭으로 볼 때 같은 부류로 해석해도 좋을 듯싶다. 그런데 또 다른 의미로 학생이라는 문구를 쓰이는 데가 있다. 전통적으로 내려온 의식의 하나로 상제(喪祭)에 관한 예법(禮法)에서 지금까지 이 사회 저변(底邊)에 깔려 있어 찾아가 보자.

바로 신주(神主)에 쓰여지는 문구인 「학생」이다. 우리가 흔히 제사(祭祀)를 지낼 때 밤나무로 만든 신주에다 돌아가신 분의 위패(位牌)를 모신다. 한지(韓紙)종이 조각에 쓴 신주로 지방(紙榜)이라고 한다. 거기에 예를 들어 아버님이 돌아가셨다면 학생(學生)이라는 글이 쓰인다.

현고학생부군 신위(顯考學生府君 神位)라는 문구다. 어머님의 경우는 후자에 다시 설명하겠지만 학생 대신 그 칸에 유인(孺人)이라고 쓰어 진다. 그럼 먼저 지방에 학생이라고 쓰는 이유는 무엇일까. 이 말은 원래 선비가 벼슬길에 오르지 못해 쓰이게 된 말로 신분적 계층의 특진적 의미를 부여해 주었던 학생이라는 신분이다. 만약에 벼슬을 한 직위(職位)가 있었다면 학생이라는 글귀가 들어가지 않았다. 당시에 직급 이름으로 쓰임은 당연한 이야기다.

다시 말하면 조상을 모시는 제사에 학생이라는 용어는 생을 마감함에 따른 신분상의 일계급 특진(一階級 特進)을 의미한 말이다. 유인(孺人) 역시 벼슬을 지내지 않은 부군(夫君)의 일계급 특진적 의미로 함께 한 단계 오른 벼슬 이름이었다. 조선시대(朝鮮時代) 9품(九品) 문무관의 부인인 외명부(外命婦)에 품계가 유인이다.

여기에서 우리가 생각해 봐야 할 것이 있다. 그렇다면 이러한 말들이 그렇게 양반이라는 신분적 입장에서만 사용한 뜻이었느냐 하는 것이다. 그런데 그렇지 않았다는 것이다. 우리나라가 가지고 있는 사상(思想) 가운데 가장 좋은 전통이 바로 민중(民衆)에 그 골격(骨格)을 두고 있었다는 사실이다.

예를 들어 농자지천하대본(農者之天下大本)이라는 글을 보아도 그렇다. 같은 뜻으로 농위정본(農爲政本)이라는 말이 제범(帝範)에 나온다. 농사는 정치에 근본이며 나라에 기반이 된다는 말이다.

성인반열에 오를 만큼 대단한 성군(聖君)인 세종(世宗)도 한 때 궁중에 논을 만들어 놓고 직접 농사를 지었다고 한다. 곧 농자와 같이 수고함을 나누고 풍년(豊年)을 기원(祈願)했다는 뜻이 들어가 있다. 비록 신분사회로 엄격한 왕정시대(王政時代)였지만 민심에 반(反)한 정치란 있을 수 없는 일로 간주(看做) 되었다. 물론 잘못된 군주도 있긴 했지만 말이다.

원점(原點)으로 돌아와서 「학생」이니 「유인」이니 하는 특별한 별칭(別稱)이 일반 백성들에게 쓰이게 된 이유는 대체 왜일까. 어째서 신분적 차별성(差別性)의 용어가 일반 세속에 까지 자연스럽게 파급(波及) 되었을까. 이것은 모두가 나라 안에 백성이요, 후손(後孫)에 뿌리라는 의미를 담고 있어서다. 그래서 조선시대(朝鮮時代) 귀족신분이지만 벼슬길에 오르지 못한 양반과 그 외 모든 계층의 사람들도 명(命)을 다해 세상을 등지게 되면 같은 신분이라는 정신이 들어 있었던 것이다.

오늘 날 우리가 지방(紙榜)에 쓰이는 문구에 바로 그 정신이 들어가 있는 것이다. 이러한 정신과 유사한 뜻이 또 하나 있다.

과거에 성인남녀(成人男女)의 혼례식(婚禮式)만 보더라도 신분을 떠나 좋은 옷인 전통혼례복(傳統婚禮服)을 입고 백년가약(百年佳約)을 맺는다. 이 옷은 귀한 복색(服色)으로 누구나 한 번은 벼슬을 하라는 뜻으로 일생에 단 한 번 관복(官服)을 입게 허용한 관습이었다는 것이다. 그것이 바로 우리가 알고 있는 지금의 전통혼례복이다.

동방예의지국(東方禮義之國)의 면모를 보는 듯하여 한 마디로 아름다운 전통이라고 아니할 수 없다. 그런데 이쯤에서 굳이 잘못된 전통을 지적하고 싶다면 관혼상제(冠婚喪祭)에 관한 전통을 살펴보다가 느낀 점이다. 우선 관혼에서의 혼례식만 보더라도 과거야 좋은 풍습으로 관복을 입고 결혼을 했다지만 지금은 서양식 웨딩드레스(wedding dress)에 남자는 턱시도(tuxedo)를 입고 신데렐라와 왕자처럼 휘황찬란(輝煌燦爛)하게 결혼식을 한다.

결혼식 후 결혼식장 한켠에 자리 잡은 폐백실(幣帛室)에서 신랑 측 친가, 바꾸어 말하면 신부 측 시댁어른들과의 첫 인사 대면에서야 비로소 우리의 옛 혼례문화인 전통혼례복을 입는 게 고작이다. 우리 전통이 많이 사라지는 느낌이 들어 참 안타까운 일이다.

또한 지금에 이르러 모두가 선호하는 서양식 결혼식에 있어서 신부 복장만 살펴보더라도 웨딩드레스를 입고 머리에 면사포를 쓰고 예식을 치른다. 그 면사포(面紗布)의 의미가 무슨 뜻인지 모르는 사람이 다반사(茶飯事)다. 디자인의 한 형태로 왕관(王冠)같은 것이거나 기타 모자(帽子)같은 것도 결국은 코디네이션(coordination) 쯤으로 알고 있는 것 같아 바로잡는다. 이제 나(신부, 新婦)는 이 결혼을 즈음하여 남편에게 지혜의 산실인 머리 까지 모두를 맡긴다는 속뜻이 거기에 숨어 있어서다.

이것은 철저한 서양식 논리로 우리나라의 혼사인 결혼정신에 부합되지 않는 바로 전혀 맞지 않는 뜻이다. 우리나라는 결혼예식에 있어서 남녀의 서열(序列)이 전적으로 남편에게 편중된 힘의 논리는 본래부터 없다. 우리나라는 결혼을 해도 신부의 성(姓)이 바뀌지를 않는다. 이것은 신부 집안에 대해 예의를 갖추어 성씨를 존중한다는 중요한 속뜻이 함축(含蓄)되어 있어서다.

그래서 전자에 설명한 어머님의 경우 돌아가시게 되면 현비유인 OOO씨 신위(顯妣孺人OOO氏 神位)라고 쓰는 이유와 일치한다. 여기에 유인이라는 글귀는 이미 전자에 서술했고 OOO을 평해 손씨(平海孫氏)라는 집안을 한 예(例)로 설명해 보자면 본은 평해요, 손은 성이라는 글귀(平海孫)가 OOO에 들어간다. 이렇게 쓰이는 것만 보아도 배우자에 대한 그 집안의 존중(尊重)이 고스란히 묻어 있는 전통이라 아니할 수 없다. 그런데 그렇지 않은 나라 즉 단편적으로 미국(대부분의 서양(西洋)을 이름)의 경우를 보면 고유한 여자의 성이 결혼과 동시에 남자 성으로 바뀌는 것을 우리 신부님들은 어떻게 생각할까? 단순한 문화적 차이로만 생각하기에는 어딘가 이해가 부족해지지 않을까? 무조건은 꼭 아니지만 서양이라고 해서 반드시 유익하고 좋은 점만 있는 것은 아니다. 고유함에 정신이 전통적 계승의 멋스러움이라면 이것은 곧 세계 속에 「우리 것」이라는 것을 자부해도 좋음이다.

다음으로 상제(喪祭)에서 지적하고 싶은 말이다.

이제 지금 이 시대는 「유인」이니 「학생」이니 하는 벼슬이 없다는 사실이다. 그러므로 현실적 배경으로 비추어 볼 때 지금 현재(現在) 있지도 않은 사실을 전통이라는 이유로 그대로 답습한다는 것은 시대적 모순이다. 비록 취지의 발상은 원래가 전통적으로 좋은 정신에서

출발했다. 그러한 의미가 인륜적(人倫的) 배려요, 도덕(道德)에 기초한 관습(慣習)때문이었다 하더라도 이제부터는 좀 더 좋은 정신으로 발전시켜 이어감은 어떨까. 고인(故人)의 살아생전에 직함(職銜)도 있을 것이고 덕망 있게 불리었던 사회적 호칭(呼稱)도 있을 것이다. 이러한 뜻을 기리는 것이 오히려 더 현실적이고 정감(情感)있게 다가오리라는 생각이 든다. 하루아침에 전통이라는 울타리를 걷어 버린다는 것은 쉬운 일이 아니다.

그러나 깨어 있는 사고로 바라본다면 전통을 결단코 무시하는 처사만도 분명 아니다. 순리에 맞게 따름이 지금 사회다. 그 만큼 다양화(多樣化)가 우세한 세상이 되었다는 뜻이다.

아름다운 전통은 이어가되 아름다운 마음을 실속 있게 이 현실에 맞추어 가는 것도 현대인이 지켜야 할 중요(重要)한 문화다.

일곱 번째 마당

꿈과 외로움

꿈을 물감으로 본다면 염료(染料)와 안료(顔料) 차이다. 결국 꿈에다 색을 입힌다는 것은 과정이 달라 결과가 다른 것이다. 외로움도 생각에서 오는 색깔이 다른 물감이다.

南
남녘 남

柯
가지 가

一
한 일

夢
꿈 몽

풀이 한 때의 헛된 꿈으로 덧없는 부귀영화(富貴榮華)를 일컬음

由來 「남가기(南柯記)」

∴ 남가(南柯)란 꿈속에서의 지명 이름으로 순우분(淳于 棼)의 고사에서 비롯됨

꿈 은 그저 꿈이다.

꿈은 상상(想像)이며 환영(幻影)에서 오는 몽상(夢 想)일 뿐이다. 꿈속에서의 삶은 또 다른 바람이요, 허 상(虛想)이 보내 준 희망(希望)대로 살고자 함이다.

오로지 현실(現實)너머에 있는 이상(理想)의 나라 로 새로운 세계를 추구함이요, 갈망(渴望)의 몸부림이 다. 그리하여 자유를 만끽하려는 스스로의 무언(無 言)에 아름다움이다. 그래서 꿈을 꾸는 자는 행복하 다고 했던가.

예지(豫知)를 주는 것도 꿈에 일종이요,

길을 잃은 사람에게는 생(生)의 한시적(限時的) 나침반(羅針盤)이다.

그렇게 꿈은 꿈으로서 만족함이며,

더 이상(以上)은 이 현세에 없으므로 허무(虛無)함이다.

그러나 진정한 꿈은 따로 있다.

꿈은 이 현실에 있어야 도전할 가치가 있기에 꿈의 미래를 만들어 놓은 것이다. 볼 수 없다는 게 꿈이라서 볼 수만 있다면 천하를 얻은 것과 마찬가지다. 그런데 꿈을 본 자가 있음으로 이 세상에는 성공하는 자가 있는 것이다. 그러므로 「꿈은 살아있음에 나의 인생에 이력서(履歷書)를 만들어 가는 것이다.」

39 고성낙일(孤城落日)

孤
외로울 고

풀이 고립된 성에 기우는 해란 뜻으로 응원군도 오지 않고 세력은 쇠퇴하여 도와주는 이 없어 마음이 가녀린 상태를 말한다.

由來 「왕유 송위평사시(王維 送韋評事詩)」
∴ 중국의 대표적 시인 : 왕유(王維), 이백(李白), 두보(杜甫)

城
성 성

落
떨어질 락

日
날 일

마 천루(摩天樓)22)에 홀로 사는 사람들을 위하여 이 글을 쓴다.

한자로 오이가 외롭게 매달려 있다는 형상으로 만들어진 글자가 외로울 고(孤)다.

외로움.

참 형언하기 힘든 마음에 스며듦이다.

---

22) 마천루(摩天樓) : 아주 높은 고층건물이라는 말로 도시에 빌딩숲을 이름.
즉 현대인의 도시적 삶.

쓸쓸함 뒤에 을씨년스러움을 무엇으로 달래나. 외견상으로 볼 때 재래시장(在來市場)처럼 사람냄새가 정겨운 번잡(煩雜)함이 아닌 몸부림치도록 고독(孤獨)한 외로움은 성(盛)한 기운이 사라져 빛도 색깔도 없다.

홀로 사색(思索)하는 시간에는 외로움조차 모르고 지나가지만 사람이 그리운 외로움은 약(藥)도 없고 기약(期約)도 없다.

그나마 젊어서 외로움은 고통을 삭히는 힘이라도 있지만 늙어서 외로움은 추(醜)한 것만 남는다. 철저하게 외로움에 진의(眞意)는 오직 혼자다. 어쩌다가 동반자(同伴者)가 아쉬워도 비어 있는 시간의 애착(愛着)은 오늘도 무심천(無心川)이 되어 덧없이 흐른다. 곧 잘 외로움의 표현을 젖은 낙엽으로 비유함은 고립(孤立)을 대변하는 것처럼 들려와 괜스레 안쓰럽다.

그래서 사람이 외롭게 산다는 것은 세상을 위한 도인(道人)[23]이 아닌 이상에야 옳은 삶이 아니다. 어떠한 이유로도 일반 세속인(世俗人)은 긍정적인 사고가 아니라는 충언(忠言)이다. 인간은 생각하기에 따라서 삶의 모습이 다르게 흘러간다. 역지개연(易地皆然)이라는 말이 곧 이를 두고 하는 말이다.

누구라도 그 환경에 따라서 행동이 달라지므로 환경을 바꾸면 모두가 같아진다는 의미 있는 고사(故事)다. 또 설원(設苑)에 어승수(魚乘水)라는 말이 있다.

---

23) 도인(道人) : 일명 도사(道士).
　　세상 밖에서 도를 닦는 사람. 불교에서는 불도(佛道)를 깨달은 사람을 일컫기도 함.

물고기는 물에 의지해서 살 듯 세상 모든 것이 믿고 의지하는 곳이 따로 있어 제각기 살게 되어 있다는 이야기다.

이 말을 다른 말로 인용(引用)하자면 사람은 사람으로 태어났으므로 사람 속에서 서로 의지하며 살아야 한다는 것과 같은 말이다. 손뼉은 서로 마주쳐야 소리가 나는 법이다.

손바닥 하나로는 소리가 나지 않는다는 말이다. 전등록(傳燈錄)에 고장난명(孤掌難鳴)이 그 말이다.

싱글(single)은 한자(漢字)로 외짝 척(隻)이다. 새 추(隹, 꼬리가 짧은 작은 새) 자로 한 손에 작은 새 한 마리가 있다는 그림으로 뜻글자는 표현한다. 거기에 작은 새 한 마리를 더 손 안에 올려놓으니 쌍쌍(雙)이라는 글자가 완성이 된다. 쓰고 보니 진정 한 쌍이라는 글자가 이렇게 안정된 모양으로 다가옴은 어인 일인가.

나 홀로 일상사(日常事)의 번거로움을 피해서 살아감도 나름대로 이유 있는 항변(抗辯)이 있겠지만 반드시 인간은 한 쌍의 울타리를 만들어야 이 사회가 올바르게 융화(融和)되듯이, 사람 안에 사람 향기가 나야 거기가 사람 사는 곳이다.

 **40** 대기소용(大器小用)

大
큰 대

풀이 큰 그릇을 작은 데에 씀을 이름. 즉, 재능 있는 훌륭한 인재를 적재적소(適材適所 : right man in the right place)에 쓰이지 못함을 일컫는 말이다.

由來 「후한서 변양전(後漢書 邊讓傳)」

器
그릇 기

小
작을 소

用
쓸 용

사람은 항상 자기 능력에 맞게 살아야 한다.

그런데 시대가 뒤숭숭해 자기 자리를 찾지 못한다는 것은 사회적 중병(中病)으로 무언가가 잘못되어 가는 판국이다.

이러한 형국(形局)은 비단 우리나라 안에 일로만 간주해서는 안 되는 것이 요즘 세상인 것 같다. 현대 사회란 기계 작동으로 비유하자면 기어(gear)의 톱니바퀴가 서로 맞물려 있어 그 어느 하나가 문제를 일으키면 사회 전체로 확산되어 제대로 굴러가지 못한다는 말이 된다.

어떤 분야이든 서로 연관(聯關)되어 있다는 것으로 그 만큼 연계성(連繫性)이 뛰어나 대단한 응집력(凝集力)을 보이는 반면 잘못되어 어그러지게 되면 우리 모두에게 불이익을 초래하는 사회적 병폐(病廢)로 악영향을 미치게 된다는 게 현대 사회가 가지고 있는 폐단(弊端)이기도 하다. 이것은 크게 보아 지구촌에 불어 닥친 국가 간의 경제추이(經濟推移)라고도 할 수 있다.

만약 그 시대가 지금이라면 세상 사람들 모두에게 안겨다 줄 예측할 수 없는 국가 간의 위기로 저점(底點)의 사회적 병리현상(病理現狀)의 하나로 보아야 한다. 삶은 개인적 인생이지만 사회 집단적 의미로 보면 그 시대를 반영하는 인물사관(人物事觀)이라는 뜻도 포함되어 있다. 그러한 것들의 모든 것을 일련으로 안고 가면서 세상은 하루가 다르게 변하고 있고 우리네 삶의 모습도 요즘 같으면 더디게 진행되고 있지만 그래도 현대적으로 진보(進步)하고 있는 중이다.

또한 이러한 시대에 편승해서 학문의 깊이도 과거보다 다양화 된 세계관을 가지게 되었고 그래서 더 많이 탐구(探究)해야 하는 과제를 낳기에 이르고 있다. 그러나 이런 것에 비해 신종 직업관은 계속 속출(續出)하고 있지만 거기에 알맞은 직업을 찾기란 모든 것이 불투명해 점점 세상살이가 어렵게 되어 가는 추세다.

거기에다 이 현대사회는 과거보다 월등해 진 첨단 과학의 발달로 기존에 생산방식을 위협하는 예컨대 같은 노동력을 필요로 해도 인력을 줄이면서까지 원가절감에 초점을 두어 자동화(自動化, automatic)로 옮겨 가는 시대적 현상이 이를 증명하고 있다. 이러다 보니 자연스레 고학력의 실업자(失業者)가 늘게 되었고 삶에 있어서 경제적 안정 기조(基調)가 원칙이지만 불안정한 사회성과 맞물려 취업문제가 걸림돌이 되었다는 모순도 그 한 몫을 하고 있다.

언제까지 자기 그릇의 크기를 줄여 때를 기다리기엔 충분한 시간이 주어지지 않아 세상은 말이 없다. 하지만 모두가 원하는 바에 따른 직업관을 찾아 직업윤리 의식이 투철한 삶이기를 간절히 바랄 뿐이다. 좋은 때는 언제고 오는 것은 아니지만 좋은 날은 언제든지 자신이 만들기 나름인 것이다. 고사성어 중에 백낙일고(伯樂一顧)라는 말이 전국책(戰國策)에 있다.

춘추시대에 손양(孫陽)이라는 사람이 명마(名馬)를 잘 볼 줄 안다하여 세상 사람들이 백낙(伯樂)이라 불렀다 하는데서 유래된 말이다. 명마는 백낙을 만나 세상에 알려졌듯이 다시 말하면 이 말은 자기 재능을 남이 알아주어 인정을 받게 된다는 비유다. 이렇듯이 이말에 진정한 속뜻은 언젠가는 자신을 알아주는 때를 위해서 미리 준비하는 자라야 반드시 좋은 날이 온다는 말이기도 하다.

대장불착(大匠不斲)이라, 뛰어난 목수(木手)는 나무를 깎아 보지않아도 재목(材木)에 곡직(曲直)을 안다는 말로 이는 도(道)를 아는 자는 그 행함을 이루기 전에 미리 득과 실을 안다는 의미와 같다. 남에게 인정을 받는다는 것은 그 만큼 미리 헤아려 볼 줄 아는 지혜를 가졌다는 것으로 준비된 자만이 누릴 수 있는 미래의 추천(推薦)이요 천거(薦擧)의 대상이다.

자, 그렇다면 지금 나 자신이 대기소용(大器小用)이라고 탓하지 말고 대기대용(大器大用)인 자신의 미래를 위해 실력(實力)을 갈고 다듬어 미리 준비해 두는 방법 밖에 다른 길이 없다는 것을 꼭 마음 속에 새겨두어야 한다.

그것이 자기 자신의 인생을 위해서 진정한 꿈을 만드는 것이다.

「동물이 공포에 휩싸이거나 위협을 당할 때 본능에 의해서 극한 으로 두려워하는 것은 직접적으로 위험을 감지해서 느끼는 고통일 수도 있지만 다른 측면에서 본다면 오로지 지금 이 현재 세상만을 알고 있기 때문에 단지 그 상황에 대처하는 것 뿐이다.

그런 의도된 말은 반대로 영혼의 세계를 모른다는 것과 같은 뜻으 로 곧 내일이 존재하지 않는 것과 같은 맥락이다. 그러나 인간은 철 저하게 동물과 다르므로 무엇이든 이 현실에 안주하지 않는, 미래를 향한 꿈이 있기에 고통도 불사하고 목표물인 고지를 위하여 그 계단 에 오르려는 수고함을 아끼지 않는 것이다.」

落
떨어질 락

木
나무 목

空
빌 공

山
메 산

풀이 나뭇잎이 모두 다 떨어져 쓸쓸한 산

I

래도 살만한 가치는 이승에 있다.

산수(山水)의 경치는 맑은 날이나 반대로 비가 오는 날이나 모두 좋다는 뜻으로 소식(蘇軾)은 **청호우기(晴好雨奇)**라는 글을 남겼다.

전자(前者)와는 다른 이야기지만 세상의 덧없음이나 공허함도 필경(畢竟) 그 반대가 있으므로 생겨난 말일게다. 날씨가 궂은 날은 비가 올 징조(徵兆)요, 화창한 날은 다음 비소식이 멀지 않음을 예고하는 것 또한 자연의 섭리(攝理)다.

스산한 가을이 너무 깊어 겨울로 가는 전주곡(前奏曲)이 시작되었다면 곧 봄이 오리라는 설렘으로 기다림을 배우듯이, 인간은 이 자연속에서 새로움에 순응(順應)하고 즐길 줄 알아야 한다.

　본시(本是) 허무(虛無)한 발로(發露)로 「혼자라는 생각」은 이미 만남과 이별을 경험했기에 내일을 향한 미지(未知)의 그리움을 대비(對備)하는 마음이다. 이를테면 나뭇잎이 떨어져 쓸쓸한 산중에 나무는 겨울을 나기 위한 월동준비기간(越冬準備期間)이지 외로움이 아닌 것과 같은 이치(理致)다.

II

　자연에는 외로움이 존재하지 않으며 다만 그대로일 뿐이다. 자연은 순리에 따르는 것이며 보탬도 덜함도 없는 것이다. 만약 이 자연이 외로워 보인다면 인간의 마음이 무상(無常)해서 오는 황량(荒凉)한 현상에 지나지 않는다. 마치 싸늘한 바람처럼 한기(寒氣)를 느끼는 인간의 감정의 기복과 같다. 이렇듯 생각이 주는 믿음은 표리부동(表裏不同)하여 무한히 세상을 헐뜯기도 하고 역으로 잠재된 낭만을 끌어들이기도 한다. 모든 것은 그 무엇이라는 지시적 감정의 변화로 공통적 사고의 타협보다는 자기 자신의 직접적인 현상에 집착하는 모순을 받아들임에 문제가 발생하는 것이다.

　진리라는 깨달음의 시작은 정직한 길이요, 정도(正道)의 생각에서 오는 출발점이다. 외로움도, 슬픔도, 행복도 생각이라는 위대한 정신에 공유하는 인간의 소중한 가치의 하나다.

四
넉 사

顧
돌아볼 고

無
없을 무

親
친할 친

풀이 사방(四方 : 東西南北)을 둘러보아도 친한 사람이 아무도 없다는 말로 의지할 곳이 없음을 비유

많이 외로워 본 사람은 외로움의 친구가 고독(孤獨)이라는 걸 알기에 반대로 남보다 삶의 깊이를 더 깨달을 줄 안다. 그러나 외로운 것만큼 조용한 시간의 침묵(沈黙)은 많은 답을 주지만 언제까지나 답을 보내오는 것은 아니다.

사람은 주어진 시간 안에서 그리워도 해 봐야 그리움의 진의를 알고 사람을 소중하게 여긴다. 그런데 본래부터 혼자라는 것을 알고 사는 사람은 없지만 각일각(刻一刻)이라, 차츰 시간이 지나감에 따라 혼자임을 알게 될 때 견디기 힘든 고통을 안고 살아가는 사람들이 의외(意外)로 많다.

홀로 살아가는 가슴 아픈 사람들에게 그 각각의 사

연을 대신하여 진심으로 위로(慰勞)를 해 주고 싶다.

어떤 말로 해 주어야 할지 잘 생각이 떠오르질 않지만 한 가지 분명한 것은 나는 「나」일 뿐 나와 똑같은 생명체는 이 세상에 다시없다는 사실이다. 어떤 고난이 닥쳐와도 나에게 주어진 일이었다면 「나」라는 몸으로 「나」라는 정신이 극복해야 하는 일로 지인(知人)의 도움은 그 다음이라는 대기성(待機性)으로 보면 결코 외로운 것만은 아니다.

어차피 나는 나로부터 출발해야 하는 사명이 있기 때문이다. 사람이 견디기 힘든 것 중에 하나가 혈족(血族)간의 단절에서 오는 상실감(喪失感) 또는 당사자로서는 단절조차도 모르고 단절된 버려짐이 한(恨)으로 남는다는 것이 문제다.

그러나 행복은 선택받은 사람들만이 차지하는 물건처럼 생각할지 몰라도 타인의 행복이 내 것이 아니라면 앞으로 와야 될 내 행복도 남의 것이 아니라는 점이다. 이를 완전히 바꾸어 생각하게 되면 타인의 행복도 나의 행복이요, 나의 행복도 타인의 행복이 될 수만 있다면 그 간단한 생각의 차이가 진정 닫힌 마음에 문을 연 것이리라. 그리하여 내 행복을 남에게 줄 수 있는 마음이라면 결코 외로운 사람은 아니라는 말이다.

여기에 꼭 맞는 참 의미 있는 고사성어가 있다. 장자 각의편(莊子 刻意篇)에 불위복선(不爲福先)이 그 주인공이다.

남을 위해 사양(辭讓)하는 문을 연 사람으로 행복을 남보다 먼저 차지하게 되면 타인(他人)에게 미움을 받으므로 먼저 복을 가지려

하지 않는다는 말이 이 뜻이다.

이렇게 남에게 사양하는 마음을 늘 지닌 사람은 겸손한 성품으로 퇴양군자(退讓君子)라는 또 다른 별칭을 받기에 이른 것이다.

한 때의 외로움은 좋은 약이 되지만, 항상 외로움은 병이 된다.

그대가 정말로 외로운 사람이라면 지금 당장은 힘들겠지만 어떻게든지 삶에 있어서 여러 사람들과의 관계성을 잘 승화(昇華)시켜 불위복선(不爲福先)으로 새로운 인생의 장(場)이 펼쳐지기를 덕담(德談) 한 마디로 대신하려 한다.

「아름다운 세상이란 우리들의 마음속에서 피어나는 한 떨기 온정의 꽃(온정지화(溫情之花)24))이 외롭지 않게 벗님의 눈물처럼 모인 곳이다.」

---

24) 온정지화(溫情之花) : 온정의 꽃이라는 말로 저자가 쓴 사자성어(四字成語)임.
세상의 아름다운 빛을 위해 남기고 싶은 말.

落
떨어질 락

花
꽃 화

流
흐를 류

水
물 수

[풀이] 떨어지는 꽃과 흐르는 물. 곧 남녀 사이에는 서로 생
각하는 정(情)이 있다는 말. 낙화(洛花)에 정이 있
다면 유수(流水)에도 정이 있다는 의미다.

[由來] 「백거이 원가이신택과시(白居易 元家履信宅
過時)」
落花不語空辭樹
流水無心自入池

본래 인생이란 너무 짧아 흠(欠)이다.

그래서 무상하다 싶으면 한없이 덧없는 게 인생이
다. 삶이 힘들어지거나, 마음의 병을 앓거나, 불행하
다고 생각할 때 꼭 찾아오는 것이 인생무상(人生無
常)이다. 행복하거나 즐거울 때는 오지 않는 병이다.

이것이 그릇된 생각으로 오래가게 되면 사람들과
의 거리를 두게 되고 그 다음 단계가 무력(無力)한

인생살이에 지쳐 곧 자멸(自滅)의 길로 들어서게 된다. 그렇기에 문자(文子)에 이르기를 재앙이나 복도 오직 자기 자신이 불러온 것이라는 말이 화복동문(禍福同門)이다. 결국 삶이란 참다운 자기 생각 속에 길이 있으며 참이 아닌 생각 밖은 길이 없다는 말이다.

그 생각이란 괴롭다는 이유 하나만으로 무턱대고 병을 키우는 것이 인간본성(人間本性)이 아니라는 이야기다. 어차피 인생은 피할 수 없는 무거운 짐을 지고 가는 삶을 부여 받았다.

고생 끝에 낙이 온다는 것도 사람의 올바른 생각에서 온 결과물이다. 제민요술(齊民要術)에 기록된 일로영일(一勞永逸)이 그 믿음을 주는 말이다. 한 때 고생하여 오래도록 안락을 누린다는 말, 모두에게 희망을 주는 좋은 말이라 아니할 수 없으리라.

그래서 모든 것은 '그리 되리라'라는 생각함에서 이루어지며 그 생각을 위해 우리는 알 수 없는 인생길을 열심히 걸어가야 한다. 걸어가면서 많은 세상사(世上事)를 만나게 되며 그 길 위에 자신의 흔적(痕迹)을 남기게 되는 것이다.

사랑도, 이별도, 성공도, 실패도.

인생이 너무 짧기에 어느새 꺾어진 나이로 먼 여행지까지 오게 되었다. 사랑의 슬픔은 지나고 나면 유치(幼稚)한 순정(純情)만 남지만 그래도 추억의 뒤안길이 있어 미완성(未完成)에 사랑이 아름다운 것이다. 사춘기(思春期) 때는 모두가 시인이었다가 나이가 들어감에 따라 붓을 놓게 되는 것이 감초 같은 인생주기(人生週期)다.

감초(甘草)는 본래 한약재로 쓰이는 콩과의 여러해살이풀이지만 그 뿌리는 어디에도 필요하다는 의미로 인생 안에 있는 주기(週期, 예 : 유아기(乳兒, 幼兒期), 청소년기(靑少年期, 靑春), 장년기(長年期, 壯年), 노년기(老年期, 黃昏))마다 고루한 나이에 맞추어 많은 인생사를 경험해야 한다는 뜻과 같다.

젊어서 한 때의 덧없음도 부귀영화(富貴榮華)에서 맛볼 수 없는 인생 공부를 했다고 뼈저리게 느꼈다면 부귀영화만 누린 자 보다 더 축복된 삶을 살아온 사람이다.

젊은이여!

그러므로 고생(苦生)하라.

사랑도 고생하고 아픔도 고생하라.

그렇게 되면 그 누구도 가질 수 없는 귀중한 인생철학(人生哲學)을 갖게 될 것이다. 짧은 생애(生涯)에 소중한 눈물은 흘린 만큼 그 뒤에 웃음이 기다리고 있음을, 이 말을 이해하기엔 세월이 지나 가야만이 알 수 있는 게 우리네 서글픈 인생사다.

四
넉 사

時
때 시

之
의 지

序
차례 서

 **풀이** 사시(四時)라는 글귀는 춘하추동(春夏秋冬)을 의미하는 것으로 자연의 이치가 계절에 따라 흐르듯이 사람도 한 때 성공하여 그 명성(名聲)을 떨치게 되면 깨끗하게 그 자리를 다음 사람에게 물려주어야 한다는 교훈적(敎訓的) 고사(故事)

由來 사시(四時), 「역경문언(易經文言)」
「사기 범수채택전(史記 范雎蔡澤傳)」

사시지서(四時之序)는 우리에게 시사(時事)하는 바가 너무 크다. 삶의 진솔(眞率)한 이야기가 묻어 있어 더욱 그렇다.

절로 고개가 숙여지는 자연의 법칙과 인간사의 세상은 어쩌면 대자연 속에 숨어 있는 우리들의 삶이 1)**삼계화택(三界火宅)**으로 동화된 것 또한 거기에 있어서다.

그러함에도 우리 인생에 있어서 지나간 추억은 나름대로 그리운 법. * 목왕지절(木旺之節)이라는 봄이 시작 되었는가 싶었는데 어느새 나이가 들어 2)후생가외(後生可畏)를 염려하는 3)감홍난자(酣紅爛紫)의 가을로 접어드는구나.

이름 모를 나뭇가지 새순도 파랗게 제 모습을 뽐내다가 울긋불긋 단풍(丹楓)이 물들어 곧 떨어질 운명에 놓여 있는걸 보면 참으로 세상의 이치는 알 수 없는 오묘한 조화임에 허무함을 느낀다.

세상의 삼라만상(森羅萬象, 이 세상의 모든 것)은 그대로 있는 것만 같은데 우리네 인생은 너무도 빠르게 변화함에서 무상한 시류(時流)를 느끼게 하는 것은 낙엽지는 가을처럼 어쩔 수 없는가 보다.

생명이라는 존재는 반드시 세월과의 약속을 통해 삶을 영위하는 4)생령유한(生靈有限)이다.

인생이란 무거운 짐을 지고 가는 나그네와 같다고 그 누가 말했던가. 그러다가 때가 되어 모든 것을 놓아야 하는 차례가 온다면 어떤 모습으로 맞이해야 할까.

달이 차면 기우나니 누구라도 이 자연과, 시간과, 순리(順理)에게 아름다운 약속을 지켜야 하지 않을까.

욕망(欲望)이라는 목표의식이 끝나가는 정점(頂點)에 내가 만일 서있다면 회한(悔恨)에 뒤안길을 바라보는 황혼(黃昏)의 심정 또한 피할 수 없는 인간사의 진정한 모습으로 살갑게 거기에 남아 있을 거다.

사시지서(四時之序)

본문 중 고사성어 해설

1) 삼계화택(三界火宅)

　一. 「법화경(法華經)」

　　; 고뇌가 끝이 없는 인간계를 불타는 집으로 비유함

2) 후생가외(後生可畏)

　一. 「논어 자한편(論語 子罕篇)」

　　; 뒤에 태어난 후진들이 앞서 배운 선배들보다 더 나아질 가
　　　망이 많기 때문에 훗날 두려운 존재가 될 수 있다는 말

　　∴ 청출어람이청어람(靑出於藍而靑於藍) : 후생가외가 후
　　　배들이 발전하는 진행형의 의미를 가졌다면 청출어람이청
　　　어람에서 유래한 청출어람은 완료형의 의미로 제자가 스승
　　　보다 나음을 뜻하는 유사고사성어임. 쪽 람(藍)은 indigo,
　　　쪽빛, 암청색을 이름

　　　一. 「순자 권학편(荀子 勸學篇)」

3) 감홍난자(酣紅爛紫)

　　; 단풍이 울긋불긋 한창인 때를 말함. 가을을 이름

4) 생령유한(生靈有限)

　一. 「심약의 여서면서(沈約의 與徐勉書)」

　　; 생명에는 한(限) 즉 한계가 있다는 뜻

* 목왕지절(木旺之節) : 오행(五行)의 하나로 목기(木氣)가 왕성(旺
　　　　　　　　　　盛)한 시기. 곧 봄철을 이름
　오행(五行) : 우주간의 다섯가지 원기(금기 金氣, 목기 木氣, 수기
　　　　　　　水氣, 화기 火氣, 토기 土氣)
　금기(金氣) : 오행의 하나로 방위는 서쪽이며, 시절(時節)로는 가
　　　　　　　을, 색은 백색(白色)임
　목기(木氣) : 오행의 하나로 동쪽, 봄, 청색
　수기(水氣) : 오행의 하나로 북쪽, 겨울, 검정색
　화기(火氣) : 오행의 하나로 남쪽, 여름, 불기운(화왕지절 火旺之節)
　토기(土氣) : 오행의 하나로 중앙, 빛으로는 황색(黃色), 지기(地氣)

　사계절(四季節)을 주역(周易)을 통해서 좀 더 살펴보면 원형이정(元
亨利貞)이라는 뜻이 건괘(乾卦)에 나온다. 원(元)은 만물이 처음 소생
하는 시작이라는 의미로 봄을 뜻하며 인(仁)이라 한다. 형(亨)은 모든
것이 성장한다는 장(長)의 뜻으로 여름에 속하며 예(禮)이고 이(利)는
만물이 이루어진다는 수(遂)로 가을을 이름하며 의(義)다. 끝으로 정
(貞)은 만물의 완성됨을 성(成)으로 겨울을 말하며 지(智)라고 한다.

※ 본래 이 사자(四字)는 점사(占辭)였으나 공자(孔子)가 문언전(文
　言傳)을 만든 후(주석註釋을 가加 했음)에 사덕(四德 인의예지仁
　義禮智)이라 칭함

45 분수상별(分袖相別)

分
나눌 분

袖
소매 수

相
서로 상

別
헤어질 별

由來 서로가 소매를 나누며 헤어진다는 뜻. 곧 이별을 의미함

一. 분메(分袂) : 이별함
一. 「사혜련(謝惠連)의 서능우풍헌강락시(西陵遇風獻康樂詩)」
二. 분수(分手) : 이별함
一. 「강엄(江淹)의 별부(別賦)」

당신

미닫이 창 넘어 질그릇 속에 피다 만 남색 꽃
물망초勿忘草가 그리운 날에는
포플러poplar 천변川邊을 말없이 걸었다.
　아득한 어느 날인가 여린 박꽃이 싫어 내달음 친
손에는
짓무른 풀죽은 푸성귀 향이 콧등을 적시고 그 때 불
러주던

내 이름이 지독하게 그립다.
세상 몰랐던 야속함 어린 날에 난 단박에 어른이고 싶었고,
꿈속에서 조차 이별하지 않음에 다만 기약도 없이
홀로 기다리는 가을 송자松子처럼 떨어진 동자童子로
남아야 했다.
이제껏 모질게도 무슨 미련이 아직도 남아 멈춰진 시간 속에서
잊혀진 얼굴을 기억해야 하는지 하늘이시어 나는 묻고 싶다.
그리도 일찍 돌아설 줄 알았더라면 시린 마음이라도 화해하고
끝까지 따라 못가는 혹독한 외로움이 지나간 자리에
꽃 한 송이라도 배웅 길에 놓아 드릴 것을.
이별이란 만나야 할 한 가닥 희망이라도 있어 고마운 줄
정말이지 예전엔 몰랐었다.
여기서 어쩔 도리 없이 끝난 인연이었더라도
마지막 말은 쓰지 않으려 거짓된 비창悲愴에 지금껏 새겨 두었건만
빛바랜 추억이 너무 낡아 세월도 잊고 싶다 한다.
그래도 어제같이 질기게 생각나는 그리움은
상처 받은 사모곡思母曲의 끈을 매달고 내 마음은 강 건너
당신을 또 하염없이 부르고 있다.

傲
거만할 오

霜
서리 상

孤
외로울 고

節
절개 절

풀이 서리가 내리는 추운 날씨에도 지조를 앞세워 외롭게 기개(氣槪)를 지킴을 이르는 말로 국화(菊花)를 비유함

∴ 오상(傲霜) : 사군자(四君子)의 하나로 국화(菊花)를 상징하며 거만하게 뿌리는 서리에도 굴하지 않는다는 뜻. 사군자(四君子)는 매화(梅花), 난초(蘭草), 국화(菊花), 대나무(竹)

주 돈이(周惇頤)의 애련설(愛蓮說)에 보면 국화를 다른 말로 은일화(隱逸花)라고 한다. 한 마디로 고상함 그 자체 표현어이다. 은일화라고 부르는 것은 숨을 (은), 숨을 (일), 꽃 (화)로 은일의 뜻은 선비가 세상을 피하여 숨어 삶을 뜻한다. 그러나 반드시 세상을 등지고 산다는 뜻만 있는 것은 아니다.

숨을 일(逸)을 뛰어날, 편안할 (일)로 해석해 보면 고귀한 사람은 고고하게 편안히 즐기며 산다는 뜻이 된다. 가을 막바지에 곧 만추(晚秋)에 이르러 국화는 핀다.

다시 말하면 이제 모든 꽃이 저무는 때에 비로소 꽃을 피운다는 시기(時期)란 무슨 뜻인가. 은일화의 지조와 굳은 의미가 거기에 배어 있다.

외로움보다 더 강함은 고상(高尙)함이다. 바로 홀로이면서도 혼자가 아님을 말하는 것이다. 이것은 삶의 극치를 이루는 호화로운 정신으로 홀로임을 초월(超越)한 영광(榮光)을 이름 한다. 그래서 대인(大人)이다. 소인(小人)이 알 수 없는 세상을 탐닉(耽溺)함이며 세상 끝에 마지막까지 남아 절개를 지킴을 말하고자 함이다. 어느 시대고 **열장부(烈丈夫)** 즉 절의(節義)를 굳게 지키는 사나이가 있어 세상이 돌아간다.

마음과 행실이 고상함을 두고 최고 높인 말로 높을 (앙)자를 거듭 쓰는 예의를 갖춘다. 그 말이 앙앙(昻昻)이다.

그래서 **천하언재(天何言哉)**[25]처럼 살고자 노력함이다. 고고한 은일화여! 어제도 오늘도 그리고 내일도 언제까지나 그대는 영원(永遠)한 **사군자(四君子,** 매란국죽(梅蘭菊竹))로, 내 마음에 사군자(士君子)라 다시 부르리.

---

25) 천하언재(天何言哉) : 출처는 논어(論語) 미자편(微子篇)에 있으며 천지에 하늘은 아무 말도 하지 않지만 도(道)는 행한다는 뜻.

沙
모래 사

上
위 상

樓
다락 루

閣
누각 각

풀이 모래 위에 세운 누각. 기초가 단단하지 못해 곧 무너
질 위기. 다른 의미로는 불가능한 일에 비유

∴ 사(砂)는 모래 사(沙)와 같은 동자(同字)

불가능한 일에 비유로 이 글을 쓴다.

꿈이란 지극히 현실에 반(反)한 이야기다.
그래서 이상(理想)에 가깝다고 한다. 아니 희망이
라고 해야 더 정확한 표현이다.

예를 하나 들어 보자.
유토피아(Utopia)는 인간 세상에 있어서 꿈의 세계
다. 16세기 영국의 모어가 처음 유토피아라는 이념적
이상의 나라를 피력(披瀝)한 것이 효시(嚆矢)다. 그러
나 이제껏 실현되지 못하고 있다. 왜 그럴까?

아마도 현실 세계의 세상살이와 너무 동떨어진 이상으로 있거나, 아니면 마치 있어야 할 것처럼 가미(加味)된 것이 원인이 아닌가 싶다.

도연명(陶淵明)의 **무릉도원(武陵桃源)**[26] 역시 정말 존재하는 걸까라는 뜻과 같은 의미다. 이상의 실현이란 본래부터 물과 기름의 관계다. 사실은 이상이라는 용어와 현실이라는 말은 서로 반대의미를 가지고 있는 점 때문인지도 모른다.

유토피아는 그 당시 얼마나 지주(地主)들만의 천국으로 농민들이 힘들었으면 그러한 논리를 들고 나왔을까.

결론은 헛된 꿈이다.

바꾸어 말하면 현실은 이상적 이념의 구호만을 내세우는 시대가 결코 아니라는 것을 우리는 알아야 한다.

---

26) 무릉도원(武陵桃源) : 속세(俗世)와 완전히 동떨어진 별천지(別天地), 곧 이상향(理想鄕)을 이르는 말이다.
「도연명(陶淵明, 365 ~ 427)의 도화원기(桃花源記)」
무릉(武陵) : 호남성(湖南省) 상덕, 동정호 서쪽 원수(沅水)가 있는 곳.
∴원수(沅水) : 호남성에 있는 큰 강(江).

 부생약몽(浮生若夢)

浮
덧없을 부

 生
살 생

 若
같을 약

夢
꿈 몽

풀이 꿈처럼 인생(人生)의 덧없음을 뜻하는 말

由來 「이백(李白)의 춘야연도리원서(春夜宴桃李園序)」

黑雨

그대가 그리운 날 밤에는
까만 비가 내립니다.
내 마음의 환영患影을 맴돌고
병病빛보다 진한 잿빛 얼굴로
그리운 이의 목소리가 멎을 듯
아련히 들려옵니다.
배꽃같은 그리움이 잔인殘忍해서
가슴앓이꽃 눈물을 뿌리고
용마산 공원 노란 벤치위에
오늘 밤도 아프도록
까만 비가 내립니다.

日
날 일

月
달 월

逾
넘을 유

邁
멀리갈 매

풀이 글의 뜻풀이로는 덧없는 세월의 흐름을 말하는데 이
는 이제 삶도 얼마 남지 않았다는 의미로 비유함

由來 「서경(書經)」

앨 범(album, 사진첩(寫眞帖))속에 추억이 그리워
지면 누구나 나이를 먹은 것이다. 그 만큼 세월이 가
고 자신의 늙음이 찾아든 것이리라. 인생의 뒤안길에
는 긴 추억에 장이 있을 법도 하지만 실상 지나간 시
간들을 열어 보면 많은 걸 잊고 사노라니 세월에 무
뎌져 기억도 가물가물한 게 정해진 룰(rule, 규칙(規
則))이다.

연세 드신 분이 아스라이 멀어져 간 지난날의 회고
담(懷古談)을 자주 늘어놓으면 삶도 그리 멀지 않았
음을 예고하는 징후(徵候)다. 사람이 늙어서 노화(老
化)로 생(生)을 다 한다는 것은 어찌 보면 큰 축복

중에 하나다.

천수(天壽)를 누리고 명(命)을 다해 생의 종지부(終止符, 마침표)를 찍는다는 게 인간다운 복이라는 말이다. 누구라도 나이가 들어가면서 늙어감이 서러운 것은 역으로 삶의 애착(愛着)이 강하다는 표현이 간절함이다. 해는 지고 황혼(黃昏)마저 사라지게 되면 반드시 어둠이 드리운다. 그래도 한 가닥 희망의 빛이 아직은 남아 있어 늘그막이 아름다운 밤이다. 아름다운 밤하늘은 온통 은하계(銀河界)세계라서 그나마 나이 듦의 시름을 위로해 준다.

그러나 젊은이가 꿈꾸는 밤하늘이 아름다워 별을 헤아림은 미지(未知)의 길을 묻는 청춘의 서곡(序曲)이다. 젊음이라는 싱그러움이 알 수 없는 세상을 향한 가슴 벅찬 미래의 희망이라면 늙은 사람은 이제 생을 정리(整理)해야 하는 약속의 밤하늘이요, 삶에 피날레(finale, 연극의 최후의 막)다. 이렇듯 보고자 하는 시각에 따라 인생을 노래함이 다르다. 이토록 삶이 극명하게 다를 수밖에 없는 것은 시점(始點)과 정점(定點)의 차이로 자기 몫의 벼름이라는 갈림길이기에 거부할 수 없는 인생의 진리라는 말이다.

먼저 세상에 나와 먼저 세상을 알게 되었고 나중에 태어나 다음을 이어가야 하는 굴레의 선후(先後)일 뿐이다. 삶은 천년만년 무한한 것 같지만 백년도 채 살지 못하면서 마치 영원하듯 살아갈 것 같은 게 인간의 우매(愚昧)함이다. 어떻게 보면 이 어리석음 때문에 세상이 이어지는 것인지도 모른다. 왜냐하면 나 자신부터 지금 살아있음이 다가 올 내일의 끝을 경험하지 못하고 있기 때문에서다.

여덟 번째 마당

고귀한 삶 그리고 화두(話頭)

삶이 아름다우면 인생의 반을 허비(虛費)한 사람이고 삶이 슬프면 슬픔만큼
인생의 전부를 득도(得道)한 사람이다. 왜냐하면 젊음은 낭만(浪漫)이 있기 때
문이요, 늙음은 그것을 잊어서다.

殺
죽일 살

身
몸 신

成
이룰 성

仁
어질 인

풀이 옳은 일을 위하여 제 한 몸 기꺼이 바침을 이르는 말로 사람의 도리에 극치를 이룸

由來 「논어 위령공편(論語 衛靈公篇)」

인륜(人倫)에 근본이 되는 어진 마음의 뜻을 이룬다는 것은 대단한 인간의 용기이다. 근본을 깔고 있는 인(仁)이라는 글자는 결국 완성이라는 의미도 함께 포함되어 있다.

어짐으로 출발해서 어짐으로 끝난다는 말. 실로 우리가 풀기 어려운 인생 숙제일지도 모른다. 가끔은 세간(世間)에 회자(膾炙)되어 우리를 마음 아프게 하는 사건이 이러한 경우이다. 바로 살신성인(殺身成仁)의 공적(功績)을 만날 때 마다 한차례씩 우리들의 가슴을 울리며 자신을 뒤돌아보게 하니 말이다.

자기 자신을 버리면서까지 남을 위해 헌신(獻身)

한다는 것은 성인(成仁)의 자질로, 가진 자만의 몫이다. 이러한 인물을 우리는 아름다운 사람이라고 부른다. 어떤 댓가도 없이 한줄기 영롱한 빛을 보내주는 것은 세상을 향한 각성제(覺醒劑)이며 삶의 진실을 보여주는 사례다.

살신성인은 특이한 상황을 연출하는 것이 아니며 인간의 고귀함과 존엄함의 발로(發露)다.

진서(晉書)에 **피리양추(皮裏陽秋)**[27]라는 고사성어가 있다.

서로가 말을 하지 않아도 각자 인간의 마음속에는 나름대로 잇속이나 분별력이 있다는 소리다. 그럼에도 불구하고 우리가 옳고 그름의 판단보다 더 앞서는 것이 있다면 그것은 마음속에만 간직한 마음보다 밖으로 표출된 행동의 미담(美談)작용이다. 여기에다 조건 없이 인간이 인간에게 베풂음은 그 무엇으로도 보상할 수 없는 살신성인으로 우리들을 향한 경종(警鐘)의 소리 없는 거울이다.

---

27) 피리양추(皮裏陽秋)에서 피리(皮裏)라는 말은 피부의 뒤를 이야기하는 것으로 곧 마음속을 의미하고 양추(陽秋)는 춘추(春秋)와 같은 뜻으로 일찍이 공자(孔子)로부터 옳고 그름을 분명하게 비판한 역사서로 시시비비(是是非非)[19]를 판단하는 것을 이름.

28) 시시비비(是是非非) : '옳은 것은 옳고 그른 것은 그른 것이다'라는 뜻. 분명하고 명쾌한 판단을 이름.

51 곤옥추상(琨玉秋霜)

琨
아름다운돌 곤

玉
구슬 옥

秋
가을 추

霜
서리 상

풀이 아름다운 옥과 가을 서리. 곤옥은 미옥(美玉)을 말하며 고상하고 엄숙한 인품(人品)을 비유함

由來 「후한서 공융전(後漢書 孔融傳)」

    청풍명월(淸風明月)에 주인공을 풍월주인(風月主人)이라고 한다. 이처럼 누구나 공유(共有)하는 자연의 세계이지만 자연을 노래하고 자연에서 생(生)의 아름다움을 찬미(讚美)한다는 것은 됨됨이가 깨끗하고 바른 사람이라야 가능(可能)한 것이다. 이백(李白)은 그의 시(詩) 양양곡(襄陽曲)에 이르기를 **청풍낭월불용일전매(淸風朗月不用一錢買)**라 노래했다.

    풍월은 돈 한 푼 들지 않고 완상(玩賞), 즉 즐기며 감상할 수 있기에, 지극히 청아(淸雅)한 놀이라는 뜻이다.

사람의 인품은 저절로 생기는 것이 아니라 갖춤에 있다.

그 경지에 끝이 품격(品格)이다. 품격 품(品) 자와 인품, 자품, 품위 격(格)자로 품격이란 참으로 의미 있는 말이다.

그 사람이 갖추고 있는 사람이 된 바탕과 성품을 일컬어 품격이라고 한다. 이것은 요즈음 말로 하면 매우 럭셔리(luxury)한 것으로 고상함과 인자함이 어우러진 별도의 특별함을 두고 하는 말이다.

인성, 성품, 성격, 품성, 인품은 모두 개인적 설명으로 같이 연결되어 있지만 품격은 예외성(例外性)이 두드러진다.

그 만큼 인간이 갖추어야 할 덕목 중에서 가장 최고라는 고급(高級)을 뜻하는 말이다. 이와 다르게 전혀 반대의 의미로 화호유구(畵虎類狗)라는 글이 후한서 마원전(後漢書 馬援傳)에 나온다. 호랑이를 그린다는 것이 도리어 개모양이 되었다는 얘기다.

이 말은 곧 인품과는 거리가 멀게 소양(素養)이 없는 사람이 호걸(豪傑)처럼 모방하다 보면 도리어 경박(輕薄)한 사람이 되고 만나는 비유의 말이다.

또 같은 유형으로 장자 추수편(莊子 秋水篇)에 한단지보(邯鄲之步, 한단(邯鄲)이란 중국 전국시대에 조(趙)나라의 서울인 도읍지를 이름. 즉 한단지보는 한단사람들의 걸음걸이를 흉내 냄을 비유함)라는 말이 있다. 자기 분수를 잊으면서 까지 남의 흉내를 낸다는 것으로 참 어리석은 행위를 가리킨다.

기왕에 유사한 고사성어가 나온 김에 하나 더 소개하자면 장융집 자서(張融集自序)에 습인체타(拾人涕唾)라는 글이 있다.

거짓된 행동거지로 침으로 눈물을 지으면 참 눈물인가. 이 또한 남이 하는 것을 모방(模倣)하여 흉내 냄을 이르는 말이다.

잠깐 언급한 이러한 몇 가지의 예와 달리 품위(品位)를 갖추었다는 것은 흉내도 낼 수 없을 만큼 완성된 사람을 이르는 것이다. 한마디로 근접할 수 없는 대단한 인물이라는 뜻이다.

이러한 인물은 오직 학문을 통해서 만이 이룩할 수 있는 경지는 아니며 그렇다고 비학문적 영역에서 터득할 수 있는 것도 결코 아니다. 다시 말하면 인성(仁成)이라는 사람다움에다가 학문적 수양을 게을리 하지 않은 자라야 도전에 가치가 있는 것이다. 실상 도전(挑戰)이라는 의식도 표현상의 단어일 뿐 품격이라는 말에는 그저 따라 붙은 부산물(副産物) 정도라고 보아야 한다.

그래서 격조(格調) 있는 품격인(品格人)이란 어떻게 사느냐 보다 어떠한 삶으로 살아갈 것인가가 처음부터 그 해답에 열쇠를 쥐고 있다는 뜻이다. 이 말에 참뜻을 한 번 더 설명할 필요가 있겠다.

인간이 어떻게 사느냐와, 어떠한 삶으로 살아갈 것인가에 관해서 그 차이를 논함이다. 먼저 어떻게 사느냐 하는 문제는 모든 세상 사람들에 기본적 삶의 추구권(追求權)으로 받아들여야 한다. 이것은 인간이 살아가는 전범위적(全範圍的) 방법론(方法論)을 말하려는 일반적 견해(見解)이다.

다시 말하자면 삶의 가치관(價値觀) 보다는 살아가는 모습의 미래를 순리(順理)대로 설계(設計)함이라 하겠다.

그러나 어떠한 삶으로 살아갈 것인가 하는 명제(命題)는 어떻게 사느냐 보다 한 차원이 높은 상위개념이다. 거기에는 목표의식(目標意識)이 분명하고 뚜렷해서 구체적이고 정확한 물음에 진실한 정답을 풀이하려는 설정된 길이 있다는 말이다.

사명감(使命感)으로 해석할 수 있는 주어진 길을 찾아가는 것과, 가고자 하는 곳을 주어진 길이 없이 찾아가는 것은 완전히 다른 이야기다.

주어진 길이 있다는 것은 그 만큼 된 사람으로서의 실천의지(實踐意志)가 선행(先行)된 영역에 있다는 뜻이다.

그러한 의미에서 성품이나 인품은 이미 주어진 성격이라기보다는 앞으로 갖추어야 할 또는 갖추어진 덕목에 하나지만 품격은 이미 인간의 품성 중 갖춤 다음단계를 처음부터 마음에 새기고 있어 확연히 차이가 난다는 말이다. 그러므로 인간의 의지가, 가치관이, 목표의식이, 사명감이 인생을 좌우하는 것으로 품격이라는 명품(名品)이 존재하는 것이다.

52 군계일학(群鷄一鶴)

群
무리 군

풀이 닭의 무리 중 한 마리의 학이라는 뜻. 낙양(洛陽)사람이 계소(稽紹)를 칭찬한 데서 나온 말로 평범한 사람 가운데서 뛰어난 사람을 이름

由來 「진서 계소전(晋書 稽紹傳)」

鷄
닭 계

一
한 일

군 계일학(群鷄一鶴).

내 개인적 사관(思觀)으로 가장 좋아하는 고사성어 중에 하나다. 특출(特出)난 사람을 특별히 좋아해서라기보다는 평범(平凡)한 사람들 중에서 대단하게 뛰어난 사람을 만나서이다.

사람은 나면서부터 위대한 인물은 없으며 뛰어난 유전인자(遺傳因子)가 뛰어난 사람으로 결정지어진다는 과학적 근거 또한 아직은 완전하게 증명해 내지 못한 상태다.

그렇다면 어떻게 평범한 무리 중에서 뛰어난 사람

鶴
두루미 학

고귀한 삶 그리고 화두(話頭)   **191**

이 있을까? 거기에 촛점(焦點)을 맞추어 보면 조금은 의아(疑訝)하지만 기실(其實) 놀라움을 발견하게 된다. 어제까지만 해도 일신상(一身上)에 평범한 인물이었는데 어느 날 갑자기 떠오르는 인물로 주목(注目)받게 되는 경우를 우리는 종종 보게 된다. 단번에 세간(世間)의 화젯거리로 전파를 타고 유명세를 올리는 것이 그러한 예다.

가장 쉽게 접할 수 있는 이른바 스타(star)라는 사람이나, 어떤 힘에 의존(依存)해서 발탁(拔擢)된 인물이거나, 아니면 대중적 인기몰이에 편승한 일환이었는지 일약(一躍) 명성을 얻어 이름값을 올리는 사람이나, 스포츠인 등등 아무튼 열거하자면 많은 지면을 채울 것 같다.

그러나 나는 이러한 상황의 「특별남」을 좋아한다기보다는 좀 이색적(異色的)인 측면에서 그런 사람을 좋아한다. 왜냐하면 평범한 사람이 특별난 인물로 바뀌게 된다는 것은 반드시 남다른 전제조건(前提條件)이 있어야 하기 때문이다.

나는 이 전제조건에다 주안점(主眼點)을 두었다는 뜻이다. 누구라도 원래는 평범한 인물이었는데 갑자기 명성을 얻는 사람은 없다. 그 안에는 우리가 모르는 남다름이 필경(畢竟) 숨어 있게 마련이다. 뜻한 바를 위해 자기 자신의 절제(節制)를 가져온 집념(執念)을 말이다.

또한 평이(平易)한 세상 속에서 평범하게 태어났지만 수고로운 노력을 게을리 하지 않고 인내(忍耐)했다는 점, 그리고 긴 시간을 외로움과 싸우기도 했을 것이고, 힘이 들 때마다 좌절(挫折)과 타협

(妥協)도 했을 터이다. 그러면서 때를 기다린 사람, 바로 그 자가 군계일학을 준비한 주인공이라는 사실이다.

그래서 나는 이러한 원인적 바탕으로 전제조건의 과정을 좋아하는 것이지 단지 특별함 만을 좋아하는 것은 아니다.

분명히 짚고 넘어가지만 대단하게 발전하는 대인(大人)은 처음부터 무언가가 다르다. 다만 세인(世人)들이 알아보지 못할 뿐이다. 남다름은 이미 군계일학(群鷄一鶴)이 되기 위해서 작은 두루미를 그린 지 오래되었다는 말이다.

그런데 그 자보다 더 뛰어난 사람이 바로 두루미를 그리는 자를 미리 발견하는 큰 학(鶴)이라는 또 다른 거물(巨物)이다. 그래서 대인은 또 다른 대인을 볼 줄 아는 신비한 능력을 가진 것이다.

53 개과천선(改過遷善)

改
고칠 개

過
지날 과

遷
옮길 천

善
착할 선

풀이 지나간 허물을 뉘우치고 착하게 됨을 이르는 말

由來 「진서(晉書)」

∴ 진(晉)나라는 춘추시대(春秋時代)에 지금의 산서성(山西省)부근에 있었던 나라. 사마염(司馬炎)이 위(魏)나라의 선양(禪讓)을 받아 세운 왕조

선양(禪讓) : 임금의 자리를 다음 임금에게 물려줌

음 회세위(飮灰洗胃).

남사 순백옥전(南史 荀伯玉傳)에 나오는 말로 재를 먹어 내장의 오탁물(汚濁物)을 깨끗하게 씻어 버린다는 뜻이 음회세위(飮灰洗胃)다. 곧 악한 마음을 고쳐 선(善)으로 돌아온다는 뜻으로 개과천선과 같은 의미다. 이 말은 사실 쉽지 않은 인간적 물음이다.

자기 자신이 잘못 들어선 길을 알고 즉시 고친다는 게 어려운 것은 사람마다 가지고 있는 환경적 영향과 고질적인 습관(習慣) 때문에도 그렇다. 마음과 행동이 어느 한쪽으로 치우쳐 있다가 동시에 이 두 가지를 모두 바꾼다는 것은 한 마디로 쉬운 일이 아니다. 오죽하면 선인(先人)들이 착할 선(善) 자를 넣어 개과천선이라는 문구를 남겼을까.

그러나 인간이 선하게 산다는 것은 사실 어려운 물음이 아니다. 본래 선이란 남을 위해 존재하는 의식적 물음이 아니라서다. 그것이 교육을 통해서이든, 관습이든, 환경이든, 문화이든 간에 자기 안에 있는 자연 모습에 베어 있음이다. 이것을 자기 본래의 심성(心性)이라는 뜻으로 **본래면목(本來面木)**이라고 한다.

자연은 그대로이면서 그 속에서 우리 인간이 산다. 본시 좋은 자연, 나쁜 자연은 애초부터 존재하지 않지만 우리가 느끼는 생각함에서 임의적(任意的)으로 결론을 끌어오는 것이다. 하여 일찍이 맹자공손추상편(孟子 公孫丑上篇)에 **불아소호(不阿所好)**라는 글이 지적한 것도 임의(任意)대로 선악(善惡)을 옳으니 그르니 판단하지 말라는 뜻이 담겨 있다.

누구라도 꽃을 보면 아름답다고 한다. 바로 선한 마음에서다. 악이라는 것은 저 멀리 그 반대 개념에 있다. 그렇다면 나의 학문적 주장은 성선설(性善說)[29]에 가깝다고 해야겠다. 조금은 비껴가는 이야기 같지만 인간이 동물과 서로 다른 것처럼 선악도 종(種)의 분류로 구분해 놓은 것이다.

그러나 동물학적 측면에서 보면 종(種)과 류(類)로 구분지어진 논

---

29) 성선설(性善說) : 맹자(孟子)의 주장으로 본래 사람의 심성(心性)은 착하다고 보는 학설. 그 반대로 순자(荀子)의 성악설(性惡說)은 인간은 태어나면서부터 이기적(利己的)으로 악함에서 출발한다는 윤리사상(倫理思想).

리는 분명히 잘못된 오류(誤謬)를 남겼다. 왜냐하면 인간도 동물이지만 사상적 영역(思想的 領域)에 있어서 그 종의 기원이 사람에게만 독특한 정신을 가졌다는 것에서 비롯되었기 때문이다. 따라서 동물의 삶을 우리 인간에게 그대로 적용해서는 안 되는 이론이나, 동물이 인간의 삶과는 역행(逆行)하므로 악이라고 정의해 버리는 것이 그런 경우다. 어찌 되었든 육식동물은 살기 위해서 다른 종을 해(害)하지만 인간은 그것을 선별(選別)하여 가린다는 점에서 동물과 다르다. 결국 악함도 선별해야 하는 과제를 안은 인간의 정신에서 기인(起因)된 심적 고통(苦痛)이다.

다시 말하면 악이란 인간이 인간적 삶을 위하여 기필코 극복해야 할 장애물임에는 틀림없다. 동물적 필요악을 인간이 그대로 답습(踏襲)해서는 인간에게 모순(矛盾)을 낳기 때문이다. 이것은 바로 우리가 선악을 구별하는 능력을 가졌음에서다. 맹자에 나오는 시비지심(是非之心)이 그 말이다.

그래서 인간의 입장에서 보면 선악은 자연적 관찰(觀察)로 비추어 볼 때 마음에 따라 움직이는 구름과 같다고 해야겠다.

무서우리만치 먹구름이 낀 하늘은 급기야 어둠의 세계로 인도하여 세찬 비바람을 몰고 오듯이, 더 이상 내리지 말아야 할 범람(氾濫)의 비를 재앙(災殃)이라는 악으로 규정(規定)하는 이유가 그것이다.

오풍십우(五風十雨)[30] 처럼 필요할 때 이 세상에 풍요로움을 보

---

30) 오풍십우(五風十雨) : 출처가 논형(論衡)에 있으며 5일에 한 번 바람이 불고 10일에 한

내는 비야말로 우리가 바라는 선한 단비다. 또한 맹자 고자상편(孟子 告子上篇)에 성유단수(性猶湍水)가 전하는 말 역시 같은 고민을 토로(吐露)하고 있다. 사람의 본성(本性)이란 세차게 소용돌이치며 흐르는 물과 같아서 동쪽으로 흐를지 서쪽으로 갈지를 모르듯이 착하게도 될 수 있고 악하게도 될 수 있다는 말을 남겨 놓았다.

결과적으로 악이란 동물에 없는 무엇이든 넘치는 삶이 욕심(慾心)을 불러와 화(禍)를 자초(自初)하여 그것이 우리 인간에게 문제가 된다 하겠다.

넘치지 않는 삶. 우리가 찾고 싶어 하는 인간다운 선은 과연 어디에서 손짓하고 있을까.

번 비가 온다는 뜻. 기후가 순조(順調)로워 풍년(豊年)이 들었을 때와 모든 것이 풍족한 좋은 세상을 이름.(천하가 태평한 시대)

橘
굴나무 굴

化
화할 화

爲
될 위

枳
탱자 지

[풀이] 강남(江南)의 굴나무를 강북(江北)에 심으면 탱자가 되는 것과 같이 사람도 환경에 따라 변화함을 일컬음

[由來] 「회남자(淮南子)」

江南種橘 江北爲枳

나는 환경적 요인(環境的 要因)이 한 사람의 기본적 바탕으로 이루어져 있는 삶 그 자체를 의미한다는 것에 전적(全的)으로 동감(同感)한다.

이 말에 진의가 얼마나 귀중한 뜻을 가지고 있는가 하면 사람은 태어나면서부터 직접적으로 환경의 지배(支配)를 받기 때문에서다. 사람이 요람(搖籃)에서 제일 먼저 만나게 되는 것이 환경이다.

그러한 환경은 스스로 원하는 바에 따라 선택(選擇)할 수 있는 자기 동기(自己 動機)는 아니며, 심오(深

奧)한 자연의 법칙에 따라 이루어진 고유 영역이다.

이것은 누구나 스스로가 알 수 없는 곳에서 와서 뿌리내리고 자라는 터전으로 모든 사람들이 겪게 되는 삶의 기준에 근거함이다. 또한 환경은 스스로 결정된 것이 아니기에 자유롭지 못하며 다만 부여(賦與)된 삶에 의지(依支)해서 따라가야 할 뿐이다. 이토록 사람이 살아가는 첫 출발점이 자기선택권이 아니라는 것은 이미 정해진 부정할 수 없는 엄선된 설정권(設定權)의 임무로 자기 자신과는 아무런 상관없이 주어졌다는 사실이다.

결국 삶의 첫 환경이란 오직 자기 자신 안에 있는 새싹이며 바탕뿐인 것이다. 본시 바탕은 바탕 질(質)로 그 어느 것과도 섞일 수 없는 근간(根幹)을 이루는 것으로 그 처음은 변할 수 없는 철칙(鐵則)을 가지고 있다. 그러나 환경은 세월과 함께 늙어가는 나이처럼 변하게 되어 있다.

세월 따라 강산도 변하고 사람도 변한다. 하여 환경도 변한다는 뜻이다. '비록 처음은 미약(微弱)하지만 끝은 창대(昌大)하리라'라는 말처럼 환경으로 비유하자면 나이와 함께, 세월과 함께, 사람의 노력에 의해서 결국에 가서는 지배(支配)를 하게 된다는 이야기다.

나이가 어려서는 환경에 지배를 받고 성장해서는 사람이 지배를 하는 게 환경이다. 이것은 책임을 전가(轉嫁)할 수 없는 어린 날에 「자유」롭지 못한 환경의 씨앗을 나이가 들어감에 따라 더 좋은 환경으로 자연스럽게 바꾸는 것도 우리들에게 주어진 임무이자 몫이라는 말이다.

한유(韓愈)의 부독서성남시(符讀書城南詩)에 일용일저(一龍一猪)라는 고사성어가 있다.

사람이 어려서야 별다를 바 없지만 커가는 과정에서 환경적 행실에서 오는 근면함과, 게으름의 차이에 따라 용도 되고 돼지도 된다는 말이다. 실로 마음속에 깊게 담아두어야 할 격언이다. 너무나 소중(所重)한 말이기에 「자유」를 통하여 다시 한 번 설명하고자 한다.

자유란 스스로 자(自)에 말미암을 유(由)다. 이 말은 '스스로에 인연하다'라는 뜻으로 구속력(拘束力)이 아닌 자연발생적 저절로 인 셈이다. 이 말에 그 깊이를 헤아려 옹골지고 알차게 생(生)을 보낸 사람은 과거보다 나은 환경으로 삶을 바꿀 수 있지만 「스스로」를 구속력이 없다는 자율성(自律性)에 기초(基礎)하여 그대로 방치(放置)해 두었다면 스스로 라는 말은 그 바탕인 용어로만 그렇게 「스스로」로 남게 될 것이다.

그러함에 이쯤에서 세월과 함께 바뀌어 가는 환경의 중요성을 가정에서 한 번 살펴보자. 가정은 일차적 환경의 학습장소(學習場所)이다. 그런데 만약 그 가정이 잘못되어 무너지게 되면 배워야 할 학습장소가 없어진다는 말이다.

이지러진 가정이 속속 모이면 그 사회도 이지러진 사회가 된다. 이렇게 가정에서부터 옳지 않은 생활상을 소홀(疎忽)하게 다룬다면 자칫 사회적 환경도 흐트러지게 만들 수 있다는 경계의 말이다. 세상에 있는 모든 환경은 그 전체 집단의 문화라고 하는 세습된 굴레에 맞추어 적응(適應)해 가듯이 작은 의미의 가정도 그 어느 것과도 소홀할 게 없다. 그래서 가정은 일차적 환경의 학습장소라는 말이다. 로우(law)라고 하는 법 규(規) 자를 들여다보자.

사내 부(夫)에 볼 견(見)이 합쳐져 만들어진 글자다. 사내 즉 아버지라는 의미의 부(夫)와 볼 견(見)이 합쳐지면 무슨 뜻이 될까.

자식은 아버지를 보고 그대로 배운다는 뜻이다. 삶의 기본적 소양(基本的 素養)을 법(法)처럼 부동적(不動的)인 의미에다 명문화(明文化)한 뜻이 바로 법 규(規) 자이다. 이래서 아버지라는 이름과 어머니라는 이름의 부모란 자식에게 삶 그 자체를 그대로 물려주는 생활 지침적(生活 指針的) 거울이라는 말이다. 부모가 옳은 사고방식을 위해 자식에게 손수 보여주는 것도 사실은 여기에 있는 것이다.

이러한 의미보다 한발 더 나아가 자식이 아버지에게서 받은 교훈이라는 뜻으로 논어 계씨편(論語 季氏篇)에 시례지훈(詩禮之訓)[31]을 자식이 성장하는 과정에서 이해하게 된다면 이는 한층 높은 훌륭한 부전자전(父傳子傳)이 되리라 확신한다.

거기에다 조부모(祖父母)님을 모시고 사는 가정이라면 더 말할 나위 없이 좋은 학습장소로 이럴 때 쓰는 말이 가정적 의미로서의 [32]금상첨화(錦上添花)다.

지금은 모두들 다양한 생업(生業)에 가려 핵가족(核家族)의 위력

---

31) 시례지훈(詩禮之訓)과 유사한 뜻으로 좌전 은공이년(左傳 隱公二年)에 수록되어 있는 의방지훈(義方之訓)이란 아버지가 아들에게 하는 교훈을 이름.

32) 금상첨화(錦上添花) : 왕안석의 즉사시(王安石의 卽事詩)에서 나온 말로 미려(美麗)함 위에 더 미려함. 좋고 아름다운 것 위에 더 좋음을 뜻함.

(偉力)을 보이며 단출하게 가정을 꾸리지만, 원래 우리가 생활하는 공간에는 대가족 제도로 그 동안 과거로부터 답습되어 온 웃어른들을 향한 공경(恭敬)하는 마음이 있어 왔으나 언제부턴가 「현대가정」에 묻혀 개인주의(個人主義)가 팽배(澎湃)하게 된 것도 단출한 그 편함 때문은 아닐까 한다.

자, 이제 정리해 보면 환경이란 먼저 웃어른으로서 귀감(龜鑑)을 보여주는 **솔선수범(率先垂範)**하는 자세와, 사랑과, 근면(勤勉)함과, 정직(正直)함을 통해서 자식은 바른 사고(思考)를 가지게 되며 그 토대 위에 자기발전을 위한 꿈을 키운다는 것을 잊어서는 안 된다. 그것이 지금 우리들의 생활체(生活體)인 환경으로 빼놓을 수 없는 중요함이라 하겠다.

金
금 금

枝
가지 지

玉
구슬 옥

葉
잎 엽

[풀이] 가지 지(枝)와, 잎 엽(葉)은 자손의 뜻으로 쓰임. 원래는 귀한 신분의 자손으로 사용하였으나 오늘 날에 와서는 귀여운 자손으로 뜻풀이를 함

[由來] 「고금주(古今注)」

나 뭇가지는 금(金)으로 만들고 이파리를 옥(玉)으로 빚어 놓았다면 얼마나 귀함을 상징하려는 표현이었을까.

말로야 무슨 이야긴들 못하겠느냐 만은 실재(實在)로 자식을 금지옥엽처럼 그렇게 키운다면 대단하게 떠받드는 치성(致誠)임에는 틀림없으리라. 사람이 귀한 집안에서 태어난 덕택으로 귀하게 크는 것은 당사자로서 행복한 삶이다.

하지만 가난한 집안에서 태어났어도 부모님이 살뜰하게 정성껏 뒷바라지를 하며 성장하는 예외적 경

우도 더러는 있다. 아무래도 물질적 풍요로움이야 원하는 것만큼은 덜할지 몰라도 말이다. 사실 빈부(貧富)를 떠나 어떤 가정이더라도 금지옥엽으로 자식을 키운다는 것은 지극정성(至極精誠)이 도를 넘어섰다고 보아야 한다.

자식 사랑이 너무 도가 지나치게 되면 과잉보호(過剩保護)로 인하여 자식이 잘못될 수 있다. 아니 잘못되어 가는 수순(隨順)일 수도 있다. 무엇이든 지나치면 정도(正道)가 아니다.

사기 이사전(史記 李斯傳)에 자모유패자(慈母有敗子)라는 말이 있다. 애정이 지나치게 깊은 어머니 슬하(膝下)에 자식은 도리어 방자(放恣)하고 버릇이 없다는 뜻으로 사람구실을 하지 못한다는 말과 같다. 모든 어머니가 다 같은 마음이지만 사랑이 도가 지나치게 되면 자식을 망덕(亡德)의 지름길로 몰락(沒落)하게 될 수도 있다는 점을 반드시 유념(留念)해야 한다.

스승이 위엄 있고 엄격하면 자연스레 도(道)도 존엄해 진다는 예기 학기편(禮記 學記篇)에 사엄도존(師嚴道尊)이 말해 주듯이, 부모는 큰 사랑만큼 자애로운 훈계(訓戒)함도 잊지 말아야 할 자식교육의 중요함이다. 금이야 옥이야 하며 키우는 자식사랑도 어찌 보면 가문(家門)의 내력(來歷)이다. 대대로 손이 귀한 집안일 수도 있고, 귀족처럼 귀히 여기는 풍토(風土)가 내리사랑으로 전수되어 애지중지(愛之重之) 곱게 키우는 가정도 있다.

그러나 정말 자식을 사랑한다면 유수불부(流水不腐)라, 흐르는 물은 썩지 않는다는 말처럼 부지런함을 통하여 다양한 삶의 이론과 경험을 심어 주는 일이다.

또한 세상의 희노애락(喜怒哀樂)을 아우를 줄 아는, 그래서 모나지 않는 반듯한 인격체로 키워야 한다는 사실이다.

우리 인생사(人生事)에 있어서 가장 큰 기쁨 중에 하나가 자식농사다. 자식농사를 잘 지은 것처럼 신나고 복된 일도 또 없다. 그리되면 본지백세(本支百世)[33]라 한 가족이 오래도록 번성함이다.

반대로 아무리 돈이 많아도, 아무리 명예가 있어도 당대에서 자식을 잘못 키운 죄로 자기 자신만 그저 흥(興)하고 쇠(衰)하고 만다면 가족의 역사는 거기서 끝난다. 그렇게 되면 후대에 이르러 또 다시 많은 세월을 견디며 가족사(家族史)의 중흥기(中興期)를 맞이하기에는 기약 없는 시간들만이 기다릴 뿐이다.

자식에 대한 안일(安逸)함이 불러온 인생의 부질없음은 일허일영(一虛一盈)[34]이라 세상 일이 무상(無常)함은 잠깐이다.

---

33) 본지백세(本支百世) : 시경 대아문왕편(詩經 大雅文王篇). 일가(一家)가 오랫동안 번영함을 이름. 본(本)은 장자(長子)를 말함이며, 지(支)는 차자(次子)들을 가리킴.

34) 일허일영(一虛一盈) : 진서 황보밀전(晋書 皇甫謐傳). 한 마디로 표현하자면 변화(變化)가 무상(無常)함을 이름.
있는가 하면 없고 없는가 하면 있다는 의미.

56 기불택식(飢不擇食)

飢
주릴 기

不
아니 불

擇
가릴 택

食
먹을 식

풀이 굶주린 사람은 먹을 것을 가리지 않는다는 뜻
사정이 딱하고 빈곤한 사람은 사소한 은혜에도 감격
함을 비유

由來 ∴ 기불택신은 기자이위식(飢者易爲食)과 같은 뜻임
—. 「맹자 공손추상편(孟子 公孫丑上篇)」
; 추(丑)는 중국에서 인명, 지명 등에서 추로 읽음. 원 뜻은
둘째 지지 (축)으로 지지(地支)에서 '소' (cow)를 뜻함

은 일전(隱逸傳)에 이르기를 배고플 때 먹는
것은 아무리 거친 음식이더라도 고기 맛 같다는 말이
만식당육(晚食當肉)이다.

한 끼 식사도 이러할진대 가난하다 못해 먹을 것이
없다면 참으로 비참(悲慘)한 노릇이다. 사람은 먹어
야 살지만 먹는다고 살아지는 것은 꼭 아니다. 먹는
것조차 해결할 기미(幾微)가 없다면 앞으로 살아가
야 할 의미는 어디에서 찾아야 하나.

가난의 멍에는 꽉 막힌 휴화산(休火山)같다. 이런 글을 쓰는 나도 참 답답하다. 오막살이 집 한 채를 고사성어로 소림일지(巢林一枝)라고 한다. 옛날이나 지금이나 먹고 살 방도(方道, 方途)가 인간에게는 큰 화두(話頭)다. 아주 작고 보잘 것 없는 집에다가 가난까지 겹침을 일러 또 다른 말로 일묘지궁(一畝之宮)이라고 한다. 이렇게 가난함이 아무리 궁지에 몰렸더라도 어떻게든 살아갈 방책(方策)을 모색(摸索)해야만 한다. 산 입에 거미줄을 칠 수는 없지 않는가.

옛 시인이 남긴 문구에 이런 글이 있다.

조제모염(朝薺暮鹽)으로 아침밥은 냉이(薺)로 저녁은 소금으로 찬을 해서 먹는다는 말이다. 한유(韓愈, 당나라 사람으로서 한자(韓子)라는 별칭을 사용함. 원래 한자는 전국시대 말기 한(韓)나라 공자(公子)인 한비(韓非)를 지칭했는데 혼동할 여지가 있어 한비자(韓非子)로 고쳐 통용하여 지금에 이름)의 송궁문(送窮文)에 실린 가슴 아픈 글이다.

나라님도 가난만큼은 어떻게 구제(救濟)할 수가 없다는 말이 있다. 가난은 자신에게 딸려 온 어쩔 수 없는 현실이다. 이를 극복하기 위한 노력이 기필(期必)코 필요하다. 반드시 보다 더 강한 어조가 기필코다. 거기에 필(必)자는 마음(心)에 칼을 품었다는 뜻이 들어간 비장(悲壯)함이 있어야 가난을 이겨낸다는 말이다.

사람은 항상 처음부터 다시 시작한다는 결심이 있어야 마음의 문이 열린다. 가난은 내게 잠시 불편하고 거추장스러울 뿐 인생이 끝난 것은 아니다. 그것이 가난을 이기는 위대한 정신의 첫 출발점이다.

前
앞 전

度
모양 도

劉
성 류

郎
사내 랑

풀이 한 번 떠난 사람이 훗날에 다시 찾아옴을 두고 하는 말. 세월이 흘러 옛 고장을 다시 옴을 비유. 본래의 의미는 다소 차이가 있지만 당나라 유우석(劉禹錫)의 현도관시(玄都觀詩)에서 유래

由來 ∴ 귀양살이(정배:定配)를 한 곳에 다시 귀양 옴. 전도유랑금우래(前度劉郎今又來)

당(唐)나라 시대에 유우석(劉禹錫)이 귀양살이를 하고 돌아와 시(詩) 한 수를 지었는데 그 시가 현도관시(玄都觀詩)다.

그런데 이 시가 참신(讒臣, 모함을 일삼는 반대편 신하)이 보았을 때 당로(當路)의 제공(諸公)을 비방한 시라 하여 또 다시 유배(流配)되어 나온 말이 전도유랑이다. 유씨(劉氏)라는 사내를 따서 앞서 본 귀양살이한 그 사람이라는 의미가 붙은 말이다.

이 말이 훗날 예전에 한 번 왔던 사람이 다시 찾아 왔을 때를 이르는 말로 굳어진 뜻이 되었다. 전도유랑이나 현도관시는 같은 뜻을 지니고 있다. 이렇게 전래되어 오는 말이란 시대에 맞게 조금씩 살을 붙였다 띄었다 하다 보니 의미만 남고 주객(主客)이 전도(顚倒)된 경우가 비일비재하다.

전도유랑의 유형과는 다르지만 의미적 표현이 바뀌어 일반 여인들에게 치명적으로 쓰여 진 글이 있다.

세월을 기다린 낚시꾼으로 더 잘 알려진 강태공(姜太公)의 출세 전후에 관한 기록이 남아 있는 습유기(拾遺記)에는 집을 나간 첫 번째 부인 마씨(馬氏)에 대하여 **복수불반분(覆水不返盆)**이라, 부인(婦人)이 시가(媤家)를 떠나면 다시는 돌아올 수 없다는 뜻으로 비유적 글을 남겨 놓았고, 후한서 광무기(後漢書 光武記)에는 한 번 저지른 일은 다시 어떻게 할 수 없다는 글로 기록해 두었다.

이것 역시 한 번 엎질러진 물은 다시 동이에 담을 수 없다는 말이 복수불반분인데 원래의 굳어진 의미만 남고 뜻은 해석의 차이가 나 버렸다.

여인이 재가(再嫁)하여 남의 아내가 됨을 **봉기추(奉箕箒)**라고 한다. 사기 고조기(史記 高祖紀)에 이르기를 비와 쓰레받기를 들고 청소하는 아낙을 두고 비유한 말이다.

재가하여 온 사람이 아니더라도 자기 아내를 남에게 낮추어 이르는 말이 기추(箕帚, 추(帚)는 동자(同字)로 비(broom)추(箒)) 또는 형처(荊妻)라고 하는 것을 보면 상처를 받은 여인의 재가도 별 반 다를 게 없어 보인다.

다만 재가함이 **팔자(八字**, 사람의 생년월일시(生年月日時)의 사주(四柱)를 간지(干支)로 말할 때 여덟 자(八字)이며, 그 사람의 평생 운세(one's lot)를 이름)를 고칠 만큼 새로운 삶이 아니라는 점은 예나 지금이나 분명한 것 같다. 모든 사람이 다 같은 마음이지만 처음에도 처지가 같고 그 다음에 만나서도 똑같다면 어떻게 보면 참 무의미한 삶일 것이다. 그래서 사람은 어제보다는 오늘이 조금 나아져야 하고 내일은 더 나은 보람된 삶을 살아야 하지 않나 싶다. 그러기 위해서는 남다르게 자기 발전을 위한 노력을 아끼지 않아야 함은 물론이다.

삼국시대 오나라 손권(孫權)의 부하인 여몽(呂蒙)이 자신이 비록 학식은 짧지만 그의 친구 노숙(魯肅)과의 이야기에서 말해 주듯이 선비가 서로 헤어져 삼일(三日)이 되면 의당 **괄목상대(刮目相對)**여야 한다는 말과 같은 의미다. 다시 한 번 쓰지만 한 번 떠난 사람이 훗날에 다시 찾아옴을 전도유랑이라고 한다. 그러나 다시 찾아 올 때는 예전보다 나은 무엇이 달라도 달라져야 하는 삶이어야 한다. 그래야 한 번 뿐인 인생의 발자취가 아름다운 유적(遺跡)으로 전해지는 것이다. 전도유랑이 남기고자 하는 의미를 꼭 기억해 두자.

※ 원래 괄목상대(刮目相對)는 괄목상대(刮目相待)로 쓰이나 우리나라는 표기를 대(對)로 다르게 사용하며 반드시 윗사람에게는 쓰지 않아야 하는 고사임. 대(待)는 기다릴, 대할 (대).

아홉 번째 마당

자연의 세계와 배워야 할 인간상

자연과 나 사이에는 하늘같은 질서가 있어서 사람으로 태어난 것이다.
하여 이 세상을 배워야 하는 영장(靈長)의 사람이 된 것이다.

58 구우일모(九牛一毛)

九
아홉 구

牛
소 우

一
한 일

毛
털 모

[풀이] 아홉마리의 소털 가운데 한 가닥의 털
많은 수 가운데 매우 적은 것을 일컫는 말

[由來] 「사마천(司馬遷)의 보임안서(報任安書)」
假令 僕伏法受誅 若九牛亡一毛

인간은 이 자연에 나약한 영장(靈長)이다. 자연의 세계란 인간으로서는 감당할 수 없는 거대한 존재다. 제 아무리 영리(怜悧)한 영장이라 할지라도 이 세상을 마음대로 다룰 수는 없다. 이 광활(廣闊)한 우주에 점 하나에 불과한 것이 우리가 사는 지구(地球)다. 그 지구 위에 인간은 또 점 하나를 차지한 생명체로, 알 수 없는 유구한 세월동안 우리네 조상님들이 이 땅에 살고 다녀갔으며 또 다시 우리는 다음 세대를 위해 미완의 세상을 물려주어야 할 의무를 감내(堪耐)하고 있다.

그렇게 우리는 이 자연을 완전히 해득(解得)하지 못한 채 다음을 기약해야 하는 굴레를 반복하고 있는 것이다. 그 속에 개인적 삶은 아주 티끌만큼 미약한 것으로 그것이 집단으로 모여서 국가관(國家觀)인 역사에 편입(編入)되고 이는 곧 세계관으로 순환(循環)하는 것이다. 이렇듯 인간은 그러한 일련(一連)의 경험적 세상살이를 통해서 아주 적지만 까마득한 과거와의 연결을 시도하며 끊임없이 미래를 구상하는 것이다.

좀 더 부연(敷衍)하자면 자연 숭배사상(自然 崇拜思想)같지만 앞서 가신 선인(先人)들은 이 거대한 자연에 옷깃을 가지런히 여미고 겸손(謙遜)했으며 우주관에 비하면 비록 터럭(사람 머리에 난 긴 한 가닥의 굵은 털)만 할지라도 예지(叡智)의 혼을 담아 많은 사상적 정신을 남겨 놓았다. 하여 살아있음에 그것들을 답습하고 새로운 정신으로 만들어 가는 것이 지금의 우리 인간이다.

그러나 우리가 알 수 없는 세상 밖과 달리 무지(無知)하리만치 미약한 인간의 삶을 볼 때 삶이 고통스러운 것, 또는 즐겁고 기쁜 것, 이 모두가 문제만을 던진 채 이 자연이 답을 주지 않음으로 아직도 미궁(迷宮)에 있다.

그래서 살아가는 삶은 고통 그 자체가 삶이며 생각하기에 따라서 행복으로 승화(昇華)시킬 수도 있다. 보통 사람들은 불행을 그대로 고통으로 보고 행복을 그대로 기쁨으로 본다.

그러나 행불행(幸不幸)은 생각 속의 원인이지 결과는 아니다. 다행 행(幸)자의 다행이란 애초부터 기대하지 않았음으로 혼재된 이 정신에 한 형상일 뿐 그 중심의 축은 여전(如前)히 자연의 질서 안에서 말없이 흘러 갈 뿐이다. 어제의 불행이 오늘은 행복으로 다가올 수 있으며 그 반대인 경우도 마찬가지다. 어차피 삶 자체를 스스로가 이성(理性)이 있는 자각(自覺)으로 알았다면 이 자연 질서에 따르며 만족함을 배워야 훌륭한 생각일 것 같다.

내일은 고단함에서 벗어나 안식(安息)을 준다는 희망이라도 가져야 진정한 인간이라는 뜻이 아닐까. 그래야 이 거대한 자연에서 살아남는 지혜를 얻는다.

생각하기에 따라서 우리 인간의 무한한 꿈이 이 자연(自然)에서 뿌리내리고 있는 한 거대한 자연도 큰 것이 아니며, 작은 인간의 모습도 결코 작은 것이 아닌 게 된다. 내가 만약 망망한 바다에서 끝없이 펼쳐진 수평선 너머 그 한가운데 조각배를 타고 서있다면 무슨 생각을 하게 될까.

자연의 경이로움? 신비로움? 무서움?

아마도 아닐 거다. 그것보다 우선하는 것이 있다면 나는 비록 작지만 자연이 있음으로 내가 거기에 있는 것은 아닐까. 그래서 자연을 즐기는 선인(仙人)같은 마음으로 **유하주(流霞酒)**35) 한 잔에 **선기영인(善氣迎人)**36)이 되어 봄은 어떨까.

---

35) 유하주(流霞酒) : 포박자(抱朴子)에서 따온 것으로 선인(仙人)의 술을 이름. 다른 말로 신선주(神仙酒)라고도 함.

36) 선기영인(善氣迎人) : 관자 심술하편(管子 心術下篇)에 적혀 있으며 자연 그대로 조금도 꾸밈이 없는 사물(事物)을 사랑하는 마음으로 사람을 대한다는 뜻.

登
오를 등

高
높을 고

自
스스로 자

卑
낮을 비

풀이 높은 곳에 오르려면 낮은 곳에서부터 올라가야만 하는 것처럼 무슨 일이든지 반드시 순서가 있음을 이르는 말. 곧 지위가 높아질수록 스스로를 겸손하게 낮춘다는 의미로도 비유

由來 「중용 제14장(中庸, 第十四章)」

들 녘에 벼(禾, rice plant)가 무르익어 고개를 숙이는 것은 이제 이 세상을 알았다는 증표(證標)요, 다음을 기약하는 약속의 열매(禾實, unhulled rice)다. 그러나 우리가 생각하는 마음속에는 자연의 세계와는 별도로 단지 풍요로움 만을 가져다주었다는 기대심리(期待心理)가 먼저 앞서 있다.

이와 다르게 세상의 모든 만물은 살아있는 기(氣)가 있으며 자연 나름대로 마음이 있다. 우리가 알 수 없는 세상의 조화로 이 자연은 지금까지 그렇게 살고 있는 것이다. 그래서 자연의 세계는 끝까지 말이 없으며 그리하여 자연의 법칙대로 살아오고 있는 것이다.

인위적(人爲的)이지만 우리가 농사를 짓고 또 수확(收穫)하여 삶을 영위하는 것도 우리가 이 자연의 질서 안에서 다만 순응(順應)하는 것처럼 보이듯, 반대로 우리 인간에 의해서 보살핌을 받아 곡식(穀食)이 생(生)을 연명(延命)하는 것은 결단코 아니다.

이토록 바라보는 시각에 따라 세상의 모습은 차이가 나는 것이며 그러한 생각의 차이가 결국 자연의 질서를 인간이 바꾸어 놓기에 이른 것이다. 자연 안에는 잘난 맛에 사는 종(種)이나 류(類)는 없다.

자연이 철저하게 질서 있고 자연 그대로의 정돈(整頓)됨으로 보이는 것은 그 자체가 배움을 통해서 알게 된 것이 아니라 자연이 역행(逆行)을 모르기에 순리대로 따라 함이다. 그런데 우리는 이 자연이 주는 질서가 말이 없음으로 마치 무언(無言)을 무지(無知)로 이해하게 되었고 그로 인하여 자연의 질서를 자연스럽게 잊게 만들었다.

따라서 우리는 인간이라는 우리 안에서 필요에 의해서만 자연과의 접촉을 시도하게 되는 이상한 자연인의 형태가 되고 말았다. 어떤 때는 자연 속에서 있다가 또 어느 때는 자연을 벗어나 있음이 이를 입증하는 행위인 것이다.

그러다 보니 자연에 반(反)하는 역설(逆說, 패러독스, paradox)인 자가당착(自家撞着, 스스로의 언행(言行)이 앞뒤가 맞지 않음)이 생겨났으며 이를 자연 질서에 맞게 고쳐야 하는 당위성 때문에 선조들은 우리 인류를 위해 학문(學問)을 만들어 놓기에 이른 것이다. 학문(學問, learning)을 통해서 윤리(倫理, 도의, moral principles)를 배우고 나아가 문화(文化, culture)를 만들고 그 결과가 우리가 보는 문명(文明, civilization)인 것이다.

하여 아주 오랜 옛날부터 그래왔듯이 인간에게는 인간다운 질서가 자연 속에서 존재 했으며 그것이 지금 우리 인간 안에 있는 세계다. 인간다운 삶의 모습은 벼가 어느 날 갑자기 열매를 맺지 않듯이 그 순서는 자연을 통해서 배워 왔으며 인간의 성장과정도 역시 자연의 질서에서 따와 유지(維持)하여 받들려고 애를 썼다.

그러하기에 인간이 자연의 질서를 무시한다는 것은 인간의 질서도 무시한다는 의미와 같은 것으로 그런 사람은 그 어디에도 인간사회 안에는 설 곳이 없는 것이다.

공총자(孔叢子)에 **수지성청(水之性淸)**이라는 근본의 글이 이를 잘 설명해 주고 있다. 물의 성질은 '본래 맑음에 있다' 라는 말이다. 아무리 흙탕물이더라도 결국은 맑아지게 되어 있는 이치가 자연이요, 물이다. 그래서 바다로 간 물은 흙탕물이 없는 것이다. 이것이 자연의 세계다. 그리하여 인간의 세계 역시 마찬가지로 이 자연의 세계를 깨닫지 못하는 한 그야말로 공허한 삶일 뿐이다.

벼가 무르익어 고개를 숙이는 것처럼 사람도 배움을 통해서 겸손함을 알아야 하는 것이며 모든 것이 순서가 있는 것은 자연도 마찬가지다. 높은 덕(德)을 지닌 사람은 그 덕을 베풀지라도 그것을 자랑하지 않는다는 말이 노자 제삼십팔장(老子 第三十八章)에 있는 상덕부덕(上德不德)이다.

그러나 반대로 **선유자닉(善游者溺)**이 가르치는 교훈은 글자대로 풀이하자면 헤엄을 잘하는 사람이 익사(溺死)함을 이르는데 다른 뜻으로 기능(技能)이 뛰어난 자가 자기 기능을 자랑하다 도리어 화(禍)를 입는다는 뜻이 문자부언편(文子符言篇)에 나온다. 여기에서 이 두 유형의 삶을 놓고 볼 때 우리 인간의 참모습이란 무엇을 암시하려고 하는지 정중하게 물어 오는 질문(質問)이 된 것이다.

(부석침목(浮石沈木) 본문내용(本文內容) 참조(參照))

 **60** 월백풍청(月白風淸)

月
달 월

白
흰 백

風
바람 풍

淸
맑을 청

풀이 달이 밝아 좋고 바람까지 시원하게 불어와 맑아져
그지없음을 노래함. 가을밤의 그윽한 정취를 형용

由來 「소식의 후적벽부(蘇軾의 後赤壁賦)」

그 지없이 좋은 계절로 시제(詩題)에 단골손님
으로 등장하는 친숙한 문장이 월백풍청(月白風淸)
이다.

사람이 언제나 이렇게만 살 수 있다면 더 무엇을
바라리.

달 친구가 가을이라 나를 찾아 왔구려

오고자픈 마음이야 난들 어이 하리오만

작년에 내 약속은 지켜 가져 왔는가

그 누가 부르는지 피리소리 들리더니 꿈결이라도

기별奇別하고 왔으면 서운한 정 없을 것을

술 한 잔에 미안한 맘 잊고져 청풍淸風에 돛을 달고

이 한 밤 자고 나면 내년에나 또 만날 것을

그대라면 오색 꽃망울에 향화香花를 켠들

백화주百花酒로 전송餞送하는 내 마음이야 하겠는가

제목도 없이 언젠가 써 놓은 내 습작시(習作詩) 한 편의 내용이다.

이 시를 쓸 당시에는 어차피 미완성으로 별 의미가 있는 것은 아니었지만 그 옛날에 내 흔적을 다시 보는 것만 같아 너무 반가웠다.

낡아빠진 원고지 쪽지 덕에 이 글을 남길 수 있어 참으로 다행이다. 다행이란 말 속에는 불행이 가져온 수재(水災)의 아픔이 있어 한 줄 적어 볼까 한다.

적어도 강산이 두 번은 족히 바뀌었을 어느 여름날의 일로 수마(水魔)가 할퀴고 간 추억더미에는 내가 그렇게나 아끼던 장서(藏書)와 아직 다듬어지지 않은 영혼의 글모음들이 물속에 수몰(水沒)되고 말았다. 거의가 유실(流失)되어 한 순간에 무너져 버렸던 아픈 고뇌가 지금도 생생하게 기억나고 있다.

수마가 떠난 지 오랜 세월이 흘러서 아주 우연한 기회에 한 권의 누런 책갈피 속에서 만나게 된 것이 이 쪽지 시다.

비록 대단한 것은 아닐지라도 순수한 열정이 남아 있었던 내 마음의 운율(韻律)이라 감개(感慨)가 무량(無量)할 따름이다.

그런데 이 시가 훗날 월백풍청이라는 제목을 달고 놀라고 만 사연에 단서가 될 줄은 나 자신도 미처 몰랐다.

문예지에 몇 편의 시와 함께 섞여 공모에 응한 것이 계기가 되어 큰 반향을 일으킨 문제의 시가 되었다는 점이다. 이런 것을 두고 고진감래(苦盡甘來, 고생 끝에 낙이 온다는 말)라고 해야 하나. 아니면 진인사대천명(盡人事待天命)[37]이라 변명해야 되나.

아무튼, 흙 속에 보물이 세상 밖으로 나오지 않았다면 누구도 그 귀중함을 모르듯이 알 수 없는 세상일을 낯설게 경험한 기다림에 깨달음이었다. 월간 「문학저널」 지에 시 부문 당선이라는 명예를 안고 신인 문학상의 주역으로 남게 된 시 중에 하나가 바로 이 월백풍청이다.

그대여! 아픔을 기억하라고 그토록 오래 잠들어 있었는가.

절망과 좌절은 용기 없는 자의 마지막 선택이지만 기다리는 자의 끈기는 이토록 우리가 바라는 용기라는 가르침을 안겨다 준 것이다. 그러나 우리가 살아가는 세상속의 삶이란 그저 있는 그대로 주어진 기다림 때문에 존재하는 것은 결코 아니다.

삶은 진정한 가치가 있는 용기 때문에 다만 기다릴 뿐이다.

우리가 꿈꾸는 희망의 목소리가 아름다운 것은 단지 기다림이 전하는 말이 아니라 기다려야 할 만큼 수고함의 시간들이 앞서 필요했기 때문에서다. 진실이 있는 그대로의 모습으로 더 보탬이 없는 것은 꾸밈을 모르는 순진(純眞)해서 온 결정체라 미옥(美玉)인 것이다. 그래서 기다림은 미옥이요, 진실이요, 그 안에서 인간성을 배우며 완성하는 시간이 기다림이다.

---

37) 진인사대천명(盡人事待天命) : 독사관견(讀史管見)에 출처가 있으며, 최선을 다하고 그 결과를 기다린다는 뜻. 곧 하늘의 뜻도 그러함이라는 의미

자, 이제 가을이야기로 가자.

월백풍청(月白風淸)이라, 달덩이가 희고 바람은 맑다.

참 더 없는 풍치(風致)요, 운치(韻致)가 흐르는 밤이다.

가을 저녁 해거름엔 생각나는 친구가 있어 그립고 삼경(三更)이 지나가니 **야광명월(夜光明月)**이라, 가을달이 너무 밝아 눈이 부시다.

이런 날은 동동주 한 잔에 풍월(風月)이라도 읊조리고 싶지만 사는 게 뭔지 삶에 찌들은 내일이 또 다가오니 내 발목을 잡는구나. **팔두재(八斗才**, 시문(詩文)을 짓는 재주가 뛰어나다는 말. 팔두(八斗)는 많은 양(量)을 이름)도 아니면서 웬 넋두리가 그리도 심란(心亂)할까. 흔히 가을은 남성의 계절이라고 한다.

휘영청 달 밝은 밤에 산야(山野)를 보니 만추(晚秋)라, 무성했던 경관이 다 어디로 갔는지 황량(荒凉)하기 그지없다.

낙엽 지는 소리가 외로움을 타는지 스산한 바람에 나뒹굴고 곧이어 겨울나기를 준비해야 하는 고달픈 삶이 우리를 기다리고 있다.

남자는 이때가 일 년 중에 자기를 뒤돌아보는 귀중한 시기(時期)라서 가을을 타는 것이다. 가을이 남자의 계절이라고 하는 것은 겨울을 나기 위해 본래의 모습으로 돌아가는 자연의 휴식처럼 가족의 안녕(安寧)과 삶의 애환(哀歡)을 한 번쯤 되새겨보라는 뜻이 강하게 깔려 있다.

사내 남(男) 자(字)를 들여다보면 밭 전(田)에 힘 력(力)으로 **회의**(**會意**, 이미 글자로 만들어진 자에 두 셋을 합쳐서 한 글자로 새롭게 만든 글자)자의 원리로 생겨난 글자다.

　이는 밭에서 열심히 일하는 모습이 사내라는 뜻에서 만들어 진 자이다. 이 자(字)를 다시 해자(解字, 한자(漢字)가 가지고 있는 자획(字畫)을 쪼개어 풀이하는 방법)로 분합(分合)해 보면 식구(食口) 입(口)이 열(十)이라는 뜻인 전(田)에다 힘(力)을 다해 많은 식솔(食率)을 부양(扶養)해야 한다는 의미가 붙은 또 다른 사내 남(男) 자라는 풀이다. 남자라는 가장(家長)에 주어진 운명(運命)이라는 뜻이다.

　그래서 가을은 남자에게 그냥 스쳐가는 가을이 아니다. 가을이 남기고 간 남자라는 이름에 조용한 알레르기(allergie)다.

　가을을 탄다는 것은 자연의 만추처럼 또 다른 생명력을 불어 넣을 준비기간이며, 남자라는 책무(責務)에 가족을 부양해야 하는 위대한 유산(遺産)임을 모든 이는 알아야 한다.

仁
어질 인

者
사람 자

樂
좋아할 요

山
뫼 산

풀이 어진 사람은 모든 일을 의리에 따라 행함으로 행동
의 신중함이 태산(泰山)같으므로 산을 즐긴다는 말

由來 「논어 옹야(論語 雍也)」

예 부터 산을 좋아하는 사람은 어진 마음을 지
녔다고 한다. 이는 무엇이든 포용(包容)하려는 너그
러운 마음을 변함없이 그대로 있는 산과 같음으로 보
았기 때문이다.

언제나 말없이 그 자리에 있는 산세(山勢)와 닮은
꼴로 비교해서이다. 사실 산을 좋아한다는 것은 마음
이 청아하고 깨끗한 사람이다. 요즘 사람들은 건강상
의 이유로 산을 타지만 더 중요한 것은 마음의 건강
을 이유로 산을 타야 그게 자연을 아는 멋진 사람이
다. 왜냐하면 육체적인 건강은 마음과 함께 자연스레
따라오는 그림자라서다.

그 반대로 산이 힘들어 마음이 준비되어 있지 않다면 아니 가는 것만 못하다. 그래서 마음에 준비된 자 만이 산을 올라야 하는 것이다. 그 만큼 정서적으로도 훨씬 안정된 자라야 자연관을 통해서 마음이 맑아진다는 것이라 하겠다.

그렇기에 만약 정서적인 자연관이 형체가 있다면 하자(瑕疵)없는 옥구슬 같은 모양일 것이다. 나는 개인적으로 산을 참 사랑한다. 그렇다고 나 자신이 어진 사람이다 라는 선전포고(宣戰布告)는 아니다. 등산을 통해서 힘들게 땀을 흘리면서도 산에 매료되어 즐기는 것은 자기 자신에 마음의 수양(修養)이 그 첫 째이며 성취욕구(成就欲求)라서 그렇다.

산이 주는 아름다움은 사계절이 모두 다르다. 그 중에 단연(斷然) 최고의 산은 겨울 산이다. 그 겨울을 으뜸으로 치는 이유는 바다는 여름바다요, 산은 겨울 산이 최고라서다. 겨울이 주는 산의 정취(情趣)는 진정으로 산을 아는 사람만이 발견하는 매혹적(魅惑的)인 몸짓(제스처, gesture)을 느낄 수 있기 때문이다. 그 장엄미(莊嚴美)는 자연 그대로의 휴식이 얼마나 깨끗한지를 가르쳐 주는 동시에 어떤 **동장군(冬將軍)**에도 아랑곳하지 않는 강인함을 보여 주기에 그런 것이다.

역시 너그러운 마음은 겨울 산처럼 말없이 강해야 그 생명력이 유지된다는 말이다.

인자(仁者)는 곧 군자(君子)다.

이 군자의 의미를 **불실적자지심(不失赤子之心)**이라는 말로 인용하자면 이런 글이다. 어린아이의 마음은 순진무구(純眞無垢)한데 보통 사람들은 커가면서 이런 마음이 사라지지만 오직 군자만이 이 마음을 변치 않고 그대로 지니고 있다는 말이다.

이와 같이 산은 어머니의 한없는 마음처럼 인자를 만들었고 군자를 키워냈다. 하여 산고수장(山高水長)처럼 군자는 그 덕이 끝이 없음을 자연에서 비유함에 적합한 말이 되었다.

그래서 군자는 보통의 상식으로는 통할 수 없는 경지에 있음이다. 산에 대하여 쓰다 보니 불현듯 생각나는 게 있다.

산고수려(山高水麗)라는 어원이다. 산이 높고 물이 맑아 그 곱기가 그지없다는 뜻이 산고수려다. 조선중기 어숙권(魚叔權)의 수필집 패관잡기(稗官雜記)에 잠깐 언급한 말이기도 하다. 우리나라를 대표하는 국명(國名)에 대해 여러 가지 이야기가 있지만 나는 나름대로 이렇게 정리해 보았다.

이 산고(山高)의 고(高)와 수려(水麗)의 려(麗)를 이어주는 글귀 구(句)를 가운데 넣어 만든 자가 고구려(高句麗)다.

결국 고울 려(麗)자를 우리나라만이 존재하는 나라이름 려(麗)자로 표기하기에 이른 어원이 된 것이라 사료(思料)된다.

이 고구려(高句麗)가 훗날 글귀 구(句)를 빼고 탄생된 국가가 고려(高麗)로 실크로드(silk road, 아시아 내륙을 서역으로 가로지르는 일종의 교역로)를 타고 서방세계에 알려진 국명이 오늘 날 우리나라를 대표하는 코리아(Korea)다.

이만큼 산수(山水)의 아름다움이 대단했던 나라로 알려져 있기에 천년이 넘도록 서방세계가 우리나라의 국명으로 부르기에 이른 것이 아닌가 한다. 이렇게 우리나라 위상이 크게 부각(浮刻)되었던 것은 광활한 동북 땅에 그 중심이 한반도의 산수(山水)였다는 점이다. 또한 우리나라가 동방에 예의가 뛰어난 민족으로 알려진 것은 우연히 나온 말이 아니다. 예의가 바르다 함은 너그러운 심성이 있다는 것이며 그래서 효부, 효자, 효녀가 많이 나오게 된 민족이라는 뜻이다. 결국 산수를 사랑하는 자연에 그 뿌리가 있었음이다.

산이 많아 자연신앙을 숭배했으며 마을 어귀마다 어김없이 마을을 지키는 수호신 격인 큰 정자(亭子)나무가 있는 이유가 그것을 말해주고 있는 것이다.

그런데 참 안타까운 이야기가 있어 이 장에서 써 볼까 한다.

몇 해 전인가 어느 신문에서 보게 된 기고(寄稿)가 생각난다.

우리나라 어떤 여행객이 쓴 글로 유럽에 어느 나라였는지 기억이 잘 나질 않아 그냥 서양으로 표기해 두었다. 양지(諒知)하길 바란다. 외국 지하철에서 일어난 일로 한 젊은이가 나이든 노인에게 자리를 양보하는 것을 보고 왜 우리나라 젊은이는 그러지 못하는가에 대한 아쉬운 글이었던 것으로 기억한다.

이렇게 자리를 양보한다는 것은 동서양을 떠나 아름다운 일임에는 틀림없다 하겠다. 그러나 내가 지적하고 싶은 것은 동양도 아닌 서방 국가에서 어른에 대하여 공경(恭敬)함을 보았다는 내용이다. 이것은 우리나라 사람이 느끼는 사고로는 분명 공경으로 비춰졌을 것이 당연하다.

하지만 그것은 잘못된 사고다. 왜냐하면 본래 서양은 어른에 대하여 공경하는 사고와는 맞지 않는 문화를 가지고 있기 때문이다. 단지 약자를 보호해야 하는 논리만이 존재할 뿐이다.

약자와 강자의 논리는 서양의 대표적 문화인 것이다. 그러한 점에서 자리를 양보한 것이지 공경하는 마음 때문에 양보한 것은 아니라는 점이다. 바로 잡아야 하는 것이기에 쓰게 되었다. 어쨌든 약자를 보호하는 차원이었든 간에 확실한 것은 노인에게 자리를 양보했다는 행위적 사실이다.

그러나 우리는 이러한 현실적 문제를 있는 그대로 답습해서는 안 된다는 점이다. 아무리 시대적 반영을 끌어들여야 하는 세상이 되었더라도 어른을 공경하는 마음과 약자를 보호해야 하는 마음은 엄연히 다르기 때문이다.

어른을 공경하는 마음은 우리 민족사에 오래도록 뿌리 내려져 있는 미덕이다. 그러한 마음으로 자리를 양보하는 기초적인 예의를 갖춘 젊은이라야 우리나라다운 모습이다.

아마도 지난 몇 십 년 동안 우리나라가 보릿고개(음력 4~5월쯤인 춘궁기(春窮期)로, 이때가 되면 먹을 것이 바닥난다는 의미. 채 여물지 않은 보리 이삭으로 끼니를 때우거나 초근목피(草根木皮)로 연명하던 때) 시절을 탈피하기 위해 경제발전에만 주력하다 보니 윤리의식과 도덕적 관습이 소홀했던 탓에 빚어진 뼈아픈 약점의 쓴 소리다. 이제부터라도 그 동안 등한시 했거나 잊고 있었던 전통을 반성하고 한 층 더 강화된 역사관을 인식시켜 교육할 필요가 있다고 나는 생각한다. 그나마 단적인 실례

(實例)를 하나 들어보면 대중교통 수단에 「노약자석」을 따로 두어 얼마나 다행한 일인지 모른다.

하지만 기왕에 어른에 대한 예의를 고취시키려 한다면 임산부나 약자석과 다르게 따로 「어르신께 공경하는 자리를 마련했습니다」라는 문구와 함께 거기에 걸 맞는 자리를 배치해야 함이 더 절실한 시점이다.

인자에 대해 집필하다가 조금 다른 방향으로 흘러갔다.

인자에 관한 이야기를 앞서 서술했으니 이번에는 지자(知者)에 대해서도 한 줄 쓰고 끝맺어야 할 것 같다.

인자는 산이요, 지자는 물이다. 지자는 사물의 도리에 통달한 사람을 일컫는 말로 물을 좋아한다고 한다. 그래서 깨어있는 사고가 물 흐르듯 하다 하여 붙여진 이름이 **지자요수(知者樂水)**다. 그래서 그런 가 낚시를 즐기는 사람을 보면 머리 식히는 데는 조어(釣魚)만한 게 없다고 들 한다. 나는 낚시에 대해 조예(造詣)가 없으므로 딱히 아는 바는 없지만 **수륜자청(垂綸者淸)**이라, 낚시를 즐기는 사람도 청렴하다는 뜻이다.

지금은 이런 대군(大君)을 못 보지만 옛날에는 있었는가 보다. 추운 겨울임에도 강변(江邊)에서 홀로 낚시를 즐기는 사람을 일컬어 유종원(柳宗元)의 강설시(江雪詩)에 **한강독조(寒江獨釣)**라 기록하고 있다. 결국 인자나 지자나 모두 자연에서 그 벗함을 이야기하고 있다.

그렇기에 우리는 자연을 배우고 자연에 고개 숙여 거기에서 인간

심성을 터득하라는 참뜻이 있음이라, 너그러운 사람이나 깨어있는 사람이나 진실의 바탕은 이 자연에 그 뿌리가 있다 함이다.

자, 이제 천혜(天惠)의 조건을 갖추고 있는 우리 민족으로 사명(使命, mission)이 있다면 길이 후손에게 물려 줄 참다운 민족혼의 정신을 함양하여 공경심(恭敬心)을 기르고 이 축복된 아름다운 강산을 사랑하고 잘 보존해야 한다는 마음가짐이다.

이것이 진정한 한국인의 얼이라고 자신 있게 말하려 함이다.

62 등화가친(燈火可親)

燈
등잔 등

火
불 화

可
가히 가

親
친할 친

풀이 각주 참조

由來 ㅡ. 「한유(韓愈)」
; 등화가친[38]은 시(詩)로 설명(說明)

五十弁秋

어둡다 넋두리가 호사스러운 달밤에
왜 이리 등잔불은 몌별袂別처럼 아려올까
하지夏至도 입동立冬도 머무른 시월
게으른 나의 서재書齋에도 싫은 가을이 왔구나.
반거충이 말도 많은 추수秋收도 끝나 가는데
추적추적 어저께 빗소리에 낙엽 붉어 떨어지고
못 다한 이야기는 어디론가 그리움을 보내는구나.

---

38) 등화가친(燈火可親) : 가을의 계절을 일컫는 말로 등불을 가까이 하며 글 읽기에 좋은
시절이라는 뜻.

이제야 명년明年이 오기 전에 책 한 장 넘기기가

소식 없이 찾아온 반생반숙半生半熟 내 나이 같아

이 삼경三更 나 홀로 마음 아파라.

시(詩) 어휘(語彙) 해설

∴ 오십변추(五十弁秋) : 나이 오십에 첫 가을

넋두리 : 불평불만

호사(豪奢) : 대단한 사치(luxury)

메별(袂別) : 옷소매를 나누며 섭섭한 이별

하지(夏至) : 태양이 하지점을 통과하는 때
  대략 6월 하순(양력)
  망종(芒種)과 소서(小暑)의 사이를 말함

망종(芒種) : 벼, 보리 같은 까끄라기가 있는 곡식
  (양력 6월 5일경)

소서(小暑) : 이십사절기(二十四節氣)에 열한 번째
  (양력 7월 7일경)

입동(立冬) : 이십사절기(二十四節氣)의 하나 대략 11월 7일경

명년(明年) : 아직 오지 않은 다음해, 내년

반생반숙(半生半熟) : 반은 설고 반은 익음
  다른 의미로는 기예(技藝)가 아직도 숙달되지 못함을 비유
  함 또는 그런 삶. 반평생(半平生)

삼경(三更) : 하룻밤을 오경으로 나누었을 때
  삼경은 곧 자정 무렵. 한밤중을 이름

명경지수(明鏡止水)

明
밝을 명

鏡
거울 경

止
그칠 지

水
물 수

 맑은 거울과 고요한 물. 사념(邪念)이 없이 맑고 깨끗한 마음을 이르는 말

由來 「장자 덕충부편(莊子 德充符篇)」

∴ 사념(邪念) : 올바르지 않을 사(邪). 사특(邪慝)한 생각. 특(慝)은 악할 (특)

시화총귀(詩話總龜)에 **매처학자(梅妻鶴子)** 라는 글이 있다. 이 말은 매화(梅花)로 부인(婦人)을 삼고 학(鶴)으로 자식을 삼는다는 뜻이다. 그런데 내가 일부러 설명이라도 처(妻)를 아내로 쓰지 않고 부인(婦人)이라고 높이어 쓴 것이 재미있다.

본래가 옛날에는 선비(사,士)의 직분이나, 벼슬아치의 아내가 된 사람을 부인이라고 부르는 게 예의였고 일반 서인(庶人, 벼슬이 없는 일반 서민)의 아내를 처(妻)라고 불렀었다.

비록 이 고사성어의 주인공이 벼슬이 없다손 치더라도 특별히 높여 부르고 싶었기에서다. 요즘이야 아내나 부인이나 모두 같은 의미로 통용되고 있지만 옛날에는 엄연히 구분해야 하는 신분상의 호칭이었다. 아무리 옛날에 기록된 매처학자(梅妻鶴子)라는 글이었더라도 예의상 처(妻)라고 표기한 점이 기실(其實) 눈길을 끄는 글자로 다가온다. 또한 같은 은유적 비유로 아내가 된 사람이 예의상 자기 자신을 낮추어 **집건즐(執巾櫛)**[39]이라고 하는 정신과도 부합(符合)되는 뜻이다. 매처학자라, 참 그 풍아(風雅)한 멋이란 고사성어 대로라면 일반사람으로서는 감히 상상도 못할 일이다. 도대체 그런 생활을 하는 사람은 무슨 마음으로 살았기에 이런 글귀를 남겼을까. 호방(豪放)하다고 할 수도 없고 **월세계(月世界)**, 달나라를 뜻하며 일종에 별천지를 이름)를 꿈꾸는 것도 아닐진대 아무튼 기인(奇人)임에는 재론(再論)의 여지가 없다 하겠다.

내가 이미 또 다른 책인 경영한문강독에 수록해 놓은 고사성어 중에 **한운야학(閒雲野鶴)**[40]이나 **막천석지(幕天席地)**[41] 역시 세상

---

39) 집건즐(執巾櫛) : 좌전 희공이십이년(左傳 僖公二十二年)에 있는 글로 남편 옆에서 시중(시중의 본디말로 수종(隨從) 즉, 심부름을 도와 줌)을 들어 준다는 뜻으로 아내가 되는 것을 겸손하게 낮추어 이르는 말. 잡을 집(執), 수건(手巾, towel) 건(巾), 빗(comb) 즐(櫛).

40) 한운야학(閒雲野鶴) : 한가하게 떠 있는 구름과 들에 있는 한 마리 학이라는 뜻으로 속세(俗世)를 떠나 초연하게 세월을 낚는 사람을 일컬음.

41) 막천석지(幕天席地) : 유령(劉伶)의 주덕송(酒德頌, 술의 공덕을 칭찬한 글)에 나오는 고사성어로 휘장을 두름이 마치 하늘을 장막치고 땅을 자리로 삼는다는 의미. 기질이 호방(豪放)하여 세상 천하가 곧 자기 거소(居所)로 하는 의기를 이르는 말. 다른 뜻으로는 정처 없이 떠도는 신세를 일컫기도 함.

사람들 눈에는 별종의 삶이라 아니할 수 없다. 그런 점에서 거두절미(去頭截尾)하고, 정신세계만큼은 지금 이 현대 정신으로는 가히 따라 갈 수 없는 경지에 있었다고 말하고 싶다.

그러나 정신세계는 대단하게 앞서 있었지만 시대가 요구하는 신분적 차별성은 절대적(絕對的)이라, 운신(運身)의 폭(幅)이 그 만큼 좁았다 하기로 그렇게까지 세상사를 등져야 했을까.

그 주인공으로 하여금 무엇이 그토록 자연의 세계로 이끌려 갈 만큼 모든 것을 버려야 했을까. 혹시 그 맑음의 상징인 명경지수(明鏡止水)와 같은 마음이 있어서는 아니었을까.

낸들 알 수 없는 과거의 사연(事緣)을 지금에 와서 해석한들 무슨 의미가 있으랴 만은 세상이 싫은 듯 자연인으로 돌아간 것만 가지고는 설명이 불가(不可)하다 하겠다.

지금의 잣대로 그 시대의 인물을 평가한다는 것도 예의가 아니며 매화가 아내요, 학이 자식이라면 단언(斷言)컨대 글로 표현하기에는 무리가 있는 것이라 아니할 수 없으리.

世
대 세

短
짧을 단

意
뜻 의

長
길 장

풀이 인간의 삶은 덧없이 짧고 마음을 써야하는 고민은
지극히 길고 많음을 이름

由來 「학림옥로(鶴林玉露)」

무릇 인간은 같은 시간이 주어져도 즐거운 시
간은 짧으며 고통(苦痛)의 시간은 길게 느껴지는 속
성(屬性)을 가지고 있다.

극단적으로 표현한다면, 인간은 기쁨의 갈증(渴
症)을 아무리 많이 마셔도 해갈(解渴)의 기미를 좀처
럼 느끼지 못한다는 것과 같은 말이다.

이렇듯 인간은 끝없는 욕망을 빌려서 행복(幸福)을
추구(追求)하고자 해결하지 못하고 누적(累積)되는
마음에 빚을 지면서까지 자꾸만 선행(先行)하려 한다.

이 때문에 불청객(不請客)으로 끼어드는 고통이라
든가 좌절(挫折), 슬픔은 모두 배척(排斥)하려고 조

건반사적(條件反射的)으로 안간힘을 쓴다.

그러나 우리가 살아가는 동안 안에는 경험(經驗)의 세계와 경륜(經綸), 그리고 고통과 슬픔이 있어야 이어지는 지혜(智慧)의 샘물이 사실인즉, 이 괴로움에서 얻게 된다는 것을 우리 인간은 잘 모르고 지나간다.

삶이 부족함이 없을 때 그 넉넉함을 잊고 사는 것과 마찬가지가 첫 번째 자연스러운 이유요, 또한 **변화무쌍(變化無雙)**한 길흉화복(吉凶禍福)을 우리 인간의 삶은 미루어 짐작할 수 없으며 그로 인한 정신적 착시현상(精神的 錯視現象)이 반드시 **신기루(蜃氣樓)**에서만 존재하지 않는다는 점을 모르고 사는 게 두 번째로 대부분의 인간사이다.

그렇다면 어떻게 정리해야 건강한 삶을 위해 근심과 걱정을 포함한 기우(杞憂)에서 해방될 수 있을까.

정답은 하나다.

인간은 언제라도 사고력(思考力)을 스스로 키울 수 있는 위대한 동물이다.

이제부터라도 내게 주어진 이십사 시간에 고통도 사랑하고 행복도 사랑하는 온전한 사색(思索)을 통해 참다운 인간으로 거듭남이야 말로 바로 인간다운 삶일 것이다.

65 부석침목(浮石沈木)

浮
뜰 부

石
돌 석

沈
잠길 침

木
나무 목

풀이 나뭇잎은 물 위에 뜨고 돌은 가라앉아야 정상인데 그 반대가 되어 버린 것을 이름. 즉 선악(善惡)이 뒤바뀌고 사물 또한 거꾸로 되는 형상

由來 「신어(新語)」

I

물은 반드시 높은 곳에서 낮은 곳으로 흐른다. 곧 자연이란 이치에 거스르는 법이 없다. 모든 것이 순리(順理)에 맞게 짜여져 있다는 말이다.

약육강식(弱肉强食)의 논리도 자연에서 기인(起因)한다. 생물체의 현상도 필요에 의해서라기 보다는 자연환경에 의해서 생존의 개체를 조화(造化)하며 이어간다.

그러나 유독 인간만이 자연에 역행(逆行)하는 누(累)를 범(犯)한다. 이것은 살아있는 생명체 가운데 사상(思想)이라는 유일한 특권을 가지고 누리고 있기 때문이다.

자연을 가장 잘 알고 자연에 대해 가장 많은 혜택(惠澤)을 보장 받았으면서도 인간은 역설(逆說)을 만들었다. 정설이 있으므로 역설이 존재하듯이 생각 주머니가 낳은 결과이다.

그래서 인간은 거역(拒逆)할 수 없는 순리로 이 우주의 자연관과, 정신의 태동(胎動)으로 과거를 통해 지금의 역사와, 인간됨됨이를 가르치는 것이다. 종교가 생겨남도 사실은 이 때문이다.

II

미래는 아직 오지 않는 세계다. 그러나 가상으로 예측할 수 있는 내일은 인간 세상에 얼마든지 존재한다. 그래서 사상이란 꿈처럼 날개를 달았다, 사라졌다를 반복한다. 하여 인간으로서 기본적인 정신상을 파괴하는 것은 개개인의 자유지만 그것이 사람이기를 거부한 역행이라면 차라리 바보만도 못한 것이다.

지금의 세상도 바로 보지 못하면서 역으로 미래의 질서를 마음대로 설득하려는 것은 치졸(稚拙)한 행위이다. 인간이 이 현실의 질서보다 더 나은 확고한 삶의 질서는 아직까지 과거로부터 부여받지 못했으므로 없는 것이다. 왜냐하면 가장 안정된 질서란 그 해당 시대까지 오도록 삶의 기준에 저울이 된 것이기에 더 이상의 척도(尺度)는 아직 발견되지 않았기 때문이다. 그리하여 인간의 삶은 어느 날 갑자기 단절하여 완전히 다른 삶으로 삶을 영위하는 것이 아니다.

66 새옹지마(塞翁之馬)

塞
변방 새

翁
늙은이 옹

之
의 지

馬
말 마

풀이 인간(人間)의 길흉화복(吉凶禍福)은 변화무쌍하여 미루어 예측할 수 없다는 말

由來 「회남자 인간훈(淮南子 人間訓)」

새옹지마는 너무나 유명한 글이다.

그러나 그렇게 유명한 고사성어 임에도 인간 세상에는 아직 와 닿지 않는 깨우침이 많은 것 같다. 그것은 자기 자신의 당위성(當爲性)에 필요성을 느끼지 못하는 이유도 작용하겠지만 미루어 알 수 없는 인간사에 한계(限界) 때문인지도 모르겠다.

길흉화복(吉凶禍福)이라.

어떻게 보면 도참설(圖讖說, 미래의 길흉(吉凶)을 기록한 책)이나 미래기(未來記, 아직 다가오지 않은 때를 예상하여 미리 적어놓은 책)처럼 예언적 성향이 강한 문구다.

우리가 알 수 없는 삶에 대하여 전환적 방향을 제

시하는 물음인 것 같지만 그 내막은 베일(veil, 가려서 보이지 않게 하는 물건. 일종에 curtain)의 장막(帳幕)에 가려진 느낌이다.

그렇더라도 이 인간 세상에 왔다가 가는 삶의 분신(分身)처럼 새옹지마가 꼭 붙어서 따라 다니는 것은 어쩔 수 없는 현실세계다. 새옹(塞翁, 변방(邊方) 즉, 국경의 경계선 근처에 사는 노인을 이름)이 키우던 말(馬)의 이야기로부터 나온 고사(故事)로 말이 집을 나가 재앙인 화(禍)가 왔고, 다시 돌아올 때는 오랑캐의 좋은 말을 데리고 와 복(福)이 들어 왔으나, 데리고 온 말을 타고 놀던 아들이 낙마(落馬)를 해 다리가 부러져 흉(凶)이 되었고, 또 다시 전쟁을 통해 전장(戰場)에 나간 마을 젊은이들이 거의 전사하는 최악의 사태가 벌어졌음에도 불구자(不具者)가 된 아들은 전장에 나갈 수가 없어 살아남음이 길(吉)이라는 내용의 성어(成語)다.

우리가 생각하기에 따라 많은 일들이 있을 수 있지만 이러한 이야기는 단지 설명으로만 가능한 이야기는 아닌 것 같다.

어찌 보면 우리가 알지 못하는 세계관 때문에 알아야 할 이유를 가령 찾지 못한다 할지라도 모른다는 궁금증을 조금이나마 해소(解消)할 수만 있다면 미래가 그다지 위험한 일만이 존재하는 세상은 아닐 것이다.

후한서(後漢書)에 **영만지구(盈滿之咎)**가 바로 새옹지마와 유사한 글이다. 무엇이든 차면 기운다는 뜻으로 만사(萬事)가 두루 이루어졌을 때에 이르게 되면 도리어 화를 가져 온다는 말이다. 세상은 그래서 공평하다는 말이 나온 것이다.

242

또 **월영즉식(月盈則食)**이 의미하는 바를 보면 한 번 흥(興)하면 한 번은 망(亡)한다는 은유적 표현이 역경 풍괘단전(易經 豐卦彖傳)에 남아 있다.

이렇게 세상일이란 알 수 없는 순간들이 모여서 길흉(吉凶)이 되고 화복(禍福)이 된다. 그러나 내가 미래를 모르기에 지금이라도 알고자 노력하려는 정정당당하고 떳떳한 삶이라면, 마땅히 인간다운 길이기에 길흉화복과는 무관한 일이 아닐까 한다.

曳
끌 예

尾
꼬리 미

塗
진흙 도

中
가운데 중

풀이 거북이가 꼬리를 진흙 속에 끌고 다닌다는 뜻 부귀영화를 누릴지라도 얽매이는 삶보다, 빈천(貧賤)하게 살지언정 마음 편히 자유롭게 사는 편이 낫다는 고사

풀이 「장자 추수편(莊子 秋水篇)」

∴ 동우지곡(童牛之牿) : 송아지를 외양간에 동여맴과 같이 자유가 없는 것을 이름. (예미도중과 비교가 되는 고사성어)

一.「역경 대축괘(易經 大畜卦)」

요즘 시대와는 많이 다른 삶이 예미도중(曳尾塗中)이라는 말이다. 사실 그 누구에게도 간섭받지 않고 마음을 편하게 누리면서 살아가는 사람들이 이 사회에 얼마나 있을까. 편한 삶이라면 어디 산 속에라도 들어가서 은둔자(隱遁者)처럼 살지 않는 이상에야 없지 싶다. 그러나 또 들어가서 산들 편하고 좋

은 생활일까도 염려가 된다. 그래서 모든 것은 마음에 따라 편함도 있는 것이고 불편함도 있는 것이다. 지금 이 현대 사회가 가지고 있는 특징 가운데 하나는 우리 모두가 함께 공유하는 사회집단 속에서 큰 조직체라는 연계적(連繫的) 관계성으로 맺어져 살고 있는 것이 현실이다.

그러다 보니 별별 일도 많아 그 중에는 구속이 싫어 낙오자(落伍者)도 생기고 너무 잘 나가서 탈이 나는 사람도 있고, 아무튼 이 사회 안에는 마법(魔法)으로 씌어 놓은 숨바꼭질 놀이라고 해도 괜찮을 런지 모르겠다.

그러나 그 만큼 무질서한 것 같지만 나름대로 틀에 짜여 진 질서 정연한 사회로 바쁘게 돌아가는 세상 놀이다. 이렇게 빈틈이 없고, 바쁘고, 빠른 것이 지금 세상이다. 모두가 눈코 뜰 새 없이 바빠 삶이 고단하고 힘들지라도 위안을 주는 가정이라는 좋은 안식처도 있고 모처럼 삶의 여유를 찾을라치면 그런 장소가 너무 많아 결정을 못 내리고 들 살아간다.

이런 것이 모두 다 윗대에서부터 지금까지 열심히 땀 흘린 결과로 근면함이 가져다 준 우리 모두의 성장이요, 풍족함의 결실이다.

비록 갑자기 찾아온 세계적인 경기 침체로 불황기(不況期)라는 어려움이 드리워진 시기가 지금이긴 하지만 말이다. 곧 경기가 회복될 것이라는 낙관적 희망을 가지고 슬기롭게 잘 넘기는 지혜가 필요한 시기라 하겠다. 그런데 우리가 잊고 사는 안타까움 중에 하나가 풍요만큼이나 중요한 정신의 빈곤(貧困)함을 암묵적(暗黙的) 좌시(坐

視)로 관망(觀望)만 하는 태만한 정서(情緒)가 사회적 문제다.

정서.

우리가 느끼는 감정에는 여러 유형의 것들이 있지만 정신 상태에 기여하는 참사고(진사고, 眞思考) 즉, 삶의 정서가 특별히 요구되고 필요한 시대가 지금이라는 사실이다.

보통 사람들은 연중행사에 맞추어 휴가철이 되면 바캉스((프), vacance)만큼 긴 휴가는 아닐지라도 피서(避暑)도 떠나고 몇 차례 있는 풍속(風俗)에 준한 민속일(民俗日)도 참여하면서 살아간다.

하지만 이러한 행사가 개인마다 느끼는 사고는 다르다 할지라도 어느 정도 정서적 측면에 도움을 주기는 하지만 그게 전부는 아닌 것 같다.

흔히 여러 가지 사물에 대하여 느끼는 감정이나 그 정신적 상태 따위를 우리는 정서라고 정의할 수 있는데 정서라고 하는 정신의 기원은 집약(集約)하자면 반드시 인간다운 정신의 풍요로움에 있어야 한다.

그래서 정서가 풍부한 사람은 매사를 긍정적인 사고로 바라보는 건설적인 자세가 있는 것이다. 이는 교육을 통해서 함양(涵養)될 수도 있지만 자발적(自發的)인 자기 수양을 통한 길들임이 가장 우선하는 방법이라 하겠다. 인문학으로든, 자연으로든 자기 자신이 많은 시간을 공들여야 한다는 말이다.

이렇게 바쁘게 돌아가는 사회성에 비해서 지금의 정서적 함양은 너무나 더디게 나아가 모순(矛盾)된 면을 초래(招來)할 공산(公算)

이 커졌다.

　이로 인해 사회가 빠르게 변하고 바쁘게 흐르는 시간만큼 우리들의 정서가 쫓아가질 못하고 뒷걸음친다면 결국 이 사회는 지금 발전된 시대와는 동떨어진 거친 정신상으로 인성이 메말라가는 것과 같은 이치가 될 것이다.

　그것이 설령 각박한 세상살이 때문이라고 탓하기엔 인간의 내면적 인간다운 정서와는 비교할 바가 아니라서다.

　기술이 앞서가는 시대에 정서적 정신도 함께 발전해야 인간이 누릴 수 있는 최대의 행복을 꿈꿀 수 있는 것이다.

　그러하기에 사람다운 정서적 소신(所信)이란 맑은 정신으로 인성의 참모습을 배우려는 구심점(求心點)을 두는 한 편 거기에 우리들의 행복도 각자가 찾아가야 할 책임이 주어진 것이다.

膏
기름 고

 **풀이** 고량(膏粱)은 살찐 고기와 좋은 곡식 즉 미식(美食) 을 이름하며 부귀한 집안에서 자라나 고생을 모르는 젊은이를 일컬음

粱
좋은곡식 량

由來 「천향누우득(天香樓偶得)」

∴ 오곡백과(五穀百果) : 쌀(米 미)·보리(麥 맥)·조(粟 속)·콩(豆 두)·기장(黍 서, 粢 자, 粱 량)을 오곡이 라고 말하며 온갖 과일을 백과(百果)라 칭함. 기장은 수수를 말하며 고량(高粱), 촉서(蜀黍)라고도 함. 일찍 이 관자(管子)는 오곡을 가리켜 민지사명(民之司命) 이라는 고사성어를 남김

子
아들 자

弟
아우 제

만약 전생(前生)이 있다면 부자란 아마도 복 을 많이 받고 이 현세(現世)에 태어난 사람임에는 부 인하지 않겠다.

부자라는 부(富) 자는 가멸 부(富)로 이 말은 재산 이 많다, 넉넉하다 라는 뜻이다. 거기에다 부귀한 자

녀라는 애칭(愛稱)인 유한공자(游閑公子)로 태어남은 더 말할 나위가 없겠다. 하여 이 장에서는 「부자」에 대하여 한 번 생각해 보자.

부자! 참 근사하고 멋있는 말이다. 그렇다면 인간이 추구하고자 하는 목표지향적인 방향이 부자라는 말일까? 우리가 윤리학(倫理學)이라는 학문을 논(論)할 때 가장 끝에 자리 잡고 있는 인간의 세계관(世界觀)이 있다. 그것은 부자라는 말이 아니라 행복(幸福)이라는 단어다.

고대 그리스 철학자(哲學者) 아리스토텔레스(Aristoteles)[42]의 윤리관에 결정판인 것이다. 사람은 누구나 행복해지고자 노력한다. 그러나 그 행복은 만질 수도 볼 수도 없는 정신상의 만족일 뿐이다. 왜냐하면 행복을 한자로 풀이해 보면 알 수 있듯이 다행 행(幸)자에다 복 복(福)으로 상서로운 복도 사실은 '다행히 온 복'이라는 의미일 뿐이다. '그 시절이 좋았지'라는 말처럼 시간이 지난 뒤에 느끼는 것과 같은 맥락이다.

그렇다면 꼭 부자만이 행복하다는 것은 결코 아닌 것 같다.

하지만 가난한 자보다 부자인 자가 더 행복하게 보이는 건 어쩔 수 없는 현실이다. 있는 자와 없는 자의 차이는 궁핍(窮乏)과 여유(餘裕)라는 의미로 결국 이원론(二元論)으로 내재되어 있다. 사실

---

42) 아리스토텔레스(Aristoteles, BC 384~BC 322) : 고대 그리스의 철학자(哲學者)로 플라톤(Platon)의 제자다. 소요학파(逍遙學派)로 현실주의(現實主義)에 초석을 둠. 이데올로기(Ideologie)는 오늘 날 자유민주주의를 표방하는 이론으로 발전. 반면 스승인 플라톤은 이데아(idea)라는 영원불변의 개념을 끌어들여 훗날 이상주의(理想主義)를 모토로 한 사회주의(社會主義) 학설이 태동(胎動)되는 원조(元祖)가 됨.

이러한 이원적 차이가 자칫 서로 간에 불편한 관계로 몰아갈 수도 있지만 가난한 자는 부자를 시기해서도 아니 되며 부자는 가난한 자를 업신여겨서도 안 된다.

이 말은 가난한 자가 영원히 가난하게 살고 싶지 않은 마음이나, 부자가 절대로 가난하게 살고 싶지 않은 마음인 것처럼 인간으로서 가난을 탈피(脫皮) 하고자 하려는 마음은 당연한 욕구(欲求)의 굴레이기 때문이다. 참고(參考)로 양쪽 모두의 삶에 지침(指針)이 되는 문구가 하나 있어 적어 본다.

예기 단궁하편(禮記 檀弓下篇)에 **차래지식(嗟來之食)**이라는 글이 있다. 먹을 것을 주면서도 사람을 업신여긴다는 고사로 받은 자도 문제요, 주는 자도 문제다. 이런 고사성어가 남기고 싶은 말을 두고두고 아로 새겨야 할 우리들의 문제로 마음에 짐이 되어 남는다.

부유함과 가난함은 공생관계(共生關係)다. 돌고 도는 윤회와 같은 뜻이라는 말이다. 하여 세상에는 아름답고 포근한 어진마음의 미덕을 가진 자가 있는 것이다.

이제 보니 부자의 부류(部類)도 참 다양하다.

마음이 부자인 자, 가진 게 많아 배부른 자, 비록 없지만 삶에 덕이 많아 후덕(厚德)한 자, 믿음의 신앙(信仰)으로 부자만큼 풍요롭게 사는 자 등등 열거하자면 **부지기수(不知其數)**다. 그러나 안타깝게도 물질적(物質的) 부자가 삼대(三代)를 가지 못한다는 말이 있으니 어찌된 일인가.

지영지업(持盈之業)[43]으로 그 만큼 부를 지킨다는 것이 어렵다는 말이다. 아울러 빈곤 (貧困)에서 부(富)로 간다는 것은 더 어려운 현실임을 직시(直視)해야 한다. 그 중에 특별히 물질적 풍요로움을 가진 자는 이웃을 둘러볼 줄 아는 헤아림이 있어야 진정한 부자다. 가난한 자는 부자가 되기 위해 필요한 조건을 갖추어 착실하게 저축(貯蓄)하며 기반(基盤)을 쌓아가야 현명(賢明)한 사람이다.

사기(史記)에 나오는 말로 **상사실지빈(相事失之貧)**이라는 글이 있다. 제 아무리 뛰어난 선비라 할지라도 너무 가난하다 보면 세상이 알아주지 않아 활동할 길이 열리지 않는다는 말이니 인간사의 고루한 깊이에도 가난이 걸림돌이 되어서는 안 된다는 점을 가난한 자는 꼭 명심(銘心)해야 한다.

또 남사 유수전(南史 劉粹傳)에 **위귀소소(爲鬼所笑)**라는 말이 있다. 가난을 면치 못함을 이르는 말로 가난의 신(神)마저 비웃는다는 뜻이다. 그러함이니 부단(不斷)히 노력의 결실을 맺어 반드시 가난을 벗어나야 한다. 이제 모든 이가 살아가는 이웃들의 모습이란 지금 우리가 이 세상에 있으므로 빈부(貧富)와 더불어 그렇게 또 어울리며 살아가는 것이다.

---

43) 지영지업(持盈之業) : 시경 대아부예편(詩經 大雅鳧鷖篇, 물오리 부(鳧), 갈매기 예(鷖))에 기재(記載)되어 있으며 성취한 일을 유지하는 업(業)을 말함.

69 병주지정(幷州之情)

幷
아우를 병

州
고을 주

之
의 지

情
정 정

풀이 태어나 자란 고향(故鄕)은 아니지만 고향처럼 오래 살다 떠나온 고장을 그리워하는 심정을 두고 하는 말(제2의 고향)

由來 「당(唐)나라 시인(詩人) 가도(賈島)의 도상건시 (渡桑乾詩)」

∴ 병주(幷州) : 고장 이름인 지명(地名)을 말함

이 시대의 삶은 도시유목민(都市遊牧民)이라고 해도 과언이 아니다. 삶의 질에 따라 주거지가 바뀌고 의식주(衣食住)의 해결은 곧 직업과 귀결 되면서 생활의 이동이 불가피(不可避)해졌다. 그러다 보니 고향이라는 정신적 안식처는 귀성객이라는 현대풍의 신종어가 낯설지 않게 국민적 대이동으로 바뀌게 되었고 현대사회가 낳은 인지상정(人之常情)의 산물이 되어 버렸다.

고향은 명절(名節)때 찾아보는 연례행사(年例行事)처럼 친지간(親知間)에 약속으로 굳어진지 오래. 이는 고도로 발전하는 산업·정보 사회의 필요조건(必要條件)으로 그동안 농경사회 시절의 정스러움은 어디론가 가버리고 체면유지의 삶으로 바뀐 것은 모름지기 세상이 모두 변화했다는 것으로 뜻풀이가 가능하다.

작금(昨今)의 세월은 과거보다 풍요로워졌으며 물질적 잉여가치(剩餘價値)가 행복으로 지수(指數)를 전환(轉換)하면서 생활의 여유로움이 좋아진 세상에 우리는 살고 있다. 하지만 세상이 모두 변한다 해도 변하지 않는 것이 있다는 것을 우리는 유념(留念)해야 한다. 고래(古來)로부터 전하여 오는 성현(聖賢)들의 이야기를 소류(泝流)하여 본다면 우리 인간의 마음에 안식처는 고향에 있으며 이것은 다시 말해 정신(精神)을 의미한다. 우리가 느끼는 풍요로움은 고향과 일치하려고 드러는 경향이 곧 정신세계를 말하고 있으며 우리의 정서는 그 어떤 뿌리에 집착하고 있는 것 역시 이를 입증하는 증거다. 이것은 정신의 끈을 전달하고자 함이며 점점 복잡한 사회로 진입할수록 그 깊이는 더 해질 것이다. 인간의 정신은 인간다움에 있음을 볼 때 고향은 가장 포근한 정신적 휴식 공간이다.

동양사고의 정신은 시대에 맞추어 여러 갈래로 다르게 흘러가지만 하나로 모으려는 강력한 힘의 원천은 결국 고향이라는 단어에 귀속(歸屬)되고 있다. 다인종 국가인 미국은 성조기 하나로 국민을 단합하고 있듯이 우리는 고향이라는 정신으로 하나가 된다는 점을 간과(看過)해서는 안 된다.

勸
권할 권

善
착할 선

懲
징계할 징

惡
악할 악

[풀이] 착한 일은 권장하고 악한 일은 징계(懲戒)함

[由來] 「좌씨전 노성공 14년
(左氏傳 魯成公 十四年)」

법화경(法華經)에 **여연화출수(女蓮花出水)**라는 말이 있다.

연꽃은 고인 못인 진흙 속에서 피어나지만 흙이 묻지 않음과 같이 사람도 어떤 **세속악풍(世俗惡風)**에도 물들지 않음을 비유함이다. 이 말은 바른 사람은 바른 생활 자체가 착한 삶이라는 말과 같다.

사람이 착하게 산다는 것은 매우 자연적이고 당연한 이야기다. 그런데 세상은 그렇게 굴러가지 않기에 서글픈 일이다. 그래서 한시외전(漢詩外傳)에 윗물이 맑아야 아랫물이 맑다는 말로 **원청즉유청(源淸則流淸)**이라는 글을 남겼다.

이 책을 통해서 여러 번 이야기 하지만 본시 너그러움이나 착함은 학문을 통해서만 배우는 게 아니다. 가정환경이나 주변의 여건에 따라 자연스럽게 습득하는 내림에 심성적 배려(心性的 配慮)다. 이것을 학문에다 접목시키게 되면 확고한 아름다움으로 변한다. 마치 선자(善者)가 신선(神仙)처럼 고결(高潔)해 진다는 말이다. 그래서 사람은 제일 먼저 바탕이 착해야 한다는 소리다.

맹자 양혜왕하편(孟子 梁惠王下篇)에 **적인자위지적(賊仁者謂之賊)**이라 했다. 사람으로서 도적(盜賊) 중에 인(仁)인 어진 마음을 해치는 자야말로 진짜 도적이라는 말이다. 이러한 말이 주는 의미는 이미 바탕이 검은 마음으로 얼룩져 있다면 그 바탕부터 많은 시간을 공들여 참선(參禪)해야 한다는 뜻이 들어가 있다. 그런 연후라야 학문의 길이 가능한 것이다.

본업(本業)이 착함인데 부수적으로 상을 받는다? 이것은 이치에 맞지 않는 허울이다. 예나 지금이나 얼마나 착함이 귀하면 상을 내릴까. 말도 되지 않는 소리다. 착함 보다 왜 악함을 가지고 있어야 하는지를 찾아야 한다. 즉 원인부터 알고 행함을 시작한다면 이 세상은 얼마든지 착함으로 바꿀 수가 있는 것이다.

그 말은 이미 전자에 피력했다. 하여 세상은 악한 자를 벌하는 것으로 경계를 삼았는지는 몰라도 그 원인을 찾아 **세상풍속(世上風俗)**을 **미풍양속(美風良俗)**으로 바꾸어야 제2, 제3이 없음을 인지해야 한다. 그러기 위해서 나는 중요한 세 가지를 결론으로 제시한다.

첫째, 가풍(家風)을 올바르게 세우자.

둘째, 건전하고 참된 삶을 위하여 실천하는 모습을 손수 보여라.

끝으로, 어떠한 경우에 있더라도 자식들로 하여금 교육의 끈을 절대로 놓치게 하지 말라.

참고 4 권선징악(勸善懲惡)과 유사한 선과 악의 상징적 고사성어 모음

● 창선징악(彰善懲惡)

一.「서경 필명편(書經 畢命篇)」

; 착한 일은 표창하고 악한 일은 징벌(懲罰)함

● 격탁양청(激濁揚淸)

一.「구당서 왕규전(舊唐書 王珪傳)」

; 탁류(흐린물)를 몰아내고 청파(淸波)를 끌어들인다는 뜻
곧 악을 미워하고 선을 좋아하는 것

● 신상필벌(信賞必罰)

一.「후한서 선제기찬(後漢書 宣帝記贊)」

; 상을 주어 마땅한 경우에는 응당 칭찬하여 기대에 부응해야 함이며, 반드시 벌로써 다스림을 척결해야 함은 당연지사라는 뜻

● 종선여류(從善如流)

一.「좌전(左傳)」

; 착함을 따르는 것은 물 흐르듯 쫓아야 한다는 뜻
선(善)을 행함은 주저하지 말라는 의미

● 일벌백계(一罰百戒)

; 죄를 물어 단 한번으로 악인을 처벌함으로써 많은 사람들에게 경계의 의미를 갖게 하는 고사

困
곤할 곤

獸
짐승 수

猶
오히려 유

鬪
싸울 투

풀이 쫓기는 짐승일수록 더욱 발악한다는 뜻
곤경에 처한 사람일수록 극력 저항함을 말함

由來 「좌전(左傳)」

예전에 내가 무척이나 존경하는 황성윤 은사님으로부터 감명 깊게 들었던 이야기가 있어 글로 옮겨 볼까 한다.

아비규환(阿鼻叫喚)이 따로 없었던 1950년대 초 비극적인 전쟁의 와중에 얽힌 선생님의 경험적 실화(實話)다. 6.25전쟁이 발발(勃發)하여 살던 집을 떠나 남해 어딘가에서 피난살이를 할 때 겪게 되었던 일이라고 한다.

그 당시 6.25전쟁이란 우리나라의 중대한 국가대란으로 북이 남침을 통해서 난리가 났다는 것은 선량한 국민들로 하여금 엄청난 고통을 수반(隨伴)한 씻을 수 없는 상처를 역사에 남겼다.

그러한 아픔을 안고 무차별적인 하늘의 공습(空襲)과 지상에서의 참화(慘禍)를 피해 목숨 부지(扶支)의 절규(絕叫)로 선생님은 정든 집을 떠나 피난살이를 할 수 밖에 없었다고 한다.

6.25

앞으로 다시는 이 땅에 없어야 할 민족의 비극으로 길이 후대(後代)에 각인(刻印)시켜 그 고통스러웠던 전쟁역사의 상흔(傷痕)에서 우리 국민은 영원히 벗어나야 할 것이다.

그 시대의 피난 시절.

선생님 가족은 시골 어느 주인집에 방 한 칸을 얻어 묵으면서 선생님 가족과 또 다른 방에서 기거하는 몇 부류의 가족들과 솔케 모여 어렵게 지낼 때 이야기로 거슬러 올라간다.

하루는 새벽녘 무렵인데 잠을 자던 방안 천장에서 갑자기 시끄러운 소리와 함께 곧 지붕이 무너지기라도 하듯 날뛰는 통에 선생님은 잠을 설치며 깼다고 한다.

그 당시 선생님은 어린 나이로 이러한 사건의 전개가 무섭기도 하고 궁금하기도 했지만 어쩔 도리가 없었다고 한다. 그러다가 시간이 갈수록 점점 더 소란스러워 방안에 있던 가족들이 끝내 마당으로 피신하기에 이르렀다고 한다. 초가집인지라, 그 전날 비가 많이 와서 그랬는지 얼마 후 젖은 천장이 찢어지면서 무언가가 방바닥으로 떨어졌는데 이것을 보고 그 집에 함께 있었던 사람들이 아연실색(啞然失色)하지 않을 수 없었다고 한다.

그것은 다름 아닌 뱀 한 마리와 쥐였다고 한다. 이들의 싸움이 얼마나 치열했는지 뱀과 쥐는 사람들을 보고도 도망은커녕 손에 땀을 쥘 만큼 아슬아슬한 싸움판이 계속 되었다고 한다.

쥐의 쪽이 곤수유투(困獸猶鬪)이었는지는 차마 밝힐 순 없지만 결국 마당으로까지 나와 사생결단(死生決斷)의 결투가 벌어졌는데 서로 한 치의 양보도 없었다고 한다.

어느덧 박빙(薄氷)의 시간이 흐르자 승자가 결정 났는데 또 한 번 그 장면을 구경했던 사람들을 경악(驚愕)하게 만들었다고 한다. 바로 쥐가 뱀을 이겼다는 사실 때문이었다.

이 이야기는 궁지에 몰린 짐승인 쥐도 막바지에 이르게 되면 초능력(超能力)을 발휘(發揮)한다는 놀라운 점이었다.

우리가 상식적으로 도저히 있을 수 없는 상황을 보게 되면 누구라도 할 말을 잃고 **혼비백산(魂飛魄散**, 혼백이 흩어진다는 의미로 몹시 놀란 형국을 이름) 한다. 그 만큼 상식이란 우리에게 준비된 앎이지만 그 밖에 것은 기본적 지식이 준비되어 있지 않으므로 예측할 수 없다는 뜻도 된다. 참 기가 막힐 일이 눈앞에서 벌어졌었던 것이다.

이토록 자연생태계에 따른 먹이사슬의 서열(序列)도 초능력의 세계 앞에 무색할 수밖에 없는 놀라운 경지가 이 세상에는 존재한다는 것을 선생님의 경험적 이야기를 통해서 일순간(一瞬間) 깨우쳐 준 사건이었다.

우리에게 시사(時事)하는 바가 무엇인지 곰곰 생각하게 하는 아찔한 이야기가 아닐 수 없다.

남선북마(南船北馬)

南
남녘 남

船
배 선

北
북녘 북

馬
말 마

풀이 중국의 남부지방은 강(江)이 많아 배를 이용하고, 북방은 드넓은 평원이 많아 말(마, 馬)로 여행을 한다는 뜻. 쉴 새 없이 여행을 하거나 돌아다님을 비유한 말

由來 「회남자(淮南子) 제속훈(齊俗訓)」

 왕 유(王維)의 시(詩)에 여행하는 사람을 일컬어 이향이객(異鄕異客)이라고 쓰고 있다.

이향(異鄕)은 타향(他鄕)으로 외지(外地)에서 온 나그네라는 뜻이다.

길손이 되어 떠나는 여행(旅行).

요즘 속어(俗語)로 말하면 여행이란 남녀노소 모두가 마음이 설레고 흥분되는 목마른 바람이다. 그러나 그 옛날의 여행은 보통 마음을 가지고는 엄두도 못 낼 일이었다. 불편한 정도가 이만저만이 아니었을

뿐더러 모든 것이 낯설음에도 불구하고 이리저리 돌아다닌다고 한 번 생각해 보라.

오는 사람 반가워하지 않고 가는 사람 붙잡지 않는다면 그것은 도(道)나 닦는 사람을 두고 하는 말은 아니었을까. 그래서 바람이 부는 대로 그냥 정처 없이 쏘다니는 사람을 일러 떠돌이라고 부르는 것이다. 비슷한 유형의 사람이 방랑자(放浪者)다.

떠돌이와 유사한 말인 방랑자는 속세(俗世)를 완전히 떠난 사람도 아니면서 단지 세상과 인연을 끊은 자로 이 세상에 있으면서 거처 없이 흘러 다니는, 어떻게 보면 별종의 도서관(圖書館)같은 사람을 이름 한다.

미사리44)도 속세를 떠남은 같지만 좀 다른 부류에 속한다. 이와 달리 여행이라고 한다면 적어도 목적의식(目的意識)이 뚜렷해야 여행객(旅行客)이라고 하는 것이다. 알 수 없는 미지의 세상을 두루 탐닉(耽溺)하면서 인생의 참뜻을 기리고, 내 것으로 참고하고 수집(收集)하는 과정에서 인간세상을 넓게 보는 안목과 수양이 있어야 여행이라는 뜻이 맞는다.

과거로 올라가 보면 옛날에 여행지(旅行地)는 온 세상이 천진(天眞)한 그대로에 있었다. 길은 오솔길이요, 신작로(新作路)라고 해 봐야 비포장에 우마차(牛馬車)정도 다니는 길이 고작이었다면 다니기에 얼마나 허기가 지고 외로웠을까. 가도 가도 끝이 없는 산중이

---

44) 미사리 : 속세를 떠나 산중에서 풀뿌리, 열매, 나뭇잎 등을 먹고 사는 자연인(自然人). 털도 깎지 않아 기인(奇人)처럼 보임.

요, 해는 중천에 떠 있건만 어쩌다 길을 잃어 인적 없는 고요한 어두운 숲속에 갇히고 말았다면 얼마나 무섭고 앞이 안보였을까. 날짐승이 언제 출몰(出沒)할지 모르는 기로(岐路)에서 그래도 여행의 의미를 설명할 수 있었을까.

과거의 여행은 여행이 아니라 한 마디로 모험(冒險)이었다. 돈 떨어지고 물갈이 탓에 수족(手足)에 힘이 부친다면 이것은 여행이 아니라 사람 잡을 일이지 않는가. 그랬다. 옛날에 여행을 오늘 날의 여행으로 알고 있었다면 그건 큰 오산(誤算)이다.

조선시대에 어떤 선비(선비 또는 유생(儒生)을 다른 말로 장보(章甫)라고 비유함)가 과거시험을 치르기 위해 고향을 떠나 한양 길에 올랐을 때를 한 번 추적(追跡)해 보자. 목적의식이 분명하고 집을 떠났으니 여행이 시작되었다고 보아야 한다.

친인척과 지인(知人)들의 **일로평안(一路平安)**45)을 뒤로하고 남쪽 끝에서 장도(壯途)의 길에 올랐으니 그 길을 가기 위함은 오직 도보(徒步)로 가야 하므로 아주 힘든 여정(旅程)이었을 것이다.

괴나리봇짐에 마음을 비우고 오직 금의환향(錦衣還鄕) 하리라는 원대한 꿈을 안으며 떠난 여행이 기후변화에는 또 어떻게 견디어 넘겼을까. 산 넘고 물 건너 한두 달은 족히 걸려 목적지에 이르기까지 얼마나 괴이(怪異)한 일들과 낯설음에 긴장 했을까.

예나 지금이나 이렇게 여행을 통해서 떠나 본 자와, 가보지 않은

---

45) 일로평안(一路平安) : 홍루몽(紅樓夢)에 그 출처를 두었고 가족들과 지인(知人)들이 여행길에 나서는 사람에게 건네는 인사. 또는 무사하고 평안함을 이름.

262

자와는 하늘과 땅만큼 그 견문(見聞)에 차이가 난다는 것을 알아야 할 것이다.

미루어 알 수 있는 이론적 지식과 반드시 경험을 통해서 만이 알 수 있는 지식으로 나누어진 것이 소위 우리가 배우는 학문의 범위다. 주로 이론의 세계는 정신세계로 꾸준하게 학업을 배우고 갈고 닦음에 있다면, 경험적 지식은 어떻게 설명하면 좋을까. 누구나 성인이면 필요조건인 자동차 운전을 예로 들어보면 금방 이해가 될 것이다.

누가 운전면허를 취득하려 하는데 경험이 초보이거나 아예 무경험인 상태라면 처음부터 차도 위를 운전 할 수가 있을까. 어떻게든지 운전 경험을 터득해야 면허증도 발급받고 자동차를 안전하게 운행할 수 있는 것처럼 오직 자기 스스로가 경험을 통해서 만이 알 수 있는 게 경험의 세계다. 이러한 기술적 경험을 우리는 노하우(know-how)라고 하는 것이다. 그러하기에 여행은 이론과 경험의 조합이라고 할 수 있다.

오늘 날의 여행은 모든 조건이 너무나도 편리성에 맞추어 잘 구비되어 있다. 과거의 입장과는 판이하게 다름에서 대단하게 발전된 시대상이라 하겠다.

그렇다면 지금의 여행과 옛날의 여행이 어떻게 다른지를 간단하게 정리해 보자.

과거의 여행은 많은 시간을 할애해야 가능했지만 지금은 짜임새 있게 시간적 안배를 하며 사회성에 맞추어져 있다는 것이 우선 다르다. 그러다 보니 여행에서 느낄 수 있는, 시간에 구애를 받지 않아야 하는 여유로움은 과거보다 못한 여행이라 할 수 있겠다.

이렇게 기한(期限)을 정해놓고 여행을 한다는 고사성어가 지일천정(指日遄征)이다.

과거와 지금의 여행이 다른 두 번째로, 여행에서 오는 정신수양의 일환은 같은 조건이었는데 아무래도 지식의 습득(習得)보다는 여행의 즐거움을 더 향유(享有)하는 쪽이 지금 사회가 아닌가 싶다. 그 셋째로, 과거에는 큰 포부를 가지고 여행을 했다면 지금은 큰마음을 먹어야하기 보다 언제고 기회만 주어진다면 실천에 옮길 수 있음이 다르다 하겠다.

어떤 일이든 간에 진솔한 마음가짐이 인간에게 풍요로움을 주듯이, 바쁜 이 현대사회에 자투리 시간이라도 내어 여행을 통해서 좀 더 많은 세상공부를 해야 경험적 견문이 넓어지리라 여겨진다.

그러므로 여행은 자신이 본대로, 느낀 바대로 솔직한 그릇에 청정한 마음을 담아오는 것이어야 진정한 여행의 참맛을 아는 것이라 하겠다.

그래서 여행이란 삶에 활력을 주고 자기 자신이 모르는 부분을 채워주는 생활의 친구요, 인생을 재충전하는 즐거움이라 정의하고 싶다.

73 천지미록(天之美祿)

天
하늘 천

之
의 지

美
아름다울 미

祿
복 록

풀이 하늘이 준 미록(美祿)으로 술의 또 다른 별칭(別稱)

由來 「한서 식화지(漢書 食貨志)」

∴ 酒天美祿 頤養天下 이양(頤養) : 심신을 수양함.
이(頤)는 원래 덕 (이)자이나 기를, 양성할 (이)로도 해
석함

공교롭게 오늘이 **입춘대길**(立春大吉, 입춘에 이
르니 크게 길하다는 뜻)을 써 붙인다는 입춘(立春, 24절기
중에 첫 째 절기)이다.

세시기(歲時記)에 입춘일을 즈음하여 술을 빚었다
는 술 이름이 **동정춘색**(洞庭春色)이다.

이 술은 옛날에 가정마다 입춘을 맞이하여 의전적
인 절차에 의한 행사로써의 술이 아니었을까 하는 생
각도 해 봄직하다. 아무튼, 이 장에 와서야 술 이야기
를 할 수 있어 의미가 깊다 하겠다.

술.

모든 인간사에 술이 빠지면 어떠한 행사도 치룰 수 없을 만큼 중요한 절차의 하나가 술이라는 이름이다.

요순시대에 두 임금은 술을 천종이나 마셨다고 전하는 말이 **요순천종(堯舜千鐘)**이다. 시대를 반영한 풍요의 상징이었다면 몰라도 글쎄요. 많은 사람들이 술과 연관된 문화로 야기된 웃고 우는 희비(喜悲)의 쌍곡선으로 아주 오랜 옛날부터 지금까지 그 명맥을 유지하고 있는 걸 보면, 가히 대단한 물건임에는 틀림없는 것 같다.

술로 **패가망신(敗家亡身)**한 사람이 있는가 하면 술을 잘 다스려 인간관계를 원만하게 맺는 사람도 있다. 그래서 술은 인간을 타락(墮落)하게도 하고 반대로 더 없이 좋은 벗으로 끈끈한 정을 나누기도 한다. 술에는 술보다 명약(名藥)이 없으며 술에는 술보다 더한 치욕(恥辱)도 없다. 이렇게 후회와 기쁨이 교차하는 양면성(兩面性)을 띠고 있는 게 술이다. 과량을 마시게 되면 그 누구도 아니 두 얼굴의 야누스(Janus, 로마신화에 나오는 두 얼굴을 가진 신(神))적 성격도 술에는 결코 이기지 못한다. 그 만큼 술이란 자기 자신을 스스로 이길 수 없으며 변화무쌍(變化無雙)한 마음의 소리를 제어(制御, control)하지 못하는 **백해무익(百害無益)**한 병적인 원인이 되기도 한다. 이 뜻은 한 마디로 술을 이기는 장사가 없다는 말이다.

과다한 음주는 치사량에 가까운데도 줄기차게 마셔대는 이유는 술이 술을 먹는 혼미(昏迷)함이 술이라는 괴벽(怪癖)의 성질 때문이다. 하기사 열자 황제편(列子 黃帝篇)에 **취자신전(醉者神全)**이라

하여 술에 만취한 사람은 사의(私意)가 없음을 이야기하기도 하지만 말이다. 사실 술을 가까이 하는 사람은 일종의 내력에서 오는 경우가 많다. 환경적 영향이 크다는 말이다. 술과 전혀 인연이 없는 사람이 있는가 하면 술이라면 알코올 중독(alcohol 中毒)처럼 환장(換腸)하는 사람도 있다.

대부분의 사람들은 적당한 음주문화를 가지고 있어 문제가 없지만 아예 술을 마시지 못하는 사람은 일반적인 회식문화에 있어서 그만큼 사회생활에 제약을 받는다는 것도 없지 않아 있을 수 있다.

반대로 너무 지나치게 술을 좋아하는 사람은 사회생활에 역행하는 것으로 커다란 사회문제가 아닐 수 없다. 정도를 넘어서서 지나치게 되면 자기 자신의 온전한 정신마저 황폐(荒廢)하게 만들 뿐만 아니라 심적 치료를 가료(加療)해야 만이 살아갈 수 있는 소외(疏外)된 사람으로 전락할 수밖에 없는 것이 술이다. 매사 기분에 따라 술 한 잔으로 '부어라 그러면 마시리' 하면서 삶을 영위한다면 주관없는 사람이나 하는 짓이다.

사람이 살아가면서 술에 의존도가 높다는 것은 그 만큼 위험한 삶이라는 말이다. 우리 몸에는 알코올을 분해하는 유전인자가 있는데 사람마다 그 특성이 각기 다르게 나타난다고 한다. 여러 가지 설이 있지만 술의 문화가 오래도록 정착된 민족성일수록 그 인자를 가지고 태어나는 사람들이 많다는 이야기도 들린다. 술은 습관에서 오는 것으로 화해(和解)의 심벌(symbol, 상징(象徵))처럼 사람들에게 친밀한 벗이기도 하지만 악마의 화신(化身)처럼 술주정뱅이로 만들어 인간을 더 이상 설 곳이 없을 만큼 몰락(沒落)하게 하기도 한다.

이런 사람은 열이면 열 모두가 사위주호(死爲酒壺)라, 술을 너무 좋아한 나머지 죽어서도 술병이 되리라는 뜻이 다분히 있는 사람일 게다. 무엇이든 지나치면 병이요 독이다. 그 알맞은 상태를 유지하려 함이 우리가 바라는 선이지만 가장 힘들고도 어려운 물음이 또 이 말이다.

천작저창(淺酌低唱)이라는 글이 있다. 알맞게 술을 마시면 적당하여 작은 소리로 노래를 부른다는 뜻이다. 이 행위가 의도하는 바는 적당한 알코올 섭취는 사람을 기분 좋게 하여 흥분제 역할을 한다는 말이다. 반대로 술에 만취하게 되면 배반낭자(杯盤狼藉)라, 술 마신 자리가 문란하고 어지럽다는 뜻이다. 이미 이러한 경고의 훈계가 그 옛날 사기 골계전(史記 滑稽傳)에서부터 전해오는 메시지(message, 알림말)다. 같은 의미로 음주막교성명정(飲酒莫教成酩酊)이라 했다. 술은 소량(小量)으로 적당히 마셔야지 대취(大醉)하게 되면 여러 가지 폐해(弊害)를 일으킨다는 말이다. 아무리 좋은 음식이라도 지나치면 해가 되는 것이다. 술뿐 만이 아니라 세상의 모든 만사가 그렇다는 이야기다.

좋은 벗과 술 한 잔은 세상의 시름을 달래주고 삶에 활력을 불어넣어준다. 그러나 성인(成人)이면서 성인이 아닌 사람이 바로 술독에 빠진 사람이다. 그리하여 성인다운 음주문화가 절대적으로 필요한 명약관화(明若觀火)한 시대가 또 지금이다.

불명예스럽게도 우리나라가 세계에서 최고 상위에 버금갈 만큼 대단한 술 소비 국가이기 때문이다. 모든 면에서 개개인의 성향으로 보았을 때 가장 기본적인 시대의 인물상은 그 시대를 벗어나지 않는 반듯한 척도(尺度)의 삶이었음을 우리는 잊지 말아야 할 것이다.

참고 5 천지미록(天之美祿))과 유사한 술 이름의 고사성어 모음

● 백약지장(百藥之長)   一. 「한서 식화지(漢書 食貨志)」
   ; 술의 별칭.   ∴ 百禮之會非酒不行
   ; 모든 모임의 예식은 술이 있어야 이루어진다는 뜻

● 망우지물(忘憂之物)   一. 「도잠(陶潛)」
   ∴ 도연명(陶淵明) : 도잠(陶潛)의 자(字)로 연명(淵明)
   ; 근심을 잊게 하는 것으로 곧 술의 별칭

● 차망우물(此忘憂物)   一. 「도잠(陶潛)의 잡시(雜詩)」
   ; 이 시름을 잊게 하는 물건이라는 뜻. 술의 이름
   ∴ 차(此)는 이 (차), this ↔ 저 (피)(彼). that

● 맥곡지영(麥曲之英)   一. 「백거이(白居易)의 주공찬정서(酒功贊并序)」
   ; 술을 일컬음

● 청주종사(靑州從事)   一. 「세설 술해편(世說 術解篇)」
   ; 좋은 술의 별칭(別稱)
   ∴ 술의 또다른 애칭으로 국군(麴君)임. 국(麴)은 누룩 (국)
   ∴ 好者謂靑州從事 惡者謂平氣督郵
   독우(督郵) : 순찰(巡察)하는 관리를 이름
   一. 「한서 윤옹귀전(漢書 尹翁歸傳)」
   一. 「통전(通典)」

● 중산지주(中山之酒)   一. 「박물지(博物志)」
   ; 중산(中山)이란 곳의 술집에서 빚은 술로서, 한번 마시게 되면 3년간이나 숙취(宿醉)에서 깨어나지 못한다는 유래에서 생겨난 술의 이름

열 번째 마당

번칙과 굴레

너와 나의 약속이 커지면 우리 모두의 규약으로 법이 되고, 살아 가는 모습이 같아질 때 이 사회는 굴레라는 필연적인 문화가 온다.

金
금 금

科
과목 과

玉
구슬 옥

條
조목 조

풀이 과조(科條)는 낱낱의 조목을 말하고 귀중한 법률 곧 규칙(規則)을 이름
어느 누구라도 범해서는 안 되는 규정된 바임

由來 「양웅의 극진미신(揚雄의 劇秦美新)」

법 (法)이란 그 시대에 맞게 규정(規定)된 나라 법칙이다.

하지만 나라마다 다른 문화적 차이로 법조항도 약간씩 노선(路線)을 달리하게 되는 게 일반적 원칙이다. 여기에서 법칙(法則)이라는 용어와 원칙(原則)이라는 말이 나와 그 의미부터 먼저 짚고 넘어 갈 필요가 있겠다.

우리가 법칙이라고 하는 조건은 어떤 법식과 규칙을 이야기 하는 것과, 원인과 결과를 규정지을 때로 압축(壓軸)할 수 있다. 물론 모든 것에 대한 통칙(通

則)을 말하기도 하며, 수학적(數學的)으로는 계산 방식의 규정된 논거(論據)이기도 하다.

이러한 법칙에 기준은 정해진 틀에서 오는 부동(不動)의 의미가 강하다는 뜻으로 해석할 수 있다. 다만 절대적 부동을 뜻하는 **불변지법(不變之法)**은 아니다. 반면에 원칙이라는 용어는 여러 현상에 주어지는 공통(共通)된 규칙으로 예외(例外)라는 말이 그 반대가 된다. 이 원칙이라는 설명에 나오는 「공통」이라는 용어가 가지고 있는 뜻에 주목할 필요가 있다.

공통이란 두루 통용되는 일반적 관념이다. 즉 일반적으로 통용되는 공통적 사고가 만약 바뀌게 된다면 원칙도 달라진다는 뜻이 들어 있다. 그래서 예외성이라는 반대말을 남겨 놓은 것이다. 그러한 의미에서 법칙보다는 원칙이 한 수 아래에 정당성(正當性)을 띠고 있다고 보면 된다. 이렇게 법칙과 원칙은 서로 같은 뜻을 지니고 있는 것처럼 보이지만 그 의미하는 바에 따라 다소 차이가 남을 엿볼 수 있다.

그러함에도 불구하고 원래가 품고 있는, 부동(不動)이 아닌 나라 법칙을 원칙이라고 하지 않는 이유는 국가관(國家觀)의 큰 의미로서 법칙이 나라 중심(中心)에 있어야 하는 대표성을 띠기 위함에서다. 이제 다시 와서 미루어 두었던 법에 관해 기술하고자 한다. 그러면 법다운 법은 과연 어디에서 찾아야 적절할까. 아무래도 선진국을 예로 들어야 이의(異意)가 없을 것 같다. 그 이유는 사회적 환경이 법치국가(法治國家)답게 깔끔하게 정돈(整頓)된 나라가 대부분이 선진국으로 알고 있기 때문이다. 그러한 선진국(先進國)의 경우를 보면 선진국은 그 나라 수준에 합당한 법을 가지고 있다.

그래서 명문화 된 법의 기준이 세분화(細分化) 되어 나름대로 엄격하고 까다로운 법을 가진 나라가 선진국이라고 보면 된다. 이것은 후진성(後進性)에서 출발한 법이 진보적(進步的) 사회구성체(社會構成體)를 이끌어가는 과정에서 그때그때 필요에 의한 선진국형(先進國型)으로 개정(改定)을 통해 발전을 거듭했기 때문이라고 분석할 수 있다.

복잡한 사회란 다양한 사회라는 것과 **일맥상통(一脈相通)**한다. 모든 것이 그렇듯이 복잡함은 단순함에서 발전된 것이다. 그 기초에 근거하여 원론적으로 들어가 큰 의미로서의 법의 방향(方向)을 살펴보면 어느 나라는 대륙법(大陸法)에 근거(根據)하고 어느 나라는 영미법(英美法)에 기초(基礎)를 두고 법조문을 만든다. 법을 바라보는 이념적 성향에 따라 법의 논리가 다르다는 이야기다.

우리나라는 그 하나인 대륙법에 기초하여 법을 만들었다. 대륙법이란 미리 만들어 놓은 법조항에 따라 시행되는 제도를 말하는 것으로, 시대에 맞게 개정을 통해서 조금씩 다른 형태로 변해가는 양상을 띠고 있다. 영미법이라고 해서 법이 변하지 않는 것은 아니다. 미리 만들어 놓은 법이 아닌 배심원제(陪審員制)를 통해서 사안마다 과거의 실례를 들어 그 사회 환경에 맞추어 가는 제도로써 대륙법과는 다소 차이가 있다.

법이란 인간에게 주어진 사회적 약속이다. 로마에 가면 로마법에 따르라는 말이 바로 이를 두고 하는 말로 그 사회질서에 따라야 한다는 약속된 법이다. 이것과 같은 뜻으로 회남자 제속편(淮南子 齊俗篇)에 入鄕循俗(입향순속)이라는 고사성어가 있다. 그 고장에 들어가면 그 고장 풍습에 따르라는 의미 있는 말이다. 이렇게 법은 문화적 산실로 그 사회를 볼 수 있는 전통과 밀접하게 관련이 있다. 특별한 경우지만 종교가 자기나라 법보다 더 상위에 있는 나라는 종교적 관점에 더 큰 비중을 두어 법을 집행하는 것만 보더라도 간단하게 알 수 있다. 법이란 전체국민의 안전권(安全權)을 보장하기 위한 테두리지만 다른 측면에서 바라보면 인간의 내면적 정신을 단속(團束)하는 구속(拘束)일 수도 있다.

좋은 법률(法律)은 좋은 제도로 우리 인간에게 좋은 영향을 주는 것처럼 보이지만 실제 삶은 좋은 법률 때문에 좋은 세상으로 삶을 누리는 것은 결코 아니다.

이 말이 지적하고 싶은 것은 법에 의지한 인간의 삶은 삭막(索莫)한 사막(沙漠) 냄새가 나고, 법을 의식하지 않는 인간 냄새가 나는 사회는 좋은 법을 가진 나라라는 것이다.

그러한 사회는 인간의 윤리(倫理)와 도덕성(道德性)이 강한 나라라는 말이다.

역사적 의미로 요(堯)·순(舜) 시대상을 이야기할 때 아직도 그 신빙성에 의문을 제기하기도 하지만 아득할 만큼 먼 옛날 중국의 요·순 임금시대에 이르러 백성들이 누가 임금인지를 몰랐다고 하는 것은 살기 좋은 태평시대를 대변하는 것으로 법이 무엇인지 몰랐다는 말과 같은 의미다.

사기 혹리전(史記 酷吏傳)에 파고착조(破觚斲雕)라는 고사성어가 있다. 아주 복잡한 법률을 줄여서 간략하게 한다는 말이다. 또 같은 뜻으로 와치회양(臥治淮陽)이라는 글이 사기 급암전(史記 汲黯傳)에 있는 말로 정치를 간략하게 하여 백성을 잘 다스려 안락하게 한다는 뜻이다.

이렇듯 작은 정부로 최소한의 법률을 가지고 나라를 다스린다는 것은 한 마디로 꿈에 세계다. 그래서 인간은 모든 이상향(理想鄕)의 목표를 「작음」에서 완성하려 든다. 「큼」에서는 많은 제약이 있어야 통제가 가능하기 때문에서다. 법에 관련하여 하나 더 옛날이야기를 마저 하고 끝맺을까 한다.

좌전 선공십이년(左傳 宣公十二年)에 혜전탈우(蹊田奪牛)라는 글이 나온다. 어떤 사람이 소를 몰고 남의 논에 들어간 죄로 소를 빼앗는다는 뜻으로 죄보다 벌이 더 큼을 이르는 형용이다. 죄에 대한 댓가 치고는 너무 큰 벌이라는 간접적 이야기다. 시대적 상황이 얼마나 심한 격동기(激動期)이었었는지는 모르겠지만 사실 같은 이야기가 아닐진대 삶에 매정함이 담겨 있어 서글픈 형벌이다.

전자(前者)와는 약간 다른 내용이지만 우리가 흔히 어떤 법이 미미한 실수 때문에 빚어진 것인지는 불투명해도 무용지용(無用之用)이라는 말을 남긴 것은, 그 시대 사회적 환경과도 직결되어 있는 것으로 무엇이든 시행(施行) 뒤에 착오(錯誤)를 가져 왔듯이, 유용지용(有用之用)하는 유용적인 법이라야 설령, 금과옥조(金科玉條)같은 법률이 꼭 아니더라도 인간의 삶에 오판(誤判)을 남발(濫發)하지 않는 것이다.

다시 말하면 법령(法令)이란 항상 진실하지 않으면 결국 실행할 수 없다는 뜻으로 관자(管子)에 영불허행(令不虛行)의 가르침이 주는 교훈을 반드시 따라야 한다는 의미와 같다.

이것이 바로 세상을 다스림에 있어서 최소한의 불실치수(不失錙銖)46)를 위함인 것이다.

---

46) 불실치수(不失錙銖) : 책부원귀(冊府元龜)에 기록되어 있으며 조그마한 착오도 없음을 이르는 말. 치수(錙銖)는 저울눈 치(錙)와 무게단위(적은양) 수(銖)로 얼마 안 되는 무게를 뜻함. 하찮은 물건 따위를 이름 하기도 함.

門
문 문

前
앞 전

雀
참새 작

羅
새그물 라

풀이 세도(勢道)가 몰락(沒落)하여 참새를 잡는 그물이 쳐 있을 정도로 사람들의 발걸음이 끊어져 한산하다 는 것을 비유한 말

由來 「사기 급·정열전(史記 汲·鄭列傳)」

봉 방수와(蜂房水渦).

두목(杜牧)의 아방궁부(阿房宮賦)에 이르기를 벌 집에는 벌이 모여들고 물이 소용돌이치는 곳에는 물 이 모여들듯이 많은 것이 모여들음을 뜻하는 말이 봉 방수와다. 저잣거리(옛날의 시장으로 가게가 죽 늘어선 거리) 에 사람들이 모여드는 것은 특별한 장소이기에 사람 들로 넘쳐나게 되어 있다.

일반 사람들이 어울려 사는 곳에는 특별함이 없음 으로 늘 한가로워 보이지만 그렇지 않은 곳은 번잡하 고 시끄럽기 마련이다.

무슨 때인지 어떤 집에 사어지천(射魚指天)이라, 고기는 물에서 잡아야 하는데 하늘에서 구한다는 뜻은 분명 아닐진대 구름처럼 모여든 것으로 보아 세도가(勢道家)의 잔칫집은 아니었나. 사람 사는 집에 사람이 오는 것은 당연한 일이다.

　그러나 지나친 모임은 세상인심에 반(反)하므로 꺼리는 게 일반적 사람들의 생각이다. 그래서 시끌시끌한 집에는 길흉화복(吉凶禍福)도 왔다 갔다 한다. 그러한 연유로 나온 말이 권불십년(權不十年)이요, 그 권력에 끝이 문전작라(門前雀羅)다. 그 만큼 변천이 심하다는 말이다. 그럼에도 많이 모인다는 의미는 아주 특별한 경우로, 따로 분류할 수밖에 없는 일로 다만 좋은 모임이었기를 바랄 뿐이다. 사실 아무리 좋은 모임이라도 너무 지나치면 역시 세상인심에 반(反)하는 일이다.

　그래서 모든 것은 사람들의 공통된 생각으로 적당한 것이 제일 좋은 것이다. 무엇이든 넘쳐 남은 절제를 잃은 것이요, 민심에 반한 것은 세상을 잃은 것이다. 하여 사람은 정도껏 살아야 한다는 말이다. 덕위인표(德爲人表)라, 덕이 높고 세상 사람들에 사표(師表)가 된 사람은 언제고 그 정도(正道)의 빛이 저절로 세상에 알려져 가만히 있어도 세상은 그냥 놔두지를 않는다는 뜻이기에 추대(推戴)나 초빙(招聘)이 사람에게는 제일 좋은 설득력이다.

　제 아무리 권세(權勢)를 휘두르는 사람일지라도 본인이 마음대로 하는 세상은 없는 것이기에 민심이 그 대표성을 준 것임을 소위 위정자(爲政者)들은 잊어서는 안 된다.

餘
남을 여

桃
복숭아 도

之
의 지

罪
죄 죄

풀이 먹다가 남은 복숭아를 먹인 죄라는 뜻으로 군주가 한 때 사랑하는 마음이 있을 때는 죄가 되지 않았다 가 곧 마음을 바꾸니까 거꾸로 죄가 되는 경우를 말 함. 위(魏)나라 시대에 미자하(彌子瑕) 이야기에서 유래

由來 「한비자 세난편(韓非子 說難篇)」

∴ 설(說)은 말씀 (설), 달랠 (세), 기쁠 (열)로 구분하여 해석함

사람이 죄(罪)를 짓고는 못산다는 말이 있다. 그래서 죄를 지은 사람은 항상 쫓기는 마음이 있어 두 다리 펴고 잠을 못 자는 심리적 불안감을 가지고 있다. 그렇다면 차라리 죄를 지었으니 마땅히 벌(罰) 을 받아 그 죄 값을 치르는 편이 훨씬 인간적이라고 할 수 있다.

벌(罰)이라는 글자는 칼(도, 刀→刂)로 으르고 말로써

꾸짖는다는 뜻이 들어간 살벌(殺伐)한 자(字)로 가두어 벌을 준다는 의미다. 섬뜩한 표현으로 만든 글자라는 말이다. 이래서 죄를 지으면 안 된다는 경각심(警覺心)에서 만들어진 자(字)이다. 그런데 참 황당한 죄가 있다. 여도지죄와 비슷한 경우를 두고 하는 말이다.

이 말이 의도하는 바는 죄명(罪名)의 의미가 이랬다저랬다 하는 매우 개인적(個人的, 사적(私的))이고 주관적(主觀的)인 관철(貫徹)로 이루어진 죄라는 사실이다.

독자적(獨自的) 편견(偏見)에서 오는 기준으로 죄가 될 수 없는데도 죄가 되는 경우가 이러한 예다. 한 때는 사랑했던 그대가 「님」이었는데 서로 헤어지게 되니 「남」인 것처럼 그 사이에는 무언(無言)의 죄가 흐르고 있어 두 사람 만의 성립(成立)이 이질적(異質的)이라, 끝내 파탄(破綻)난 것이다.

또 풍류(風流)가 불러오는 죄도 있다. 청춘남녀가 다정하게 손을 잡고 오솔길(lovers' lane, 사랑의 산책길)을 걷고 있다면 얼마나 아름답고 정다워 보일까. 그런데 그런 정경이 어느 시대이냐에 따라 죄도 되고 안 되고도 한다. 우리가 소위 개화기(開化期)라는 시대에 살고 있었다면 매우 방정(方正)치 못한 일로 다가올 미래의 시대는 모르지만 풍류를 앞질렀다고 해서 죄가 성립되었을 것이다. 아직은 때가 아니어서 세상이 닫혀있는 풍속이기에 부동적(不動的) 입장으로 남녀 간의 교제(交際)란 **언감생심(焉敢生心**, 감히 그럴 수 없다는 뜻)이었을 것이다.

이는 지식이 깨어있는 시대가 아니라 전환기(轉換期)인 깨어나려는 시대였기 때문에서다. 이러한 유형으로 전하여 오는 고사성어 중에 회벽유죄(懷璧有罪)라는 글이 있다.

전자에 쓴 풍류죄(風流罪)와 달리 이 경우는 시대를 초월(超越)한 죄로 지금까지도 유효(有效)한 경우다.

일신상에 평범한 사람이 또는, 남루(襤褸)한 사람이 단지 귀중한 보옥(寶玉)을 지니고 있음으로 인해 죄가 없는 사람이지만 죄인으로 몰리는 일이다.

우리가 상식(常識)을 벗어났다 함은 이것은 정석(定石)이 아니라는 논리가 끌고 온 이율배반적(二律背反的)인 기준에 기초해서다.

이렇듯이 죄란 반드시 죄를 지어야만이 죄를 짓는 게 아니었음을 인식(認識)하는 시간이었다. 그 누구도 죄를 짓지 않았으므로 죄인이 아니라는 말은 새삼 뜬구름처럼 덧없이 느껴져 내 마음을 알아주는 이 없으니 그 누구를 믿으리까.

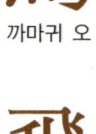
까마귀 오

풀이 까마귀가 날자 배가 떨어진다. 예기치 못한 우연으로 남의 혐의(嫌疑)를 받는다는 뜻

由來 「순오지(旬五志)」

∴ 1678년(숙종 4년)에 저술한 홍만종의 문학 평론집으로 십오지(十五志)라고도 함. 보름만에 탈고했다고 하여 붙여진 제목에서 유래

飛
날 비

梨
배 리

오 비이락이나 이하부정관(李下不整冠)[47], 과전불납리(瓜田不納履)[48]는 사람의 행실에 관한 경계심(警戒心)에서 나온 말이다.

落
떨어질 락

---

47) 이하부정관(李下不整冠) : 오얏나무 밑에서 갓을 고쳐 쓰지 말라는 뜻으로 공연히 남에게 의심 받을 만한 일은 하지 말라는 당부.
　　∴ 이하부정관에서 정(整)자는 바를 정(正)으로도 쓰임.

48) 과전불납리(瓜田不納履) : 외밭에서 벗겨진 신을 고쳐 신지 말라는 말로 자칫 남에게 혐의를 받기 쉬운 일은 하지 말라는 뜻.
　　一.「문선고시(文選古詩)」

예견(豫見)하지 못한 일로 마음의 괴로움을 받게 될 때 우리는 참 난감해진다. 어떠한 사유(事由)로 인하여 혐의에 대상이 되었다면 아무리 언행일치(言行一致)가 바르더라도 부당한 위치에 놓여 있게 된다. 계신잡식(癸辛雜識)에 수구여병(守口如瓶)이라는 고사(故事)가 나온다. 언어에 신중을 기해야 한다는 속 깊은 뜻이다. 병 속에 담겨있는 물은 한번 엎지르면 다시 담을 수 없다는 비유에서 생겨났다는 성어(成語)이다.

또 순자 권학편(荀子 勸學篇)에 말 때문에 화를 초래하는 일이 많다는 뜻으로 언유소화(言有召禍)라는 말이 전해오고 있다.

이렇듯 차라리 자신의 실수로 저질러진 일이라면 깨끗하게 인정하고 고쳐 가면 된다. 그러나 뜻밖의 그 자리에 있었던 행위적 실수가 혐의라면 모두가 내 마음과 같지 않음이 죄라면 죄다. 이를 두고 죄가 되지 않으면서도 죄라는 말로 북제서 낭기전(北齊書 郎基傳)에 나오는 풍류죄과(風流罪過)가 그 말이니 어찌 풍류(風流)가 죄란 말인가.

「자신이 살아가는 삶은 정당한 것 같지만 남이 내가 아니므로 다만 의문의 삶으로 보이는 것이 가려진 사생활 이라는 용어다.」

身
몸 신

言
말씀 언

書
글 서

判
판단할 판

풀이 사람 됨됨이를 보는데 있어서 필요한 4가지 조건을 말함. 첫째가 풍채(風采)로 느끼는 외모(外貌), 둘째가 언변(言辯), 셋째 문장력(文章力), 마지막으로 판단력(判斷力)을 이름

由來 「당서 선거지(唐書 選擧志)」
∴ 당(唐)나라 : 당나라 당(唐) 이연(李淵)이 수(隋)나라를 멸(滅)하고 세운 왕조(618~906)
신언서판의 연보를 밝히기 위해 당나라시대 연혁을 끌어들임(사람을 채용하는 요건의 방법이 이토록 오랫동안 한결같다는 의미에서 발췌함)

예 나 지금이나 사람이 사람을 대하는 것만큼 힘들은 일은 없다. 하물며 사람이 사람을 가려 뽑아야 하는 경우는 더욱 그렇다. 우리가 살아가는 동안 희노애락(喜怒哀樂)을 알게 되면서 많은 시행착오도 경험하게 된다.

그 중에 참으로 슬픈 일은 「사람다움」을 모르고 스쳐 지나가다 무지(無知)함을 알게 될 때이다. 어떤 이는 언변이 출중하고 또 어떤 이는 비상한 재주를 가지고 있다. 짧은 만남으로 그 사람을 꿰뚫어 안다는 것은 우리의 눈에 무리가 따른다. 나는 가끔 학문적 괴리감(乖離感)을 느낄 때가 이럴 때이다.

지금 이 시대에도 여전히 신언서판(身言書判) 같은 선별기준(選別基準)으로 국가나 단체에서 사람을 채용하고 있음을 볼 때 가히 인생살이가 변한 게 하나도 없구나 하고 여겨진다. 그래서 그런지 현대사회에도 외모 지상주의가 만연하고 맹목적 학문습득을 소화해야 하는 잡다한 지식인으로 양산(養産)되고 있는지 모르겠다. 열심히 학문을 닦아 정신 수양에 밑거름이 목적이었다면 본말(本末)이 전도(顚倒)된 느낌마저 든다.

단지 취업이 목표라서 공부하고 뜻을 이루고 나면 펜을 놓는 시대에 우리는 살고 있다. 과거에도 그랬고 지금도 그렇다. 참 씁쓸한 여운을 남긴다.

한서(漢書)에 이런 글귀가 있다.

인생여조로(人生如朝露)라고 인생을 이슬에 비유했으니 정말 삶은 햇빛에 사라지는 이슬 같아서일까?

朝
조정 조

名
이름 명

市
저자 시

利
이로울 리

풀이 조정(朝廷)에서는 명성을 논의하고 시장에서는 이익을, 곧 이권을 다툰다는 말로 무슨 일이든지 때와 장소를 가려서 진행해야 한다는 뜻

由來 「전국책 진책(戰國策 秦策)」

어떤 분야라도 창업(創業)에 있어서 중요한 4가지 조건이 있다.

첫째가 인재등용(人材登用)이고,

둘째로 자본금(資本金)을 들 수 있다.

셋째는 아이디어(idea), 즉 기술력(技術力)을 말한다.

여기에 한 가지 더 반드시 추가(追加)해야 할 사항이 있다.

바로 때와 장소이다. 다변화(多變化)된 사회에서 이 마지막 말에 성공의 열쇠가 숨어 있다는 뜻이다.

굳이 고사성어(故事成語)에서 이 용어를 적절하게 찾겠다면 조명시리(朝名市利)이다. 꼭 참고(參考)하자.

∴ **창업이 수성난(創業易 守成難)**

;창업은 쉬우나 그것을 지켜 나가는 것이 어렵다.

一.「당서 정관정요(唐書 貞觀政要)」

그러나 이 조명시리(朝名市利)는 큰 의미로 볼 때 귀중한 물음이 숨어 있다.

명성(名聲)을 논한다면 명성에 부합된 위치에서 만이 가능한 것이며 이익을 논의한다면 경제적 논리에만 한정(限定)되어야 한다는 말이다. 그런데 이 두 가지를 어거지로 하나로 합치려 한다면 물과 기름의 관계가 되어 불상사를 낳아 반드시 후환(後患)이 따른다는 점을 알아야 한다. 그 대표적 어두운 밀착관계가 정경유착(政經癒着)[49]이다.

그래서 정치(政治)와 경제(經濟)는 분리(分離)되어 있는 것이다.

---

49) 정경유착(政經癒着) : 서로 다른 별개의 사물이 병적으로 맞붙어 있는 것으로 부도덕하게 밀착된 것을 말함. 이는 곧 정치인과 경제인이 서로의 이익을 위하여 유착된 공생관계를 말함. 여기에는 예를 들어 경제인은 정치인에게 정치자금을 제공하고 그 조건으로 정치인은 경제인에게 사업상의 특혜를 부여해 주는 밀약을 말함.

속인 자와 속은 자 그리고 패러독스(Paradox)

올바른 사람은 거짓을 모르기에 바보처럼 보인다. 그러나 사실은 그가 지혜가
있는 영민(英敏)한 자이기에 세상이 손을 들어 준 것이다.

甘
달 감

言
말씀 언

利
이로울 리

說
말씀 설

풀이 남의 비위를 맞추어 온갖 달콤한 말과 이로운 조건
을 내세워 꾀하는 화술(話術)

시 **여처녀후탈토(始如處女後脫兎)**라는 말이 손
자 구지편(孫子 九地篇)에 나온다. 이 말을 이해하기
쉽게 풀어보면 전쟁을 시작할 때에는 처녀와 같이 조
용히 시작하여 적에게 눈치 채지 못하도록 안심시켜
놓고는 뒤에서 토끼가 뛰는 것 같이 날래게 행동하여
적군이 저항(抵抗)할 틈도 주지 않는다는 뜻이다.

이것과 마찬가지로 의도적(意圖的)으로 흑심(黑
心)을 품고 있는 자는 온갖 꾀를 도모하여 꼬드기는
말이나 행동을 함으로써 반드시 뒤에는 후환(後患)
이 있게 마련이다.

그러나 대수롭지 않은 일에 있어서는 적당히 모른
척하고 넘어가는 것도 후덕함으로 인생이 멋스러울

때가 예외적으로 있기는 하다. 하지만 대부분의 인간사는 그렇지가 않다. 일반적으로 남을 속이는 사람을 보면 뛰어난 언행으로 고작 사리(私利)에만 눈이 어두웠으니 이게 가당한 말인가. 포박자(抱朴子)에 어질용문(魚質龍文)이라는 고사성어가 있다.

용처럼 대단한 줄 알았는데 실제(實際)로는 물고기라는 뜻이다. 거의 비슷하거나, 같은 줄 알았는데 아닌 것이다. 이게 사이비(似而非)라는 말과 같다. 이러한 착각현상으로 남을 속이려 드는 자는 그만큼 자신을 부풀리어 그럴듯하게 포장해야 상대방이 넘어가기 때문에 사람들을 혼동(混同)하게 만든다는 것이다. 이것이 사기(詐欺)에 일번지로 뜬금없는 과시효과(誇示效果)의 극치다.

이러한 것과 비슷한 유형의 색다른 고사성어가 또 있다.

사기 골계전(史記 滑稽傳)에 우맹의관(優孟衣冠)이 전하는 내용이다. 초(楚)나라 시대에 맹(孟)이라는 배우가 그 당시 재상인 손숙오(孫叔敖)의 의관(衣冠)을 모방하여 입었다는데서 나온 말로 겉(외모, 外貌)은 비슷하나 내용은 틀리다는 말이다. 이와 같이 근본(根本)은 같으나 그 끝인 말단(末端)에 가서 틀린 것을 두고 양주읍기(楊朱泣岐)라고 하는 것이다.

그래서 각자가 살아가는 방식은 달라도 사람은 절대로 도(道)에 어긋나는 행동은 하지 말아야 한다. 자신의 삶 이후 그 다음 삶에서 기다리는 후손에게 어떤 모습으로 보여줄 것인가를 생각해 보라. 참으로 한심하고 머쓱할 일이다. 어느 법조인(法曹人)이 한 말이 생각난다.

죄를 물어 취조(取調)하는 과정에서 가장 힘든 죄의 유형이 사기죄(詐欺罪)라고 한다. 그 만큼 사기라는 것은 고도의 술책(術策)으로 인간의 내면에 깔려 있는 부적절한 정신상에 사회 악(惡)이라는 것이다. 본 자도 없고 받은 자도 없는 무영(無影)의 출발점에서 미루어 짐작할 수밖에 없는 사유(思惟) 즉, 신빙성(信憑性)만으로 죄를 가린다는 것은 보통일이 아니다.

주례지관(周禮地官)에 이러한 사람을 조언지형(造言之刑)으로 다스렸다고 한다. 거짓말로 잘 꾸며서 남을 유혹하여 자기 명리(名利)에만 혈안이 된 사람을 벌하는 형이라는 말이다. 이것이 오늘 날 사기죄를 형벌(刑罰)로 가두는 조언지형과 같다.

세상은 살만한 가치로 넘쳐나야 사람대접을 받는다. 흉흉(洶洶)한 세상에 삶이 고달픈 것은 위랑위호(爲狼爲虎)[50]라 인심이 사납고 온갖 악귀 같은 속임이 판을 치는 것이요, 훈훈(薰薰)하게 인정이 꽃피우는 세상에는 이미 모든 것이 아름다워 사람의 미사여구(美辭麗句)가 필요하지 않음이 그 이치다.

---

50) 위랑위호(爲狼爲虎) : 사기 한안국전(史記 韓安國傳)에 기록되어 있으며 인심이 사나운 것을 형용한 비유.

81 곡학아세(曲學阿世)

曲
굽을 곡

풀이 사곡(邪曲)한 학문으로 세상에 아첨함. 자신의 신조나 신념 등을 굽히고 현 상황에 아첨하는 뜻으로 널리 쓰인다.

由來 「사기 유림전(史記 儒林傳)」

學
배울 학

阿
아첨할 아

이 세상에는 배워야 할 게 너무 많아 탈이다.

탈이 나도 좋으니 한 번 죽을 때까지 배워 봄은 어떨까? 사실 배움이라는 것이 팔자 좋은 사람만 공부할 자격조건이 있는 것은 아니다. 오히려 열악(劣惡)한 환경에서도 인내(忍耐)하는 정신만 가지고 있다면 무언들 못하리.

世
인간 세

지금 젊은 세대(世代)는 어찌 보면 가장 좋은 조건의 세상에 산다고 해도 과언이 아니다. 그 만큼 부지런하게만 산다면 풍요로운 삶을 보장받을 수 있다는 말이다. 그러하기에 젊은이는 지금 이 시대를 잘 활용해야 하는 것이다. 배움에 있어서도 홍수처럼 밀려오는 전공지식(專攻知識)의 보물(寶物)을 잘 선별(選別)하여 갈고 닦는다면 분명히 대단한 경지에 오르리라 확신한다.

하고자 하는 성취욕구(成就欲求)를 이룩하는 그 날을 위해 지금이 당장에 아쉬움이나 미련(未練)은 참아야 한다.

그것도 자아실현(自我實現)에 한 수양(修養, mental training)이요, 기다림이다. 지금은 세상에 아첨하는 시대가 아니다.

본래 비뚤어진 사상(思想)은 있어도 비뚤어진 학문(學問)이란 없다. 웃기는 학문은 있지도 않지만 인간적 범위(範圍)를 벗어난 희한(稀罕)한 사고는 철저하게 배척(排斥)해야 한다.

적절하게 꾸며댄 글 나부랭이로 마치 학문인 양 호도(好道)하는 것에 속아 넘어가서 문제를 야기(惹起)시키니 그게 결격(缺格)이다. 하여 원각경(圓覺經)에 **인망위진(認妄爲眞)**이라는 글을 남겼다. 거짓을 참으로 안다는 말이다. 그래서 속은 자와 속인 자는 동급수준(同級水準)이다. 의도적인 말이기는 하지만 이러한 말이 또 있다.

전국책(戰國策)에서 나온 말로 **삼인성호(三人成虎)**라는 글이다. 세 사람이 의기투합하여 머리를 맞대고 짜면 거리에 호랑이가 나왔다고 거짓말을 흘려도 곧이곧대로 믿게 된다는 것으로 근거 없는 뜬소문이더라도 여러 사람이 떠들어대면 참말로 알게 된다는 뜻이다. **지족식비(智足飾非)**[51]도 같은 의미다. 이렇듯 얄팍한 흥미(興味)

---

51) 지족식비(智足飾非) : 설원(說苑)에 있으며 못된 슬기로 꽉 차있어 악을 선이라 하고 선을 악이라 꾸며 대어 곧이곧대로 믿게 함.

에 매사(每事) 주관(主觀)없이 솔깃함은 언제고 유행(流行)이 가고 나면 흔적(痕迹)도 없이 사라지는 것처럼 깊이 없는 학설(學說)에 기웃거림은 촌음(寸陰)의 시간도 아깝다.

영어사전이 없어서 단어 하나가 무슨 뜻인지 몰라 몇 십리 길을 걸어가서 물었다는 어느 국문학자(작고)의 미담보다 지금은 과거와 **천양지차(天壤之差)**⁵²⁾로 얼마나 좋은 시절인가.

자! 이제부터 나의 꿈을 위해 책상 앞으로 즐거운 MT⁵³⁾를 옮겨오자. 도서관에서 책들과 MT를.

---

52) 천양지차(天壤之差) : 천양지판(天壤之判)과 같은 말로 하늘과 땅만큼 대단하게 차이가 남을 이르는 말.

53) MT(membership training) : 구성원(構成員)들의 훈련. 일종의 단합모임.

落
떨어질 락

穽
함정 정

下
아래 하

石
돌 석

[풀이] 함정에 빠진 이에게 또 다시 돌을 떨어뜨린다는 뜻. 곤경에 처한 사람에게 구해주기는커녕 도리어 해를 끼치는 행위를 일컬음

[由來] 「한유(韓愈)」

I

안 씨가훈(顏氏家訓)에 **행재요화(幸災樂禍)** 라는 글이 있다. 이 뜻은 다른 사람의 재난이나 불행을 보고 좋아한다는 말이다. 남의 잘못된 불행을 보고 애석(哀惜)해 하기는커녕 오히려 속 시원해 한다는 섬뜩한 말이다.

이것은 매우 이기적(利己的)인 태도(態度)를 가리키는 것으로 과연 사람에 생각으로 그렇게까지 할 수 있을까. 아마 어리석어 그런 것이 아니라 됨됨이가

모자라도 그러하진 않을 거다. 참 딱한 노릇이다. 사람 인(人)자를 보면 사람의 형상이 옆으로 서있는 모습을 본 뜬 것이라고 한다.

또 다른 의미로는 사람과 또 다른 사람과의 버팀목 형상으로 조화로운 연결선이 되어 서로가 서로를 이어주는 글자로 풀이하기도 한다. 사람은 서로 합심해서 살아가는 어떻게 보면 매우 기초적인 모임의 사회성이 포함된 상형자라는 뜻이다. 이렇게 비추어 볼 때 사람위에 사람 없고 사람아래 사람이 없듯이, 변덕이 지나쳐 말조(末造)의 생각을 하면 죄를 받게 되어 있다.

설령 포악무도(暴惡無道)한 자의 인과응보(因果應報)라 할지라도 불행을 당연하게 받아들인다는 것은 좀 문제가 있다.

죄는 미워도 사람은 미워하지 말라는 말과는 상반(相反)되는 개념이다. 우리 속담에 사촌이 땅을 사도 배가 아프다는 말이 있다. 정말 그래야 할까. 질이 낮은 저질(低質)은 고질(高質)을 모른다. 그런 마음이 본연(本然)의 생각이라면 속된 말로 평생 빌어먹을 팔자다. 내 마음에 시기심(猜忌心)이 없을 때 그 자리에는 남을 사랑하는 마음이 자리한다. 서로 돕고 축하해 주는 것은 나의 발전에도 건전한 기틀이 되어 좋은 보약(補藥)이 된다는 말이다.

나보다는 남에게 좀 더 귀를 기우려 주는 그런 마음이 진정한 배려(配慮)다. 그래서 사람이라면 사람답게 새로운 인간관(人間觀)으로 거듭나야 한다는 말이다. 그러한 자세로 새로운 발전에 도움을 주는 자는 크게 보아 우리나라가 선진국 대열에 들어섰을 때 제일 먼저 기뻐하는 증인(證人)이 될 것이다.

Ⅱ

　인간은 인간적 물음을 통해 반드시 지켜야 할 덕(德)을 가지고 있어야 한다. 그것은 가장 극한 상황에 도달하게 되더라도 사람이기를 부정하지 않는 사람다운 정신세계가 있음을 말하고자 함이다. 덴마크의 철학자이며 오늘날 실존철학(實存哲學)의 창시자인 키에르케고르(Kierkegaard, Sören Aabye 1813 ~ 1855)는 그 유명한 '죽음에 이르는 병'도 결국 절망에서 기인하고 있고 불안을 생애에 주제로 삼고 있다.

　결국 이 말은 '인간 개체는 종합적 정신이다'라는 말로 집약할 수 있다는 것으로 이해해 볼 때 생(生)의 여정(旅程)에서 환경적 영향으로 절망이라는 단어를 건졌다는 것이 이 철학자의 사상이다.

　굳이 자기자신의 실존이 존재하므로 남의 실존도 존재한다는 말이라면 절망이라는 용어나 불안이라는 정신은 우리 모두에게 같은 의미로 와닿아야 한다. 즉 고통이 따르는 어떠한 어려움 속에서도 숭고한 인도주의(人道主義)에 배려(配慮)는 실존의 향기를 보내는 아는 자만의 하나뿐인 축복이기 때문이다.

龜
거북 귀

풀이 거북의 털과 토끼의 뿔
아주 있을 수 없는 일을 비유함

由來 「불교 능엄경(佛敎 楞嚴經)」
∴ 모, 모서리 릉(楞)은 끝머리, 가장자리를 나타내는 뜻.
edge. 릉(楞)자와 동자(同字). 불교에서 능엄경을 쓸
때는 반드시 (楞)자로 씀

毛
털 모

兎
토끼 토

〈이 세상에 도저히 있을 수 없는 연쇄 살인
마(連鎖 殺人魔)의 광기(狂氣)에 붙혀〉

角
뿔 각

천인공노(天人共怒)[54]할 이 자(者) 때문에
세상이 각박(刻薄)해지면서 사람으로서 행할 수
없는 기상천외(奇想天外)한 일들이 벌어져 마음이
쓰리다.

---

54) 천인공노(天人共怒) : 하늘과 사람들이 모두 노여워한다는 뜻으로 매우 증오할 일이다라
는 의미. 도저히 용서, 용납할 수 없음을 비유한 말.

천인공노(天人共怒)할 이 자(者) 때문에

전혀 있을 수 없는 일임에도 불구하고 마구 천지를 날뛰고 다녔으니 세상이 어지럽다.

천인공노(天人共怒)할 이 자(者) 때문에

세상 사람들의 마음이 공허(空虛)하다 못해 굴욕적(屈辱的)인 악령(惡靈)의 소리가 들려올까봐 수치(羞恥)스럽다.

천인공노(天人共怒)할 이 자(者) 때문에

연좌(連坐)처럼 이 사회가 또 다시 악순환(惡循環)의 대(代)를 이어갈까 차마 두렵다.

천인공노(天人共怒)할 이 자(者) 때문에

짐승도 하지 않는 짓을 사람이 하니 정녕(丁寧) 사람이기를 포기(抛棄)함이요, 사회악을 퍼트리니 윤리(倫理)가 땅에 떨어짐이다.

귀모토각(龜毛兎角)처럼 대자연(大自然)은 도저히 있을 수 없는 일과는 친분(親分)이 없다. 우리가 이 대자연에 역행하는 인위적(人爲的)인 발전(?)으로 하여금 그것이 너무 지나쳐 혹독(酷毒)한 정신질환(精神疾患)을 호소(呼訴)한다면, 이 사회집단이 만들어 놓고 그것을 치유(治癒)할 방법을 몰라 구제(救濟)할 길이 없어진다. 그렇게 되면 우리 인간의 정신상은 이미 죽은 것이다. 광기의 살인마에 대하여 살다 살다 별 일을 다 본다는 자괴(自愧)어린 세상 사람들의 말은 거꾸로 인간이기를 거부한 악독한 치한(癡漢)으로 어떠한 면죄부(免罪符)도 허용(許容)하지 않는다는 독(毒)같은 말이 숨어 있다. 이런 자는 이 사회의 불구대천(不俱戴天, 서로 함께 하늘을 일 수 없다는 뜻으로 도저히 함께 살 수 없음을 이름)이라, 철저하게 세상 끝에 유린(蹂躪)시켜 영원히 격리(隔離)해야 한다. 도대체 얼마나 큰 굴레의 죄를 뒤집어쓰고 이승에 왔기에 인간이 짐승만도 못하게 되었을까.

웃음 띤 상냥함 뒤에 마귀(魔鬼)인 양 피 냄새를 맡고 있는 자를 누가, 왜 보냈을까. 음흉(陰凶)하다 못해 오한(惡寒)이 치를 떨 이러한 괴한(怪漢)의 존재를 어떻게 설명해야 할까.

겉으로는 간과 쓸개를 빼 줄만큼 웃음 지으며 온갖 친절(親切)함을 보이면서 내심 속마음은 상대방을 해(害)치려는 마음을 가진 자는 그 속이 무엇으로 채워져 있을까. 소중유도(笑中有刀)라는 고사성어가 남겨 놓은 요괴(妖怪)스럽기까지 한 함축된 뜻이 이 말이다.

같은 뜻으로 당서 이의보전(唐書 李義甫傳)에 음유해물(陰柔害物)이 전하는 바도 겉으로는 부드러우나 속은 남을 해치려는 의도로 간사(奸邪)함을 지닌 사람을 가리킨다.

또 좌전(左傳)에 요유인흥(妖由人興)이라는 글이 직언(直言)하는 것은 인간의 요사스러움은 양심(良心)을 잃었을 때 일어남을 뜻한다니 어디까지가 사람이라는 경계선(境界線)에 있다는 말인가. 제발이지 이런 말은 외우지도 공부하지도 말자.

아, 이 안타까운 현실이 낳은 묵과(黙過)할 수 없는 범죄(犯罪)의 더러운 추상(推想)을 다시없게 할 방도(方道)나, 마지막 보루(堡壘)인 비책(秘策)은 없는가.

혹여 이 모든 것이 망상(妄想)을 키워온 병으로 사회와 단절(斷絶)된, 그래서 군상(群像)들의 이기적이고 야멸친 것에서 비롯된 것은 아닐까. 또한 하늘 높은 줄 모르고 치닫는 물질만능(物質萬能)이 가져온 경쟁심리(競爭心理)로 인하여 사람다운 인성(人性)이 자리 잡지 못한 것이 주원인(主原因)은 아니었을까.

이제 이러한 전대미문(前代未聞)의 야만적(野蠻的) 행위를 완전히 추방(追放)하고 이 사회에 다시없기를 바라는 마음에서 지금 우리들이 함께 숙원(宿願)해야 할 절대절명(絶對絶命)의 과제를 남긴다.

 **84** 가담항어(街談巷語)

街
거리 가

談
말씀 담

巷
거리 항

語
말씀 어

풀이 세상의 풍설(風說), 세상(世上)에 떠도는 일종의 뜬
소문(부소문, 浮所聞)

由來 「한서 예문지(漢書 藝文志)」
「조식의 여양수서(曹植의 與楊修書)」

일 종에 소문(所聞)이란 허황(虛荒)된 말장난
이 대부분이다. 아니 땐 굴뚝에 연기가 날 리 없지만
그렇다고 검불(짚 따위나 갈잎 또는 마른 풀을 말함)을 태운
것이 참숯은 될 리 없지 않는가. 그래서 어원(語源)
이라고 말하기에는 너무 거창하고 출처 또한 불분명
하다는 것이 굳어진 생리(生理)다.

큰 길(가, 街, street)에서 이야기 하며 들은 것을 작
은 길(항, 巷, 동네 또는 마을 길)에서 곧바로 말한다는,
증명되지 않은 근거 없는 말을 가담항어라고 한다.

남의 말을 좋아하는 사람치고 별 볼일 있는 사람은

한 사람도 없다. 왜냐하면 한가한 사람들이나 시류(時流)나 세월을 탓하며 마치 세상이치(世上理致)를 모두 아는 것처럼 결론짓기를 좋아하는 속성(屬性)이 있기 때문에서다.

그런 사람들은 삶을 영위하면서 제 잘못이나 허물은 절대로 이야기하지 않는다. 자기합리화에 장벽(障壁)을 앞세워 비밀스러운 인생관으로 포장한다는 것이 가려진 정설(定說)이다.

왜 그러한 부류(部類)의 사람들은 거추장스럽게 남의 이야기를 좋아하고 증명되지 않은 구설에 희열을 느끼며 못난 짐을 지고 살아갈까. 한 마디로 무식(無識)이 죄라고 보는 것이 마땅한 표현인 것 같다. 그렇다면 유식함과 무식함의 차이란 무엇일까?

유식(有識)이란 자신이 알고 있는 적당한 그릇의 크기를 헤아릴 줄 알지만 무식은 그걸 모른다는 간단한 차이 하나다.

일찍이 소크라테스(Socrates)[55]는 '너 자신을 알라' 라는 명언을 남겼다. 본래 이 말의 원류는 소크라테스가 한 말이라기보다는 신전(神殿)기둥에 새겨있는 것을 가리키면서 나온 말이라고 한다. 훗날 소크라테스의 대표적 격언(格言)으로 유명해졌지만 이 말의 진실을 아는 자가 그리 많은 것 같지는 않다. 자기 자신을 안다는 것을 어떻게 설명해야 할까?

자아(自我)의 본성을 스스로 안다는 것이 무슨 뜻이며 인간은 어떻게 인지하고 있는 걸까. 사실 이 말 속에는 간단한 진실이 융해(融

---

55) 소크라테스(기원전 469~399년) : 오늘 날까지 미래의 학문적 가치를 연결시키고 있는 참 진리의 반석을 세운 인물로 서양 학문사에 대표적 고대 철학자.

解)되어 숨어 있다.

　자기 스스로가 알고 있는 것은 모두 알고 있고, 자기 자신이 모르고 있는 것 또한 모름을 알고 있다는 뜻이 바로 그 말이다. 같은 뜻으로 자기 자신을 안다는 것은 매우 총명(聰明)한 사람으로 중설(中說)에 **자지자영(自知者英)**이라는 고사성어가 동양적 의미로 그 빛을 발(發)하고 있다.

　이 뜻풀이는 공자(孔子)도 같은 말을 했다. 아는 것은 안다고 하고 모르는 것은 모른다고 해야 한다는 이야기다. 참으로 성인(聖人)들의 공통점은 닮은꼴이 아니라 하나의 방향으로 그 맥(脈)을 정확하게 짚어준다는 것에 동서양을 통틀어 놀라움이 베어 있는 대목이다.

　인간이 산다는 게 자기만의 이야기로 엮어진 것은 아니다. 그렇다고 누군가에게 무책임(無責任)한 발언(發言)을 하라고 한가로움이 있는 것도 아니다. 진실(眞實)만을 이야기하는 사람은 스스로를 감추거나 드러내지 않아도 거리낄 게 없다.

　겸손(謙遜)함을 배운다는 것은 많이 배워서 터득한다기보다는 자기 눈높이에 맞추어 순응(順應)해서다. 항상 묵묵하게 기쁨을 배우려고 노력하는 사람들만이 진실과 겸손을 가장 잘 안다. 소문처럼 객쩍은 일에 덩달아 휩쓸리어 말이 말을 낳는 증명할 수 없는 무지(無知)함과는 거리가 멀다. 장자 천하편(莊子 天下篇)에 **황당지언(荒唐之言)**이 그런 유형에 엉뚱한 말이다. 당신은 어떤 삶이 풍요롭고 행복하다고 보는가요.

兎
토끼 토

死
죽을 사

狗
개 구

烹
삶을 팽

풀이 본문 내용 참조

由來 「사기(史記) 회음후열전(淮陰侯列傳)」

∴ 회음후는 한신(韓信)을 이름

狡兎死走狗烹

권력형의 대표적 용어가 토사구팽이다. 물론 모든 정치사가 여기에서 비롯된 것은 아니다. 하지만 세상만사가 자기 뜻대로 되지 않는 걸 보면 순리에 역행이 있음을 우리는 주의해야 한다.

토사구팽(兎死狗烹)이란 충견이 전력을 다해 토끼 사냥에 성공하고 나니 충견마저 위협의 존재가 된다는 고사다. 그래서 두렵다 못해 충견까지 삶아 버렸다는 뜻이다. 실로 믿음이란 무엇인지 묻지 않을 수 없는 행위이다. 어제의 동지가 오늘에 적으로 몰고 가는 것은 우리네 일상생활과는 너무나 동떨어진 말이다. 지배층의 정치적 논리가 어떠한 상황에서도 경우의 수로 계산하여 타당하다고 결론짓는 것은 바꾸어 말하면 비현실성을 마치 현실과 동일시하려는 주관적 권력 때문이다.

이 이야기의 주인공은 사기(史記) 회음후열전(准陰侯列傳)에 나오는 유명한 한신(韓信)에 관한 기록이다. 중국 초한전(楚漢戰)의 영웅 한신이 토사구팽이라는 말을 남기고 세상을 떴다. 한고조 유방이 자기 위치를 넘볼지 모른다는 한신에 대한 두려움 한 가지 이유 때문에서다. 결국 권력은 역사를 만들었으며 이 과정에서 우리는 권력이란 무엇인지 한 번쯤 되뇌게 한다. 토사구팽과는 그 의미가 조금 다르지만 비슷한 유형의 고사성어가 하나 있다.

장자 외물론편에 나오는 득어망전(得魚忘筌)이다. 고기를 잡고나면 고기를 잡는데 요긴하게 쓰였던 통발은 그냥 잊고 간다는 뜻이다. 쉬운 일에서 조차 우리네 인간은 잊고 산다기보다 혹여 자신에게 유리한 입장만 생각하고 있지는 않은지 반성해 보아야 할 대목이다.

바다 속 깊이보다도 알 수 없는 게 인간의 마음이다. 그러나 사람은 반드시 겉이 달라졌다고 해서 속까지 변한 것은 아니다. 양포지구(楊布之狗)라는 고사성어의 상징이다.

이제 토사구팽은 모든 것을 미루어 짐작해 볼 때 권모술수(權謀術數)만이 권력의 힘이 되어 획책(畫策)을 날조(捏造)하여 묵인해 버렸다는 점이다. 이러한 배신행위에 대한 부당함에 인간이 인간을 믿지 못하는 과거 지배계층의 모순을 충고한다는 말을 끝으로 남기고 싶다.

마음의 저울과 대비

진실은 거울속에 형체가 없어도 마음으로 알 수 있지만 진리(眞理)는 형체가
있다 할지라도 알 수 없는 게 인간의 논리라는 이름 때문이다.

談
말씀 담

言
말씀 언

微
작을 미

中
가운데 중

풀이 완곡(婉曲)하게 상대방의 급소(急所)를 찌르는 말.
완곡(婉曲) : 언행이 노골적이지 않고 말씨가 곱고
차근차근 함

由來 「사기 골계전(史記 滑稽傳)」
∴ 골계(滑稽) : 어지러울 골(滑), 생각할 계(稽)
남에게 웃기려고 하는 말이나 행동 곧 익살
재치가 있어 말이 청산유수

말 속에는 그 사람의 진실이 담겨 있다.
또 바르고 곧은 사람의 눈에는 사람을 옳게 보는
눈을 가졌다. 하여 신의(信義)가 없는 자를 용케도
찾아낼 줄 아는 능력을 지녔다. 노자 제팔십일장(老
子 第八十一章)에서 유래한 신언불미(信言不美)가
고사성어에 등장한다.
의당 믿을 만한 말은 외면(外面, 겉모습)을 꾸미지
않는다는 뜻이다. 이 말은 신분고하를 막론하고 어떤

사람일지라도 진실의 혀는 똑같은 목소리를 낸다는 것과 같다.

법화경 과주(法華經 科注)에 일실지도(一實之道)가 그런 말로 진실은 성자(聖者)나 무릇 범인(凡人)이나 같다는 말이다.

여출일구(如出一口)라 이 세상 모든 이가 한 목소리로 내는 것처럼 우리들 모두가 거짓 없는 삶이었으면 좋겠다.

우리 말 속에는 남을 훈계하여 바로잡는다는 뜻이 규잠(規箴)이라는 말이다. 그런데 말 속에 뼈가 있다는 뜻과는 다른 내용이다. 가장 무서운 다짐의 말은 은연중에 하는 말로 따로 남겨 둔 게 없다. 어떤 의미로는 남을 가르친다는 뜻이 들어가 있지만 진언(眞言)은 진언에서 끝난다.

이 또한 논어(論語)에 법어지언(法語之言)이 하는 말이다.

자신을 합리화시키려는 정당한 말로 앞으로의 예시적(豫示的) 지적이 담언미중(談言微中)이다.

말끝에 독을 품었다면 적(敵)이라는 표현이요, 분명 가르침인데 상대방을 위하여 가르침으로 보이지 않게 하기 위함이 숨어있다면 이것이 지나가는 말 속에 진짜 진언이다. 무력(武力)보다 강한 것이 사람의 혀다.

혀가 칼보다 날카롭다는 말이다.

말하는 칼보다 더 날카로운 칼은 이 세상에 없다. 설망어검(舌芒於劍)의 교훈이다.

큰 대

공평할 공

無
없을 무

私
사사 사

> **풀이** 공평하게 일을 처리함으로 개인적 사사로움이 없음
> 을 이르는 말로 사람을 추천할 때 주로 비유함

예나 지금이나 청백리(淸白吏)로 생활한다는
것은 보통 유혹(誘惑)을 물리치지 않고는 어려운 일
이다. 그 동안 나름대로 조직에서의 관행(慣行)도 있
을 것이고 어쩔 수 없이 합류해야 하는 시대적 흐름
때문에도 그럴 것이다. 본래 청백이란 청렴(淸廉)과
결백(潔白)의 줄인 말이다.

마침 우리집안에 대대로 내려오는 가훈(家訓)이
청백이자(淸白二字)다. 대대로 물려받은 재물이 없
음으로 청렴하고 결백하게 살아야 함이 그 근본을 이
룬다는 뜻으로 이 두 글자가 대변하고 있다.

그래서 청렴하고 결백한 미풍(美風)을 자손들에게
남겨 주는 것을 두고 청백유자손(淸白遺子孫)이라

하는 것이다. 청백이라는 말이 기왕(旣往) 나온 김에 이 장에서 우리 집안 내력에 대해 짧게 줄여 한자로 쓰면 이런 내용이다.

實感多幸 寶唯以淸白相承 寒家無相傳之家 吾本
但順其性而已 生活以儉素爲美 公平崇尙禮儀

혹자(或者)는 공정한 일을 위해서 개인의 사사로움을 배제(排除)하다 보니 대공무사(大公無私)한 사람이 마치 우유부단(優柔不斷)하게 보일지도 모른다. 왜냐하면 그 어느 쪽도 가담하지 않는 경향 때문에서다. 그러나 만약 어떤 힘의 논리에 의해서 어느 한 쪽으로 치우치게 된다면 그것은 이미 대공(大公)에 유사(有私)가 되어 아무런 의미가 없어진다.

이렇게 되면 공(公)을 위한 공평한 논리가 아니라 사(私)를 위한 자기 치부(致富)에 연연(連延)함이다.

그것도 아니라면 자신의 자리를 위해 안녕(安寧)을 선택하는 것이 되는 꼴이다. 이렇듯 공정(公正)함을 잃는다는 것은 개인적 견해가 들어간 것으로 전체적 입장에 위배 되었다는 말이다. 그러하기에 대공무사함은 권력과 무관한 그 중심에 있으므로 자칫 신탁(信託) 아닌 청탁(請託)을 배제함에 연루(連累)되어, 훗날 역사적 사관은 다른 힘의 논리에 의하여 좋지 않은 인물로 묘사 되는 것 또한 시대적 모순이라 하겠다.

그래서 대공무사한 사람은 부(富)를 누리고 살아보지도 못했기에 청백(淸白)이라는 귀중한 정신이라도 남겨 주는 것이다. 사람이 중용(中庸)을 지킨다는 것은 가장 어려운 것 중에 하나다. 그래서 공자(孔子)는 사서(四書, 논어(論語), 맹자(孟子), 중용(中庸), 대학(大學))에서부터 중용의 중요함을 역설하고 있다.

어떤 상황이든 그 가운데서 떳떳함을 보여 준다는 게 얼마나 외롭고 힘든 일이겠는가. 정의(正義)로움은 부정(不正)에 반대지만 반드시 당정(黨政)에서 까지 정의에 끼지 않는 이유는 그 어느 좌우편이 아닌 항상 그 중심에 있어야 대공무사가 바를 정(正)으로 세상을 호령하는 것이기 때문이다. 이렇듯 옳은 군주(君主)밑에는 그 신하의 마음 또한 청백함이다. 신하의 마음이 깨끗한 물과 같다하여 청백함을 이르는 말로 신심여수(臣心如水)라고 한서 정숭전(漢書 鄭崇傳)은 전한다.

그래서 요불승덕(妖不勝德)이라, 부정은 반드시 정의에 지는 것이다. 사기 은기(史記 殷紀)에 나오는 말이 바로 이 요불승덕(妖不勝德)이다.

자, 이제 정리해 보자. 대공무사한 사람은 철저하게 청렴하고 결백한 마음이 있어야 한다는 정의를 앞서 논했다.

그렇다면 어느 정도로 청백함임을 마음속에 새겨 두어야 하나. 이것을 설명하자면 우리 선조들의 정신이 가히 놀랄만한 곳에 그 뜻이 담겨져 있었음을 알게 된다.

조선시대 그 이전으로 거슬러 올라가 보더라도 관직에 등용해서 입었던 관복인 사모관대(紗帽冠帶)를 살펴보면, 머리에 쓰는 오사

모(烏紗帽, 관복을 입을 때 쓰는 사(紗, 명주실로 거칠게 짠 비단)로 짠 검은 모자) 즉, 오늘 날의 통칭인 모자(帽子) 뒤에 길게 양 갈래로 늘어트렸던 장식이 유행에 따른 디자인이었는지 아무튼, 변천을 통해 조선시대에 와서는 양쪽으로 곧게 한 일(一)자로 된 것을 볼 수가 있다.

이것이 바로 매미(제녀(齊女), 매미의 또 다른 이명(異名)) 날개를 상징하는 것으로 청렴하고 결백하게 공직을 수행하라는 정신이 들어가 있었던 것이다.

포박자(抱朴子)에 이르기를 매미는 굶더라도 깨끗함을 취하기 위해 이슬만 먹고 더러운 것은 먹지 않는다는 말이 명선결기(鳴蟬潔飢)다. 조선시대 600년에 이러한 정신을 가지고 공직을 수행한 청백리는 과연 몇 분이나 있었을까. 혹여(或如) 시대에 밀려 기록되지 않은 청백리가 이미 밝혀진 청백리보다 더 많지는 않았을까. 차라리 앞으로 기대해 볼 많은 인사(人士)들이 즐비(櫛比)하게 나오기를 바라는 것이 더 아름답지는 않을까.

有
있을 유

備
갖출 비

無
없을 무

患
근심 환

[풀이] 미리 준비하여 갖추고 있으면 근심할 것이 없음을 이르는 말

[由來] 「서경 열명(書經 說命)」

∴ 설(說)은 말씀 (설), 풀이 (설), 달랠 (세)이나 기쁠 (열) 로 해석함. 기쁠 열(悅)과 같은 뜻임(중복 설명함, 여도 지죄 참조)

사기(史記) 소상국세가(蕭相國世家)에 **편의 행사(便宜行事)**라는 고사성어가 있다.

형편에 따라 그때 그때 적당히 일을 처리한다는 말이다. 이 말은 유비무환(有備無患)과는 완전히 다른 뜻으로 정면(正面)으로 배치(背馳)되는 글이다.

무슨 일이든지 미리미리 준비해서 짜임새 있게 실행하지 못하고 매 상황마다 임기응변식(臨機應變式)으로 일을 진행하다 보니 준비성이라곤 전혀 없는 것

이 편의행사다. 반대로 사람이 준비성이 있다는 것은 그 만큼 안정된 생활 자세를 가졌다는 뜻으로 심적 여유가 있어 바람직한 일이다.

어딜 가도 계획된 습관이 몸에 밴 사람은 매사에 흐트러짐이 없다. 이러한 사람은 인생살이에 있어서 벌써 반은 성공한 사람이다. 시작이 반이라는 말이 바로 이런 계획성의 정신에서 온다는 말이다. 흉유성죽(胸有成竹, 대기만성 참조)과도 같은 의미다.

그와 상반되게 허둥지둥 정신이 없는 사람을 보면 보는 이도 참 딱하다. 왜 이렇게 계획적인 준비성과 무계획이라는 차이가 어디에서부터 잘못되어 온 것일까. 이는 학습을 지도하는 가정에서부터 그 실마리를 찾아야 한다.

한 마디로 교육관(敎育觀)이 잘못되어 있는 것으로 생활의 의식 구조에 결함 때문이다. 어려서부터 안일한 생활습관에서 온 타성(惰性)으로 무엇이 중요한 지를 깨닫지 못하고 설렁설렁 대충 넘어간 사람이다. 늘 그래왔듯이 자기 버릇에 관성(慣性)이라는 탓이다. 그래서 가정이라는 울타리가 그 사람의 인생을 좌우할 만큼 대단한 일로 평생을 지배한다는 말은 그른 말이 아니다.

세 살적 버릇이 여든까지 간다는 속담이 괜한 말이 아니라는 것이다. 무엇이든 미리미리 준비하는 습관을 가정에서부터 생활화 시키고 가르쳐야 훗날에 가서도 하는 일이 순탄(順坦)하게 잘 되는 것이다.

그런 사람은 물경소사(勿輕小事)라, 비록 작은 일이라 할지라도 가볍게 일을 처리하지 말라는 당부의 말을 미리 알아듣고 이미 실천하는 자이다.

그러므로 개인이든, 집단이든 무망지복(無妄之福)[56]을 무망지화(無妄之禍)로 자초(自招)하는 것은 오로지 유비무환에 달려 있다.

참고 6 유비무환(有備無患)과 유사한 대비(對備)의 고사성어 모음

● 곡돌사신(曲突徙薪) ―.「회남자(淮南子)」
 ; 재앙을 미연에 방지코자 굴뚝을 구부리고 섶(땔 나무)을 옮긴다는 뜻

● 거안사위(居安思危) ―.「서경(書經)」
 ; 훗날에 있을지 모를 위험을 대비하여 편안할 때 미리 방지함을 이름

● 상두주무(桑杜綢繆) ―.「시경(詩經)」
 ; 비가 오기 전에 뽕나무 나뭇가지를 물어다 둥지를 고친다는 뜻으로 미리 위험에 대비함
  ∴ 얽을 주(綢), 얽을 무(繆). 주무(綢繆) : 미리 준비함

● 지의진의(至矣盡矣)
 ―.「주희(朱熹)의 중용장구서(中庸章句序)」
 ; 다시 없을 만큼 완비(完備)되었음을 감탄하는 말

● 호모부가(毫毛斧柯) ―.「전국책(戰國策)」
 ; 수목(樹木)은 어려서 베지 않으면 끝내는 도끼를 사용해야 하는 노력이 있어야 한다는 의미. 곧 화(禍)를 불러오는 것은 미리미리 준비해야 한다는 말
  ∴ 호모(毫毛) : 가는 털(짐승의 털갈이)을 수목(樹木)에 비유
   부가(斧柯) : 도끼자루를 뜻하며 주로 정권(政權)의 의미로 비유함

---

56) 무망지복(無妄之福) : 전국초책(戰國楚策)에 있으며 꼭 얻을 수 있는 행복을 이름. 무망(無妄)은 반드시 얻음을 뜻하는 필득(必得).
 무망지화(無妄之禍)는 그 반대로 반드시 당하고 말 재앙이라는 뜻으로 화(禍)를 의미함.

열세 번째 마당

목표와 완성이라는 이름

행복은 목표한 바 완성의 끝에 있어 인간에게 잘 보이지 않는 것이다.

89

견인불발(堅忍不拔)

堅
굳을 견

忍
참을 인

不
아니 불

拔
뺄 발

[풀이] 의지·절조(節操)가 굳고, 괴로움도 꿋꿋이 참고 견디며 마음을 움직이지 않는 것. 불발(不拔)은 단단히 뭉쳐 있어 의지나 계획이 변함없는 것. 곧 마음이 흔들리지 아니함

∴ 반대고사성어로 진서(晉書)에 유시무종(有始無終)이 전하여 옴. 지조가 굳지 못해 결국 지조를 지키지 못함을 이름

철 심석장(鐵心石腸)이라는 고사성어가 있다.

소식(蘇軾)[57]의 여리공택서(與李公擇書)에 나오는 말로 지조가 철석(鐵石)같이 견고(堅固)하여 어떤 유혹(誘惑)에도 움직임이 없다는 뜻이다.

참 심기가 굳은 글이다. 그러나 이러한 의미 있는 글이 우리에게 각인(刻印)되어 남기에는 어떠한 경우에 의한 철심석장이냐가 꼭 따라온다. 과거 정치적

---

57) 소식(蘇軾, 1036~1101) : 자는 자첨(子瞻), 호는 동파(東坡), 송(宋)나라의 대문장가로 당송팔대가의 한 사람. 작품으로 적벽부(赤壁賦) 등 다수.

입장에서 한 단면을 보았을 때 추호(秋毫)도 거리낄 게 없음의 의지나 대망(大望)으로 조선시대 사육신(死六臣)같은 선비상이 후세에 이르러 혁혁지명(赫赫之名)으로 남는 경우가 그런 예다.

혁혁지명이란 한서 하무전(漢書 何武傳)에 이미 기록되어 있는 문구로 세상에 널리 알려진 명예(名譽)로운 이름을 뜻한다.

마음을 비우고 굳은 의지(意志)를 간직한 시대상의 군자(君子)는 어떤 상황이 전개(展開)되더라도 별반 달라질 것이 없다.

시사여생(視死如生)[58]이라도 어쩔 수 없는 일로 받아들인다. 세상이치에 따르자니 궤변론자(詭辯論者, 소피스트(sophist))가 너무 판을 치고 세상일과 거리를 두자니 「앎」에 진실이 괴롭다. 마음을 비운 학자의 고뇌(苦惱)다. 한 평 남짓한 서재(書齋)에서 세상진리(世上眞理)를 보고 있는 사람을 일컬어 우리는 소위 학자(學者)라고 한다. 그 진리는 옳을 수도 또는 그르칠 수도 있다. 이것은 증명할 수 없는 범위가 너무 커서이다. 하지만 굳게 믿는다는 자신의 소신(所信)하나로 학자는 시대를 앞서가는 선구자적(先驅者的) 정신을 담아 새로운 모험을 감행(敢行)하는 것이다. 물론 반드시 정도(正道)의 길에 한해서다. 지극히 큰 대도(大道)는 손해가 없음이요, 또한 그 손해와는 무관함이다. 진서 황보밀전(晉書 皇甫謐傳)에 지도불손(至道不損)이 그 유명한 말이다.

---

58) 시사여생(視死如生) : 장자(莊子)에 나오는 말로 죽음을 두려워하지 않는다는 뜻.

90

초지일관(初志一貫)

初
처음 초

志
뜻 지

一
한 일

貫
꿸 관

풀이 처음에 뜻한 바를 끝까지 관철(貫徹)하라는 의미

∴ 관철(貫徹) : 기어이 어려움을 꿰뚫고 나아가 목적한 바를 이룸.(accomplishment)

처음 초(初)자를 보면 옷(衣→衤)을 처음 만들 때 옷감(천, 옷이나 이불 등에 감이 되는 피륙)에 제일 먼저 칼(刀)질(재단, 裁斷, 마름질)을 한다고 해서 처음이라는 뜻이 들어간 자가 초(初)다. 그래서 초지(初志)란 처음에 품은 뜻을 말한다. 이어서 일관(一貫)은 하나로 꿰어놓다 라는 의미로 처음에 뜻을 둠을 계속 이어간 다는 한결같은 뜻이 초지일관이다.

우리 인간에게 필연적인 말이지만 나이가 어린 사람에게는 초지일관이 무리가 있는 말이다. 마음이나 태도가 아직은 미숙한 단계로 정신의 집중에는 이른 나이라는 것이다. 적어도 어떤 뜻에 결심을 가질 만

큼 성숙된 나이쯤 되어야 합당한 용어다. 그렇다면 초지일관을 이해하는 성인이라면 누구나 이 뜻을 품고 있을까. 사실은 그러하지 못함이 문제다. 여러 가지 이유가 있겠지만 사람에게 일관된 정신의 문제는 그리 만만한 게 아니다. 특별히 심기가 굳은 사람에게나 해당되는 말이다.

심기가 굳다함은 목표의식이 뚜렷한 사람으로 평범한 사람은 아니다. 이런 사람은 선천적인 유전(遺傳)에서 기인되기도 하지만 후천적인 영향이 더 커서 주위환경에서 오는 가족관계나 그 사회적 계층의 부류 또는 문화와 밀접한 관계성으로 형성된다고 보아야 한다. 즉 모든 조건을 갖추고 있어야 용이(容易)한 정신관이라는 것이다.

그러나 그렇게 용이한 상황이 아니더라도 얼마든지 뜻을 펼칠 수는 있다. 사실 정신이라는 인간의 개인적 성격은 반드시 주어진 조건에서만 꼭 달성된다고 보기 어렵기 때문이다.

정신의 훈련이란 위대한 것으로 아무리 어려움이 따르더라도 다만 자기 자신이 이기려고 하는 강인한 극복에 있으며 조건이라는 물리적 의미와는 상관없는 무형의 실체라서다.

본래 가정의 화목을 위해서 참을 인(忍)자를 백 번 썼다는 고사가 **서인자일백(書忍字一百)**이다. 아마 초지일관하는 사람은 가정의 화목 때문은 아니더라도 자신의 인내(忍耐)를 위해 그 보다 몇 곱절은 더 썼으리라 짐작된다. 그래서 심기가 굳은 자 만의 혜택이 초지일관이라는 정신을 받아 간 것이다.

91 만리지망(萬里之望)

萬
일만 만

里
이수 리

之
어조사 지

望
바랄 망

풀이 멀리 있는 희망. 즉 멀다 해도 반드시 가려고 하는 의지 **입신출세(立身出世)**의 길을 말함

∴ **입신행도(立身行道)** : 세상에 나아가서 고도(古道)를 행함을 이름. 입신출세(立身出世)와는 의미가 조금 다르나 같은 뜻으로 봄

—. 「효경개종명의장(孝經開宗明誼章)」

희 망(希望).

새해 첫 날을 맞이할 때 대부분의 사람들은 제야(除夜)의 종소리를 들으면서 소박(素朴)하지만 작은 소망(所望) 하나쯤을 기원한다.

한 해가 저무는 세모(歲暮)가 되면 지나간 해가 아쉽기도 하고 바라던 바를 이루지 못했음에 연말연시(年末年始)를 기해서라도 새로운 출발을 다짐하게 되는 게 우리네 삶의 모습이다. 그렇게라도 위안(慰安)을 받고 싶은 게 사람의 마음이며 나이 듦의 생각이다.

너나 나나 일상사(日常事)의 일조차 다 이루지 못하고 사는 게 요즈음 삶인 것 같다. 무엇이 그리 바쁜지 잊고 사는 것도 다반사요, 잊어야 할 것도 많다. 해야 할 일도 산더미 같이 많고 그 속에서 바람도 꼭 이루고 싶고 마음이 싱숭생숭하니 머릿속이 복잡하기만 하다. 이렇게 사람이 살아가는데 많은 일들이 놓여져 있기에 언제 시간이 흘렀는지 그새 한 해가 갔는지도 모르고 사는 게 우리네 일상사다. 모두들 그렇게 똑같이 살아가지만 아주 드물게 희망의 끈을 놓지 않고 실천(實踐)하는 사람들이 있다.

어떤 희망의 바람인지는 알 수 없지만 심기(心氣)가 굳은 사람은 아무리 바빠도 그렁저렁 살지 않는다. 일상사의 삶 중에 다른 것이 있다면 바로 그런 사람들이다. 하지만 열심히 살았지만 노력의 결과는 다르게 나오는 것이 또한 세상일이다. 이 말은 희망을 품은 자의 의지(意志)가 얼마만큼의 정도인가 하는 가늠의 차이에서 온 것이라는 말이다. 결국 의지의 강약(强弱)에 따라 희망을 차지하는 것도 갈라진다는 말이다.

희망은 바라는 바를 이루거나 얻고자 하는 바람만은 아니다. 희망은 소원함에서 오지만 무턱대고 소망만 한다고 오는 것도 아니다. 거기에 숨어 있는 자신의 의지로 희망을 붙잡아야 걸려든다는 뜻이다.

언어(言語)는 내 몸의 문장(文章, 글을 지을 소재(素材)를 가지고 자기가 나타내고자 하는 생각을 쓴 글)이라는 말이 **언신지문(言身之文)**이다.

이제부터라도 자신을 잘 다스려 희망하는 바를 크게 쓰라. 그리하여 이 바쁜 사회에서도 '나는 할 수 있다'라는 원대한 꿈을 키우고 반드시 강(强)하게 실천하라.

그러면 그렇게나 귀하다는, 모든 소원을 다 이루어 준다는 여의주(如意珠)를 희망의 선물로 받게 될 것이다.

참고 7 만리지망(萬里之望)과 유사한 의지(意志)의 표상인 고사성어 모음

● 청운지지(靑雲之志)
  一. 「속일민전(續逸民傳)」
  一. 「장구령(張九齡)의 시(詩)」
  一. 「사기(史記) 백이전(伯夷傳)」
  一. 「왕발의 등왕각서(王勃의 藤王閣序)」
  ; 청운(靑雲)은 상서로운 구름으로 아무나 잘 볼 수 없는 귀한 구름을 말함.
    곧 청운의 뜻을 두었다면 출세하고자 함을 의미하며 원대한 포부를 일컬음

● 승풍파랑(乘風破浪)
  一. 「남사(南史)」
  ; 풍랑을 헤치며 앞으로 나아감. 어떠한 난관이라도 뚫고 전진한다는 뜻으로
    원대한 꿈을 이루려 함

● 능운지지(凌雲之志)
  一. 「한서(漢書)」
  ; 구름을 뚫고 하늘로 오르려는 뜻
    세속(世俗)을 떠나려는 마음. 다른 말로는 출세하여 높은 지위에 올라가고
    픈 욕망
  ∴ 릉(凌)은 능가할, 업신여길, 범할 (릉)으로 쓰이나 여기에서는 오를 (릉)으
    로 해석함

犬
개 견

馬
말 마

之
의 지

心
마음 심

풀이 자기(自己)의 마음을 낮추어 겸손하게 일컫는 말로 나라에 충성을 다하는 수고나 노력을 뜻하며 견마지로(犬馬之勞)라고도 한다.

由來 「사기 삼왕세가(史記 三王世家)」
「한서 급암전(漢書 汲黯傳)」

충성심(忠誠心)이란 속된 말로 줄을 잘서야 살아남는 말이다. 뜻이 어그러져 잘못되면 역적(逆賊)이라는 불명예를 감수해야 하는 것처럼 같은 배를 탔지만 바람 앞에 촛불이다.

충신(忠臣)은 역사에 남지만 배신(背臣)은 남아도 명예롭지 못하다. 또 다른 배신(背信)이라는 글자는 신의를 저버린 자를 말한다. 큰 뜻으로 보면 자기 목숨을 담보(擔保)로 조직의 핵심 구성원이 된 사람을 충신이라고 일컫는다. 충성하는 보스(boss)가 바로 충신이다. 대개 충신으로 등극(登極)하는 길은 조직의 일원으로 소명의식(召命意識) 때문에 간택(揀擇)되는 경우와, 스스로가 뜻이 맞아 간절히 원(願)해서, 지금 내가 아니면 최고 위정자(爲政者)의 위태로움을 도울 수 없다는 강박관념(强迫觀念)으로 자발적 도움을 주길 원(援)해서 등등 몇몇 가지로 나눌 수 있다.

하지만 충성이라는 규합(糾合)은 같은 정신적 매개체 하나로 뭉쳐진 집단적 사고의 탄생이 자기들끼리 화합(和合)이다. 충성은 다른 집단과는 유대관계(有待關係)가 없다. 여기에도 충성하고 저기에도 충성하는 자를 우리가 충신이라고 하지 않는 이유는 반드시 한 방향으로만 노선을 정립(定立)한다는 점 때문이다.

그래서 옛 부터 전해오는 말 중에 충즉무이심(忠則無二心)이라고 충성심이 있는 사람은 두 임금을 섬길 마음이 없음을 분명하게 밝히고 있다.

이 말은 곧 천무이일(天無二日)[59]이라는 뜻과도 같은 의미다. 흑백논리(黑白論理)의 대표적 상징이다. 앞서 충성심은 속된 말로 줄을 잘서야 한다고 피력(披瀝)한 것은 바로 이 흑백논리가 깔고 있는 위험한 도박의 상관관계(相關關係)를 어떻게 해석해야 하는지에 관한 문제라서다. 흑백논리는 오늘 날 다양성의 미학(美學)과는 그 괘(掛)를 달리한다.

그렇다면 흑백논리에 가려져 어느 한 쪽으로만 결론지어야 하는 기득권(旣得權)의 논리가 과연 잘못된 것인가. 적어도 학문적 소양

---

59) 천무이일(天無二日) : 예기 증자문편(禮記 曾子問篇)에 이르기를 하늘에는 오직 하나의 태양(太陽)만이 있듯이 나라 안을 다스리는 임금도 오로지 한 분만이 존재한다는 뜻.

으로 보았을 때 사안(事案)에 따라서 애매한 질문이다. 그러나 흑백논리가 어떤 결론을 돌출하는 것에는 매우 신속하고 간결한 처사다.

우리가 다급한 시간적 제약으로 간단명료(簡單明瞭)한 문제를 결론지어야 할 때 이것을 해결하는데 있어서 복잡한 다양성(多樣性)에다 그 결과를 끌어내기 위해 접목시킨다면 아마 나룻배가 산으로 가는 것과 같을 것이다.

하지만 흑백논리는 단순명쾌한 점에서 유익한 정보를 곧바로 제공해 주지만 문제가 되는 것은 둘 중에 하나만을 골라야 하는 오(O)냐, 엑스(X)냐에 중요한 맹점(盲點)이 있다.

그로 인한 찬성과 반대 개념만으로는 우리가 가지고 있는, 풀리지 않는 미제(謎題)를 전체적 입장에서 풀지 못하고 결국 또 다른 숙제(宿題)로 규정지어진다는 것이다. 어쩌면 완성할 수 없는 미완의 적으로만 만들어 버릴지도 모르는 일이라고 단언(斷言)하기에 이른다. 왜 그런지에 대해 논리적으로 한 번 들어가 보자.

어느 집단에 있어서 과반수이상 찬성이 아닌 경우와, 과반수이상 반대가 아닌 경우의 질적(質的)인 문제로, 찬성은 반대가 있어 반쪽만의 완성이요, 반대는 찬성이 있어 완전한 반대가 아니며, 이도저도 아닌 그 중립(中立)의 삼각형은 흑백논리에 규율위반(規律違反)이라서 약속 불이행이다. 갑자기 중간에 불거진 이상한 삼각형의 논쟁은 이제야 언급하는 말이지만 그 중립의 세계를 이도저도 아닌 것으로만 치부해 버린다면 이 또한 학문적 모순(矛盾)에 봉착(逢着)할 수 있다는 것을 미리 밝혀 두어야 하겠다. 아무튼 이 중립(대공무사 본문내용 참조)은 또 다른 문젯점으로 대두(擡頭)되어야 한다.

다시 돌아와서 방금 전에 찬성과 반대라는 대칭적 저울질 즉 숫자 놀음에서 우리는 시이소오 게임[60]을 연상하듯 진실의 양편(兩便) 갈래를 보았다. 이렇게 진실이라는 줄도 자기 손아귀에 잡히는 줄에 따라 편 가르기라는 궤도(軌度)에 들어선 것이며 만약 이로 인해 줄서기에 성공했다면 이미 충성을 다한 결과로 충신이라고 명명하게 되는 것이 역사(歷史)다. 소위(所謂) 역사란 이렇게 해서 큰 줄기로 남겨진 것이다. 이쯤에서 충성하는 중심인물의 목적(目的)을 보면 자기편에 철저하게 안착(安着)되어 의도적(意圖的) 이익을 가져다 주는 것으로 설명이 가능하다 하겠다.

그러나 그것이 설령 오랜 기간 각고(刻苦)의 노력을 통해 심사숙고(深思熟考)하여 이루어진 일이든, 아니든 아무리 좋은 도발(挑發)이라 할지라도 선심성(善心性) 민심(民心)을 좌지우지(左之右之)하기에는 모르는 면면(面面)이 너무 많아 맹신(盲信)만을 할 수 없다는 게 일반사람들에 진심어린 속내다.

다만 누구도 부인(否認)할 수 없는 진정한 충신이란 지금까지 논한 것과는 달리 국가 간에 위기 상황인 대립적(對立的) 전쟁을 통한 충성심으로 자국민에게 영웅(英雄)으로 추앙(推仰)받기에 충분한 인물은 민족의 이름으로 겨레를 지킨 충신이라는 칭호(稱號)를 받았을 때뿐이다.

---

60) 시이소오 게임(seesaw game) : 우열(優劣)을 가릴 수 없을 만큼 역전(逆戰)에 재역전(再逆戰)을 거듭하는 것으로 막상막하(莫上莫下)와 같은 의미.

沐
머리감을 목

雨
비 우

櫛
빗 즐

風
바람 풍

풀이 비로 목욕(沐浴)하고 바람으로 머리를 빗는다는 뜻. 많은 어려움의 난간(難艱)을 겪음을 비유한 말

由來 「북제서(北齊書)」

행 복(幸福)이 오는 것은 반드시 그 원인이 있다. 이 말을 고사성어로 유추(類推)한다면 복생유기 (福生有基)라고 한다. 반대로 불행(不幸)이라는 말도 반드시 그 원인이 있음은 명명백백(明明白白)하다. 사람이 태어나서 죽는 날까지 무수히 많은 일들을 겪게 되지만 그 중에 가장 꺼리어 만나지 말아야 할 것이 있다면 불행이라는 단어일 것이다.

그러나 세상은 자의든 타의든 어쩔 수 없는 변고에 시달리며 불행을 만나는 경우가 허다(許多)하다. 그 것이 결정적인 결과를 낳아 어떻게 손을 써 볼 겨를도 없이 패배자의 꼬리표로 주저앉고 마는 경우가 있

는가 하면 미진한 불행으로 위기를 잘 모면하여 넘기는 세상사도 있다. 누구라 할지라도 강약의 불행은 존재하지만 어떻게 대처하는가에 따라 슬기롭기도 하고 아니기도 하다.

그러한 것 중에서 가장 불행한 인생사의 일기를 써야 한다면 초년(初年)의 불행이다. 초년이란 아직 어린 싹으로 세상을 알기엔 너무 어린 나이다. 이때부터 세파에 쩌들어 모진 삶을 살아간다면 정말 불행한 일로 어떤 의미로는 불행자체를 의식하지 못하는 스스로에 갇힌 꼴로 타성(惰性)에 젖을 수가 있다.

이렇게 되면 급기야 너무 어린 나이기에 삶의 무게조차 가늠하지 못하여 지각(知覺)없는 삶으로 인생이 굳어 버리게 되므로 우리 모두에게 이 보다 더 가슴 아픈 일은 없다. 환경이나 기타 조건을 따지기에 앞서 사람다움으로 살아가야 하는 시기(時期)를 놓친다는 것은, 불행이라는 뜻도 모를 만큼 안타깝고 어리석은 괴로움도 없기 때문이다. 그래서 어떠한 방법으로든지 초년의 불행은 막아야 함이 이 사회가 해결해야 할 인간적 규약(規約)이라 정의하고 싶다.

어느 정도 나이가 들어 불행을 알았다면 그래도 참 다행한 일이다. 왜냐하면 젊음이라는 살아남을 두둑한 밑천이 있기 때문에서다. 사람이 고생을 한다는 것은 살아 있다는 증거로 비관성적(非慣性的) 행위다. 고생이나 불행은 극복이라는 치료제가 인간의 정신 안에 있기에 젊음이 아름다운 것이다.

시경(詩經)에 방어정미(魴魚禎尾)라는 뜻 깊은 고사성어가 있다. 원래 방어(魴魚)라는 물고기는 꼬리가 희었으나 현재 붉어진 것

은 하도 고생을 하여 그리 된 것이라는 말로 사람의 노고(勞苦)함을
비유한 뜻이다.

젊어서 고생은 사서도 한다는 말이 있다.

사실 기회가 되어서 하는 말이지만 성공한 사람들의 공통점은 필
연적 고뇌로 고생함이 꼭 부차적(副次的)으로 따라온 자이다. 이를
극복하는 과정에서 우리가 반드시 잊지 말아야 할 것은 그들은 고생
을 불행으로 보지 않았다는 점이다. 오히려 고생을 달게 받아 도전
의식으로 승화(昇華)시켰으며 생의 성취를 이룬 자로 무한한 꿈의
미래를 일러 준 사람이다.

비록 삶이 고통스러워도 내일은 행복할 것이라고 예견(豫見)하는
사람은 지금의 괴로움은 희망 앞에 아무 것도 아닌 것이다. 이 말을
막연하게 고차원적(高次元的) 삶인 것 같은 생각으로만 단지 이해
하려는 사람이 있다면 진정 고생이라는 의미를 모르는 사람이다. 그
것도 아니라면 아마 식언(食言)61)을 밥 먹듯 하는 사람일 게다. 실
천적 행위는 힘이 들어 말로만 약속하고 곧 파기(破棄)하는 사람이
라는 말이다. 그 누구도 고생이란 피할 수 없는 삶의 일부분이며 행
복 안에 반드시 있어야 하는 전제조건(前提條件)이라는 점을 결코
잊어서는 안 된다.

---

61) 식언(食言) : 춘추좌씨전(春秋左氏傳), 다른 말로 좌씨춘추(左氏春秋), 좌전(左傳)이
라고도 함.
좌전 애공이십오년(左傳 哀公二十五年)에 나오는 말로 음식을 먹으면 입 안에서 없어
지는 것과 같이 약속한 말을 지키지 않음을 이르는 말. 또는 앞서 한 말의 약속을 다르게
번복하여 말하는 것을 이름.

 **94** 권토중래(捲土重來)

걷을 권

흙 토

무거울 중

來
올 래

풀이 땅바닥을 둘둘 말아서라도 다시 온다는 뜻. 한번 실패에 굴하지 않고 몇 번이고 다시 일어나 세력을 회복하여 쳐들어 옴

由來 「두목의 제오강정(杜牧 題烏江亭)」

세상만사가 그렇듯이 무슨 일이든지 단번에 뜻을 이루는 일은 거의 없다. '실패(失敗)는 성공(成功)의 어머니다'라는 말처럼 이 말은 실패는 훗날 성공의 밑거름이 된다는 뜻이 융화(融化)되어 있다.

비가 온 뒤에 땅이 굳어지듯이 돌아가는 세상일이란 반드시 때가 있어 시간이 필요한 것이다. 그러나 대부분의 사람들은 아직 여물지 않은 「때」이건만 오로지 뜻을 이루기 위해서 반대로 뜻을 이루지 못했을 때를 준비하지 않는다. 그래서 뜻을 이루지 못했을 때 비로소 좌절의 아픔과 고뇌(苦惱)함에 스스로를 학대(虐待)하며 마음에 상처를 남긴다.

봄이 오면 곧 여름이 오듯이 자연의 섭리(攝理)란 순서에 맞게 짜여져 있다. 이는 반드시 때가 있음을 무언으로 일러준다는 의미다.

여동서록(餘冬序錄)에 수도어행(水到魚行)이라는 글이 있다. 물이 알맞게 이르게 되면 물고기는 그물 속으로 가게 되어있다는 뜻으로 무슨 일이든지 때가 되면 이루어진다는 뜻이다.

그「때」란 시간을 알리기 위해 맞추어 놓은 알람(alarm)소리의 정점(頂點)처럼 준비된 시간에 오게 되어 있다. 인간이 만들어 놓은 약속의 시간이든 자연의 시간이든 간에 시간이 가져다 준 것임에는 틀림없다. 전패위공(戰敗爲攻)62)이라 성공을 위해 준비하는 아픈 시간들을 말이다.

따라서 성공은 자기 자신이 가지고 있는 시간과의 한 판 승부(勝負)다. 때를 잘「만나」성공하는 것은 기회를 놓치지 않았으므로 성공한 것이지 진정한 성공은 아니다. 어떻게 보면 기회주의적(機會主義的) 산물(産物)이기도 하다.

한 마디로 진정한 성공은 때를 잘「만들어」승리의 여신이 된 자이다. 성공 뿐 아니라 모든 것이 그러하듯 우연인지 필연인지는 몰라도「만나게 되는 것」과「만들어 지는 것」은 그 실상은 엄청난 차이로, 실패를 통한 쓰라린 고배(苦杯)의 술잔을 마신 자라야 고난 뒤에 영광스러운 축배(祝杯)의 맛을 안다.

---

62) 전패위공(戰敗爲攻) : 실패를 거울삼아 심기일전(心機一轉)하여 공을 이루려는 계기(契機)를 말함.

95 계구우후(鷄口牛後)

鷄
닭 계

口
입 구

牛
소 우

後
뒤 후

[풀이] 닭의 입과 소의 꼬리. 즉, 큰 단체의 꼴찌보다 작은 단체의 우두머리가 되라는 뜻

[由來] 「사기 소진전 史記 蘇秦傳」

寧爲鷄口 無爲牛後

　양 춘백설(陽春白雪)이라는 고사성어(故事成語)가 있다. 송옥(宋玉)의 대초왕문(對楚王問)에 나오는 이야기다. 초(楚)나라 시대 가곡(歌曲)으로 아주 고상한 가사(歌詞)였다고 한다. 양춘지곡화자필과(陽春之曲和者必寡)라는 말은 너무도 시(詩)의 정서(情緒)가 차원이 높은 뜻으로 일반 사람들은 해득(解得)조차 할 수 없다고 전한다.

　이 말을 다른 의미로 빌려 보자면 뛰어난 사람의 언행은 보통 사람과 동떨어져 흉내조차 낼 수 없음을 비유함이다.

내가 왜 계구우후(鷄口牛後)에 이 말을 인용(引用)했는가 하면 바로 보통사람이 아닌 것에 초점을 두었기 때문이다. 사람은 누구나 조직에 있어서 서열(序列)을 좋아하는 이는 없다. 그러나 모든 사회는 서열이라는 신분적 계층(身分的 階層)으로 구성되어 있다. 단란하고 행복한 가정도 부모와 자식 간에 항렬(行列)이 있고 삶의 터전이 될 직업의식 속에도 위계질서가 존재하고 있다.

그러한 삶속에 나이와 함께 직위가 올라가게 되어 있다. 서열의 오름으로 단체 또는 직장에서 부르는 호칭이 그런 말이다.

이렇듯 변화하는 이치에 따라 값진 삶을 살아가기 위해서는 젊어서 필히 경험을 쌓고 자기계발(自己啓發)에 힘을 써야 한다. 왜냐하면 옛날 군주시대의 과거제도(科擧制度)가 지금까지 유사한 모습으로 답습(踏襲)되어 오는 것도 사실인 즉 인생의 경륜(經綸)과 무관하지가 않기 때문에서다.

그러한 경륜의 시간에는 필요충분조건(必要充分條件)을 거쳐야 하는 노력의 절차가 기다리고 있다. 바로 자기계발을 통해 뭇사람들보다 반드시 달라져야 한다는 점이다.

한 마디로 양춘백설(陽春白雪)처럼 품위 있는 사람이 되라는 뜻이다. 덩치가 큰 소의 꼬리보다 닭의 머리가 낫다는 것도 사실은 그럴만한 자격을 갖추었느냐가 문제이다. 비록 작은 위치에 장(長)일지언정 수장(首長)의 좋은 평가는 삶의 보람이요, 인생의 덕스러움으로 성공을 보장받기 때문이다.

금의환향(錦衣還鄕)

錦
비단 금

衣
옷 의

還
돌아올 환

鄕
시골 향

[풀이] 비단 옷을 입고 고향으로 돌아옴
타향(他鄕)에서 크게 성공하여 고향에 온다는 뜻으로 입신출세(立身出世)를 말함

[由來] 「남사(南史)」

후 한서 등우전(後漢書 鄧禹傳)에 **수명죽백(垂名竹帛)**이라는 고사성어가 있다. **입신양명(立身揚名)**하여 후세에 이름을 남겨 길이 전한다는 뜻이다. 예나 지금이나 출세를 한다는 것은 훌륭한 일이다. 이와 반대로 명보기(冥報記)에 **출두부득(出頭不得)**이라고 세상에 얼굴을 내놓기가 부끄러운 사람을 뜻하는 말이 있다.

출세와는 한참 거리가 있는 이야기다. 지금은 그런 사람이 살아가는 세상이 아니다. 또 어떤 사람은 단지 인생이 짧다는 이유 하나로 오직 즐겁게 살아야

한다는 자기 자신의 지론(持論)에 기인하여 세상을 버리고 스스로 방일(放逸, 말이나 행동이 제 멋대로 함부로 놂)한 사람이 되어 꼭 하는 말이 바로 **인생행락이(人生行樂耳)**다. 이런 사람 역시 출세와는 인연이 없다. 질탕하게 놀아나고 푸념 섞인 넋두리로 이래도 한세상, 저래도 한세상과 무엇이 다른가. 또 **주낭반대(酒囊飯袋)**라, 무지(無智)하고 무능(無能)하여 술 마시며 놀고먹기만 하는 자와는 출세가 천국과 지옥인 셈이다.

출세는 반드시 정해진 사람만이 앉아야 하는 좌석은 따로 없다. 어떤 방면이든지 노력여하에 따라 작은 출세든 큰 출세든 자리가 있는 것이다. 이 세상에 태어나 삶을 마감할 때 까지 누구에게나 주어진 성공하는 자의 빈자리가 있다는 말이다.

서경 열명중편(書經 說命中篇)에 아주 의미 있는 고사가 나온다. **비지지간(非知之艱)**이라는 말로 배우기는 쉬우나 실천하기는 어렵다는 뜻이다. 정말 그럴까? 사실은 실천의 중요함을 역설하고자 한 말이지 배우기가 쉽다는 말은 아닌 것 같다. 첫 계단인 배움 조차도 싫어한다면 실천은 꿈속의 이야기는 아닐까. 그렇다면 이미 결론은 나온 셈이다. 누구나 출세를 하고 싶으면 배워라! 배움은 내가 갖는 것이지 남이 갖는 건 아니다. 배웠으면 실천을 하고 그러면 반드시 성공할 것이다. 이 말은 예를 들어 기술을 배운다면 그 방면에 장인(匠人)이 되어 그 끝자리에 있는 명장(名匠)까지 되라는 말이다. 낯설은 옛 이름의 금의환향(錦衣還鄕)이란 오늘 날 그 계통에 명장까지 오른 자를 이름 하는 것이다. 그게 출세다.

大
큰 대

器
그릇 기

晚
늦을 만

成
이룰 성

[풀이] 크게 될 인물은 천천히 이루어진다는 말이다
큰 그릇은 많은 시간을 공들인 다음에야 비로소 완
성된다는 의미

[由來] 「노자(老子) 제 41장(第 四十一章)」

먼저 이 장에서는 동양화(東洋畵)이야기로 시
작해 볼까 한다.

동양화의 멋은 간결한 선(線)에서 나오는 예술적
미학이다. 동양화란 군더더기 없이 이어지는 획(畫)
의 매끄러움에서 그리고자 하는 마음을 읽는다는 표
현이 적절할지 모르겠다.

나는 그림과는 인연이 없고 더군다나 그림에 대한
평(評)을 한다는 것 또한 어불성설(語不成說)이다.

그럼에도 왜 그림이야기를 하느냐 하면 동양화에
서 느끼는 독특한 매력(魅力) 때문에 그렇다. 한 마

디로 동양화는 마음으로 그린다는 화법(畫法)이다. 이 화법이 주는 깨끗함에서 미리 화풍(畫風)을 느낀다는 점이 도도(滔滔)한 매력이다.

내가 동양화에 대해 주관적으로 미루어 생각함인지는 모르겠지만 말이다. 동양화의 깊이는 어떤 대상이 주어지면 먼저 마음으로 밑그림을 그리고 그 그림이 완성되었을 때를 감상(鑑賞)한 뒤에야 붓을 든다는 마음가짐이다. 참 진지(眞摯)한 자세가 아닐 수 없다. 같은 뜻으로 조보지(晁補之, 晁는 아침 조(朝)의 고자(古字))의 시에 쓰인 글귀가 흉유성죽(胸有成竹)이다.

대나무를 그리려면 우선 마음속에 그 그림을 완성하려는 성죽을 두고 처음인 뿌리에서부터 대나무 잎사귀 까지를 구상한 다음에 붓을 든다는 의미다. 그림이 아닌 다른 뜻으로 유추(類推)해 보자면 어떤 문제에 대하여 이미 결심한 바가 있음으로 자기주장이나 해결할 방법을 미리 대처(對處)해 두고 있다는 말로도 쓰인다. 나는 이 점이 가장 마음에 와 닿는 문구다.

또 동양화의 중요한 점은 여백(餘白)의 미(美)다. 절제미(節制美)가 가져다주는 절제된 아름다움은 여백의 미와 상통(相通)한다.

그러한 점에서 이러한 미적 완성도(完成圖)를 그리려는 동양화에다가 이제 이 장에서 중요하게 다루어야 할 대기만성(大器晩成)인자를 접목하고자 한다. 절제된 여백의 미가 동양화의 여유라면 우리네 인생살이에 있어서 완성을 이루려는 목표는 바로 이 절제에서 오는 것이며, 지나간 인고(忍苦)의 과정은 여백에 가려져 결국 화선지

(畵仙紙)에 그려진 그림에서 나타낸 큰 인물이 된 사람의 결과라는 뜻과 같을 것이라고 나는 전제했다.

여백 없이 완성된 동양화는 없다. 곧 동양화는 여백이 준 아름다움이다. 서양화는 스케치로 밑그림을 연습할 수 있지만 동양화는 마음으로 스케치 할 뿐 잘못된 획은 존재하지 않는다는 말로, 개인으로서의 마음가짐이 얼마나 흉중에 사무쳤기에 대기만성인 자는 그 긴 세월을 여백의 가림 속에서 주위의 비아냥 섞인 거드름도 참아내며 마침내 꽃을 피웠겠는가.

호우호마(呼牛呼馬, 남이야 무어라하든 거기에 개의치 않는다는 뜻)라, 대인(大人)의 끈질긴 근성이 가져다 준 산물이다.

이렇게 절제미나 여백의 미는 우리 인생에 있어서 중요한 주제를 던져 주고 있다. 이는 보이지 않는 삶의 여백을 인생에서 어떻게 남기느냐 하는 문제로 귀결(歸結)된다. 어떤 사람은 너무 총명한 나머지 일찍 그림을 그려 놓아 더 이상 그릴 공간이 없는 경우가 있고, 또 어떤 사람은 아예 처음부터 밑그림조차 구상하지 못하여 그리지도 못하는 경우가 있다.

내가 이야기 하고자 하는 대기만성인 사람은 이제 화면(畵面)에 청사진(靑寫眞)은 떠놓고 붓을 들지 못하고 있는 경우다.

행여 석묵여금(惜墨如金)은 아니었을까.

조금 다른 이야기 같지만 고금명화기(古今名畵記)에서 전하는 고사성어로 이 말은 먹(묵, 墨)을 마치 금처럼 아낀다는 뜻이다. 풍족하게 쓰이질 못하고 갈필(渴筆, 붓에 먹을 묻히지 않고 글씨를 쓰거나 그림을 그리는 일)로 그림을 그린다는 의미다. 무슨 이유가 있었는지는 간파(看破)할 수 없지만 마음으로 청사진을 그려 놓고 붓을 놓았다는 것은, 이러한 인생의 전개가 우리에게 귀중한 물음을 제시하고 있음에는 틀림없는 일이다.

앞서 이야기한 흉유성죽(胸有成竹)처럼 모든 것을 마음에 담아 두고 실행하려다 여러 가지 변수(變數)에 휘말린 사연으로 우리에게 시사(時事)하는 바가 크다고 추측되어 진다. 많은 시간이 흐른 뒤에야 그 공들임이 나타난다는 대기만성(大器晩成)의 의미가 여기서부터 꼬이게 되어 그 원인이 시작되었다는 것을 들 수 있다.

이미 완성하려는 그림을 마음속에 그려 놓고도 그리지 못함은 예컨대 환경적 어려움 때문이었는지는 알 길이 없지만 중도포기(中途抛棄)라는 극단의 행위로 왔다가 어느 정도 시간이 흐른 뒤에야 다시 이루어진 것일 수도 있을 것이고, 밑그림이 신통치 않아 바라는 바에 못 미치는 미화(未畵)로 전락할 것에 대한 시간적 소모로, 갈등(葛藤, 칡넝쿨과 등나무 덩굴이 얽히듯 어떤 견해나 이해관계가 뒤엉켜 있는 복잡한 상황을 이름.)의 발로가 오래도록 머무름에서 온 것일 수도 있겠다. 하지만 이런 이유만으로 대기만성인 자를 설명하기에는 약한 변론(辯論)이다. 큰 인물은 무엇보다 때를 기다리는 강한 자의 모습으로 어떤 고난이 와도 항상 의연(毅然)함에서 자기 길을 묵묵히 간 사람이다.

어떠한 고통이 따르더라도 원대(遠大)한 꿈을 안고 결심한 바를 반드시 이루려는 심기가 굳은 사람이라는 말이다. 마치 동양화의 여백처럼 아무도 알아주는 이 없이 발자국도 남기지 않고 지나간 길이었다는 뜻이다. 다시 말해서 흔적도 없이 지나간 것은 동양화로 치면 여백의 미 때문에 그의 행보(行步)가 생략되어 가려진 것뿐이었다는 사실이다.

그 백묘화(白描畫, 색을 칠하지 않고 먹으로만 선을 그리는 그림)의 진짜 주인공을 그려 넣기 더 위해서다.

좀 다른 측면에서 더 설명해 보자면 한 예(例)로 대장간에서 하는 일 중에 쇠를 불림에 있어서 강도가 강한 쇠가 되게 하려면 쇠를 불에 달구었다가 찬물에 넣기를 여러 차례 해야 하는, 담금질을 통해서 만이 강한 쇠가 되듯이, 세상풍파(世上風波)에 이골이 날망정 언젠가는 내 길이 온다는 집념의 주인공이 대기만성이라는 뜻이다. 물은 강한 쇠를 만들었지만 정작 물은 그것을 모른다. 이 말은 기다리는 세월만큼 대인은 더 강해지고 커지지만 세월은, 사람들은 그 사람을 알아보지 못한다는 이야기다.

흔히 대기만성인 자를 일컬어 늦게 뜻을 이룬 사람이다 라고 한다. 이 말은 너무 일반적인 야담(野談)이다. 겉으로 들어난 대단한 인물보다 그 안에 있는 파란만장(波瀾萬丈)[63]한 역경(逆境)을 보는 자가 진정으로 대기만성을 이해하는 자이다.

내가 동양화에 있어서 여백의 미를 중요하게 바라보는 뜻이 여기에 있었다.

---

63) 파란만장(波瀾萬丈) : 물결의 기복이 만 발이나 되도록 몹시 심한 경우로 삶에 있어서 어떤 생활의 변화나 기복(起伏)이 대단히 큼을 이름.

愚
어리석을 우

公
어른 공

移
옮길 이

山
뫼 산

풀이 우공(愚公)이라는 사람이 산을 옮긴다는 뜻으로 아무리 어려운 일이라도 끝까지 노력한다면 반드시 이루어진다는 고사

由來 「열자 탕문편(列子 湯問篇)」

우공(愚公)이라는 사람이 산(山)을 옮긴다 하여 나온 말이 우공이산이다. 나이 아흔이 다 되어 산을 옮긴다는 말을 했으니 과연 이치에 맞는 말인가.

그러나 남이 볼 때 어리석어 보일지는 모르지만 끝까지 밀고 나가면 반드시 이루어진다는 진리가 숨어 있는 말이다.

본래 대기만성(大器晚成)이라는 뜻도 한편으로는 어딘가 덜 된 것처럼 보인다는 의미를 지니고 있다.

사람의 생각이 너무 거창하거나 행할 수 없을 것 같은 경지에 이르게 되면 무엇이든 옳게 파악할 수가 없게 되어 있다. 이것이 사람이 지니고 있는 한정된 생각의 그릇이다. 우리가 어리석다 함은 자기 자신의 잣대로 보는 기준에 있어서 그런 것이고, 그 생각을 넘어서게 되더라도 어쩔 수 없이 똑같은 기준을 적용해야 하는 한계를 드러낸다.

그래서 큰 그릇의 인물은 일반적 생각에서 벗어나 엄밀(嚴密)하게 보더라도 우직(愚直)함이 있는 것처럼 보통 사람들이 볼 때는 어리석게 보이는 것이다. 이렇게 어리석음의 기준은 모호성을 안고 있다. 보통의 상식적인 일은 구별할 수 있어도 그 범위를 뛰어 넘게 되면 안개 속을 걷는 것처럼 알 수 없다는 말로 오리무중(五里霧中, 후한서 장해전(後漢書 張楷傳)에 기록됨)과 같아진다.

후한서 경엄전(後漢書 耿弇傳)에 유지자사경성(有志者事竟成)이 우공이산과 유사한 말이다. 뜻을 이루고자 하는 굳건한 사람은 어떠한 일이 있어도 반드시 성공한다는 말이다.

자기 믿음과 인내함의 결과다. 이것과 어울리지 않는 우스운 말이 팽어번쇄(烹魚煩碎)다. 한시외전(韓詩外傳)에 있는 말로 생선을 삶는데 진득하지 못하고 자주 젓가락 같은 것으로 휘저으면 고기가 다 부서져 흩어지고 만다는 뜻이다.

기다림의 믿음은 신뢰와 정성에 있는 것이다. 뜻을 품었다는 것은 절반의 성공이지만 나머지 절반은 반드시 실천적 행위에 있다. 자신의 목표를 위해 실천하는 사람만이 거대한 산도 옮길 수 있다는 것을 종시여일(終始如一, 처음부터 끝까지 변치않음) 명심해야 한다.

 **99** 유종완미(有終完美)

有
있을 유

終
마칠 종

完
완전할 완

美
아름다울 미

풀이 유종(有終)의 미(美)라는 말이 곧 유종완미에서 줄여 쓴 것으로 일을 잘 마무리하여 훌륭함을 이르는 말

由來 「서경(書經)」

자기 자신에 인생의 종점(終點, finish)은 아무도 모른다. 자기 자신의 삶조차 그 끝을 알지 못한다는 것은 타인의 삶도 역시 모른다는 것이 타당(妥當)한 말이다. 그 만큼 한 치(일촌(一寸), 한 자(30.3cm)에 10분의 1) 앞도 못 보고 사는 것이 우리 인간세상이다.

그래서 미래는 궁금증의 범위가 아닌데도 계속해서 궁금해 한다면, 이를 알고 있는 영존(永存)의 세계가 있다면 우리 인간을 어리석은 자의 무지한 도전으로 받아들일 것이다.

그래서 '삶은 궁금하다'라는 표현을 쓰는 것이 아

352

니며 다만 주어진 삶에 순응하며 알고자 노력하는 정신상을 보일 뿐이다. 그것이 인간의 올바른 사고관(思考觀)인 것이다. 자, 그렇다면 인생에 있어서 그 끝의 완성을 위한 삶이란 무엇인지 붙잡고 들어가 보자. 이 세상에는 모가 난 형상대로 살아가는 방법은 없다.

모든 것이 둥글게 되어 가는 물리적 성질을 보이는 것은 본래 완성이란 원형(圓形)의 아름다움에서 오기 때문이다. 이를 다른 관점에서 설명해 본다면 동양의 사고는 원형을 통해서 무한대(無限大)를 이루고 있으며 서양의 사고는 기차 레일(rail, 선로(線路))처럼 영원히 만나지 못하는 평행선(平行線)을 무한대의 의미로 보고 있다. 이러한 것을 원근법(遠近法)에 따라 평행선을 투시도(透視圖)로 그려 보면 그 끝에는 꼭 만날 것 같은 착시현상(錯視現象)이 마치 무한대를 유한(有限)하게 보이게 하는 것처럼 착각을 일으킬 수 있음으로 동양적 사고보다는 완전하지 못한 설명이 되었다. 그러하기에 조잡(粗雜)하다는 것은 원형에는 없는 것이다.

조잡이란 어딘가 모가 난 것에서 질서를 잃었기에 생겨난 말로 결국에 가서는 환원하려는 힘의 논리를 발견하게 될 것이며 다시 원래대로 돌아간다는 말이다.

세상의 모든 것은 그렇게 짜여져 있다. 깎아지른 **기암괴석(奇巖怪石)**의 절벽(絕壁)도 세월의 무게 앞에는 꼼짝 못하듯이, 칼날 같았던 돌의 위용(威容)도 차츰 둥글게 변해 가고 그래서 수석(壽石)을 바라보는 우리의 눈빛도 자연에 동화(同和)된 듯한 묘한 여운을 남기게 되는 것이다.

이러한 자연의 경이(驚異)로움에서 비로소 우리는 순수한 아름다움을 만나게 되는 것과 같은 마음이다. 또한 이 인간세상에서도 자기 분야에 대단한 업적(業績)을 이룬다는 것은 그 완성을 통해 감탄(感歎)을 보내는 것을 아끼지 않는 것이며, 경하(敬賀)를 금치 못할 만큼 완벽한 인간의 끝맺음이라 유종완미(有終完美)라고 하는 것이다.

유종의 미.

예술을 포함한 작품의 세계에서부터 각자 주어진 삶의 맡은 바 책임완수(責任完遂)까지 훌륭하게 이루어 놓았을 때를 이르며, 또 뛰어난 모든 정신의 순열(順列)같은 안정된 조합(組合) 등 많은 영역에 걸쳐 그 끝에는 하나로 응결(凝結)하려는 완성의 미학이 유종의 미다.

그 중에 인간으로서 가장 큰 업적에 유종의 미는, 인간 본연(本然)의 심성으로 세상에 빛을 남겨 준 거룩한 사랑을 베푼 사람이다.

畫
그림 화

龍
용 룡

點
점 점

睛
눈동자 정

풀이 어떠한 일을 함에 있어서 가장 중요한 부분을 끝내
므로 완성시킨다는 의미

由來 「수형기(水衡記)」
∴ 남북조시대 양(梁)나라 장승요(張僧繇)가 용을 그렸다
는 고사에서 유래

결 국 화룡점정(畫龍點睛)으로 이 책을 마무리
하게 되었다. 가을 언저리에 집필(執筆)에 들어가 겨울
끝자락에 탈고(脫稿)하니 많은 여운(餘韻)을 남긴다.
　우수수 낙엽 지는 소리에 놀라 졸음을 깨우기도 했
고 겨울 밤 눈 내리는 절경(絕景)을 바라보면서 모자
라는 시간을 아쉬워하기도 했다.
　어느 날은 짙게 깔린 어두운 밤하늘에서 한줄기 고
상화(高祥花)같은 별빛을 감상(感想)함도 잠시 새벽
을 알리는 종소리에 서재를 둘러보니 쌓이는 원고(原
稿)더미를 보면서 또 다른 한편으론 기뻐하기도 했다.

마지막 순간까지 주옥(珠玉)같은 글귀를 모아야 한다는 일념(一念)으로 정리 작업에 들어감은 화룡점정과 같은 의미라서 참으로 좋았다.

나에게 이 고사성어가 큰 교훈(敎訓)을 남겨 주었듯이 제군(諸君)들에게도 무한한 꿈과 희망의 미래를 선사(膳賜)해 주고 싶다.

뛰어난 문장력만이 최고의 가치를 창출하는 글은 아니다. 진솔(眞率)한 마음에서 우러나오는 담백(淡白)한 언어가 가장 인간미 넘치는 글귀라는 뜻이다.

이 말은 모든 고사성어가 가지고 있는, 있는 그대로를 이야기하는 함축(含蓄)된 숙어(熟語)라는 점에서 그 의미를 잘 나타내 주고 있다.

내가 이 책을 저술하는 과정에서 편집하고 또 구상하면서 아무리 최선을 다 했어도 만족이란 없다고 생각한다. 그 만큼 인간은 신이 아닌 이상 미흡하다는 뜻이다.

그러나 무한한 도전정신(挑戰精神)에 용기(勇氣)를 가지고 있는 것 또한 인간의 가장 큰 장점이다.

그러한 점에서 용의 그림을 그리고 마지막에 눈동자를 그려 마무리한다는 화룡점정(畫龍點睛)의 깊은 뜻을 반드시 잊지 말자.

이제 모두가 주어진 일에 최선을 다 하는 아름다운 모습을 그리면서 인생이라는 불후의 명작에 점 하나 찍을 준비를 해 두자.

『경영한문강독』 마지막 글에서 발췌(拔萃)한 것으로 그 대미(大尾)를 장식함.

색 인
(索引)

색인(索引)

색인(索引)　**359**

362

364

參考文獻

1. 『標準國語大辭典』 민중서관 1981, 監修 이숭녕 安明煥

2. 『四書五經』 韓國敎育出版公社 1986, 監修 權相老 張道斌

3. 『東亞現代活用玉篇』 東亞出版 1998, 양성모

4. 『반대말사전』 국학자료원 1990, 김광해

5. 『漢國康熙新玉篇』 裕林堂書籍 1990, 春園

6. 『속담성어사전』 국학자료원 1994, 박영원, 양재찬

7. 『일반실용한자』 선학사 1997, 김원기

8. 『논어 30구 유쾌하게 공자읽기』 도서출판 마이필드 2003, 이인호

9. 『故事成語大辭典』 明文堂 2005, 監修 張基槿

10. 『經營漢文講讀』 글로벌 2008, 孫東仁